HENRY KARDEL

LUFT NACH OBEN

Ein stilles Abenteuer

Bibliografische Information der Deutschen Nationalbibliothek:
Die Deutsche Nationalbibliothek verzeichnet diese Publikation
in der Deutschen Nationalbibliografie; detaillierte bibliografische
Daten sind im Internet über dnb.dnb.de abrufbar.

© 2017 Henry Kardel
Herstellung und Verlag:
BoD – Books on Demand, Norderstedt

ISBN: 978-3-7448-0090-7

TEIL I

ERSTES KAPITEL

Sie hatte mich verlassen.

Sie hatte mich verlassen, nachdem sie mir gesagt hatte, dass sie mich betrogen hatte. Und das hatte sie mir gesagt, nachdem ich ihr nichts davon erzählt hatte, dass ich sie *ebenfalls* betrogen hatte.

Ein halbes Jahr war seitdem vergangen und von meiner kleinen Exkursion aus unserer Beziehung hatte ich ihr noch immer nichts erzählt. Generell hatten wir seitdem, bis auf eine Hand voll Worte, gar keinen Kontakt gehabt. Ich gab es also auf, ihr davon erzählen zu wollen, um keinen weiteren Sand am Meeresboden aufzuwühlen und ihr letztlich damit doch lieber ein Schuldgefühl zu lassen. Dieses Spiel, das ich spielte, war also nicht fair, aber durchaus angebracht, um mich ganz meiner Opferrolle zu widmen. Sie hatte schließlich *mich* alleine gelassen, nicht andersherum.

Zeitweise war das durchaus komfortabel. Ich hatte endlich wieder etwas zu jammern, nahm den Verlust der Liebe als Rechtfertigung für Mängel, die mir auch sonst schon angelastet wurden.

»Die Hausarbeit über den Begriff der Dianoetischen Tugenden in Aristoteles' Nikomachischer Ethik? Sorry, mein Herz war gebrochen.«

»Dein Geburtstag war gestern? Leider vergessen, du weißt doch, es ist erst sechs Monate her, ich bin noch nicht so weit. Vielleicht schaffe ich es nächstes Jahr.«

»Warum ich mich nicht gemeldet habe? Ich habe melodramatische Briefe verfasst, sie in Tränen getränkt und daraufhin im Klo hinunter gespült. Ich war sehr beschäftigt.«

In jeder Hinsicht war ich ein Nutznießer meines Schicksals,

und oh, ich hatte es so vermisst: das Mitleid.

Dass ich meine Opferrolle jedoch einer guten Freundin gegenüber ausspielen würde, war eher unwahrscheinlich. Jana war mir viel zu nah und vor allem nahm sie zu viel Anteil an meiner Situation, als dass ich sie hätte ausnutzen können. Seit Beginn meines Studiums hatten wir einen immer mehr werdenden Kontakt, immer platonisch, so zumindest bisher.

Ich konnte mich erinnern, dass ich ihr zuletzt auf einer Wohnungseinweihung gegenüber saß. Noch so ein Pärchen, das zusammengezogen war, um nun endlich der Routine Platz zu machen. In meinem Umfeld gab es eine Reihe davon und ich beäugte diese Entwicklung immer sehr skeptisch, wenn auch mit ein wenig Neid. Vielleicht war es wirklich die Tatsache, dass sich übergroße Nähe in Beziehungen für mich immer zerstörerisch niedergeschlagen hatte, zumindest auf lange Sicht. Ich vermisste lieber, als genervt zu sein, als mich für eine Sache entflammen zu müssen, für die ich längst erloschen war. Wenn es um romantische Beziehungen ging, war ich wie Feuer und Eis. Aber schließlich würden das nur meine Ex-Freundinnen wissen und ich hatte das Glück, dass diese allesamt weit weg oder vertieft in ihre Karrierelaufbahn waren oder sich einfach nicht in denselben Kreisen tummelten, in denen ich für gewöhnlich unterwegs war.

Mir war das im Prinzip alles egal geworden, auch auf dieser Feier. Die komplette Partygemeinde feierte im Wohnzimmer, nur wir, Jana und ich, saßen in der von Spaß entleerten Küche, dem Sammelbecken aller Melancholiker auf Partys, und immer wieder stolperte mal wieder jemand hinein, nicht zuletzt, weil man die Pizza auf der Küchenzeile und diverse

Kisten Bier neben uns deponiert hatte.

Das kalte Küchenlicht blitzte in niedriger Hertzfrequenz auf uns hinab und ich spürte das friedliche Surren des Kühlschranks an meiner Wirbelsäule, da ich mich auf den Linoleumboden gesetzt hatte. Die Bierflasche hielt ich fest in der Hand und sie war so stark gekühlt, dass sie immer wieder kleine Perlen absonderte, die sich ihren Weg über meinen Daumen bis zum Handgelenk suchten. Jana saß ebenfalls auf dem Boden, stütze ihren Kopf an der Platte des Küchentischs und sah, immer wenn sie einen Satz beendet hatte, gedankenverloren zu mir herüber. Das löste ein zwangsläufig wohlwollendes Lächeln in meinem Gesicht aus. Aus unnötiger Verlegenheit folgte dann immer ein Schluck aus der Pulle, sodass sich folglich Flasche für Flasche leerte und man nun wirklich nicht sagen konnte, dass diesbezüglich ein Ende in Sicht war.

Schlimm war das nicht. Ich hatte gut gegessen, fühlte mich halbwegs wohl in meiner Haut, spürte die resonante Welt um mich herum, hatte immerhin jemanden zum Reden. Man konnte wirklich sagen, dass alles halb so schlimm war.

Es brauchte eine Weile, bis sie sich dabei ertappte, wie sie auf einem ihrer Fingernägel herumkaute, dann ließ sie es wieder sein. Sie fuhr mit ihrer Hand durch ihren blonden Zopf, als würde sie etwas darin suchen und wischte dann einen Fussel, sicher war er nur imaginär, von ihrem College-Pullover. Mein wohlwollendes Lächeln war noch immer in mein Gesicht geschrieben, denn es bewahrte mich davor, irgendeinen Ton von mir geben zu müssen. Folglich hatte sich eine ungewöhnliche Stille im Raum breit gemacht.

Sonst hatten wir meist ausschweifende Diskussionen geführt oder Debatten und impulsive Plädoyers über irgend-etwas abgehalten und dann, wenn wir nicht schon ins Triviale abgedriftet waren, meist nach Stunden gemeinsame Nenner gefunden. Der Alkohol hatte dabei meist nur als Brandbe-schleuniger unserer Thesen gewirkt und ich konnte mir kein besseres Biotop für meine abstrakten Gedanken vorstellen, denn Jana unterbrach mich nur selten. Sie trat keine men-talen Ausflüge oder Ablenker an, wie all die anderen unan-genehmen Gesprächspartner. Und wenn ich mich dann um Kopf und Kragen geredet hatte, sodass ich mich selbst nicht mehr verstand, hielt sie mit ihrer Meinung dagegen und hebelte meine Argumentationen nicht selten aus den Fugen. Emotional wurden wir dabei nur in unseren Sichtweisen, aber heute war etwas anders. Sie hatte ihr dickes Fell abge-legt. Und ich? Ich hatte ja nie eins gehabt.

Mir schwebten wieder neue Erkenntnisse vor, über die ich mit ihr diskutieren wollte, denn ich hielt sie für intellektuell, dabei waren es nur wirre Annahmen ohne Hand und Fuß, die sich um Moral drehten. Dennoch hätte ich sie Jana gerne vorgetragen, um sie dann ihren vehementen Einspruch kla-gen zu hören, der, wenn ich zu Ende geredet hatte, jedes Mal wie ein Blitz, wie der Zeigefinger Gottes auf mich herunter gedonnert kam. Ich mochte das sehr.

Doch heute würde von ihr kein Einspruch, kein Wider-spruch, nicht einmal ein einziges einwendendes Wort kom-men. Sie würde mich ausreden lassen, nichts leugnen oder negieren, und mir am Ende meines Monologs mit Schweigen antworten, einem Zögern in Selbstvergessenheit. Das wusste ich genau. Ich überlegte einen Moment lang, ob ich über-haupt mit dem Reden anfangen sollte, wenn sie schon nichts erwidern würde, wenn ich letztlich nur zu mir selbst reden würde, doch ich konnte mir einfach keine Antwort geben. Sie hingegen reagierte auf meine Frage, die ich ja nicht einmal ausgesprochen hatte, sondern mir nur gedanklich gestellt hatte. Eine kleine Träne verließ ihr Auge und machte sich auf den Weg hinab, landete in ihrem Mundwinkel, der, da sie sich sehr schnell zu fassen versucht hatte, ein verspanntes Lächeln abgab.

»Ich will nicht mehr...«, meinte sie.

»Was ist denn los?«

»Ich werde mich von ihm trennen. Ja, das werde ich. Ich liebe ihn nicht mehr. Eigentlich habe ich das nie. Nie wirklich. Es war irgendwie immer so leicht, mir das einzureden. Also, dass ich ihn liebe, aber ich will mich nicht weiter anlügen. Ich bin mir einfach schuldig, es zu beenden... Es waren jetzt drei Jahre, und ja, manchmal war es ja echt schön. Aber es ist zu Ende. Einfach zu Ende.«

»Du meinst Steffen?«

»Ja... Aber ich weiß nicht, wie ich das anstellen soll... Er ist zu nett.«

Sie gab ihre Fassung auf und fing an zu weinen. Ihre Kehle fing an zu vibrieren, sie kniff sich in die Hände und winkelte ihre Knie an. Ich zog in Betracht, sie in den Arm zu nehmen, sie würde es sicherlich gebrauchen können, aber ich fürchtete mich davor. Ich fürchtete mich davor, diesen unsichtbaren Wall zu durchbrechen, der zwischen uns existierte. Unsere Freundschaft war von einer sachlichen Contenance geprägt, einer unemotionalen Leichtfüßigkeit, jedoch konnte ich mich nun nicht mehr davon überzeugen, dass ich in dieser Lage mit Leichtfüßigkeit fortfahren konnte.

Ich versuchte, einen Mittelweg zu finden und nahm vorsichtig ihre Hand, welche, das merkte ich schnell, ebenso nass von ihrer Bierflasche war wie die meine.

»Ich weiß nicht, was ich dir sagen oder erzählen soll«, meinte ich. »Wenn du ehrlich zu dir selbst bist und das dein Resultat ist, dann könnt ihr beide daran nichts ändern. Es ist wohl nicht so, als würde man was Schönes daraus machen können, manchmal ist das ja so, manchmal braucht es ja nur eine andere Perspektive, aber hier... Musst du einfach machen. Dein Herz ist nicht mehr bei der Sache. Also musst du es machen.«

»Ich hatte ja schon lange gehofft, dass er eine Affäre anfängt oder so. Dann hätte ich wenigstens einen guten Grund gehabt. Ich meine, ich habe schon selbst versucht, ihn zu verkuppeln. Hat aber nicht geklappt.«

Ich konnte mein unbeherrschtes Grinsen nicht verbergen. Sie erwiderte es, wenn auch mit Schwermut.

»Danke, Adrian. Die Sache wurde mir gerade sowieso viel zu rührselig. Gefühle sind für arme Menschen.«

»Jana, du hast mich gerade zum ärmsten Menschen der Welt gemacht. Ich finde Leute arm, die keine Gefühle haben.«

»Das ist kitschig! Purer Kitsch ist das!«, womit sie durchaus recht hatte. Da ich aber noch immer an Iona hing, musste ich meine These verteidigen.

»Glaubst du, dass sich die menschliche Spezies auch ohne Gefühle vermehren würde? Meinst du nicht, dass Begehren notwendig für die Fortpflanzung ist? Kollege Schopenhauer, und ich bin, weiß Gott, kein Fan von ihm, war doch genauso der Ansicht, dass die Liebe eine List der Natur sei. Zur Erhaltung der Spezies.«

»Du hast gerade versucht, dein romantisches Weltbild mit einem der herzlosesten Menschen, der je existiert hat, zu unterfüttern.«

Das machte mich äußerst unzufrieden.

»Was ich nur sagen wollte... Es geht nicht ohne!«

»Mein lieber Freund, da verwechselst du aber was. Du verwechselst Gefühle mit Begehren.«

»Ist Begehren kein Gefühl?«

»Bei Rosamunde Pilcher mag Begehren ja ein Gefühl sein, aber nicht im wahren Leben. Begehren ist triebhaft, ganz zwangsläufig. Aus der Rolle kommen wir nicht raus. Und manchmal, da habe ich sogar Steffen begehrt, ganz ohne ihn zu lieben oder romantische Gefühle oder so etwas Komisches für ihn zu hegen.«

»Sind wir da nicht praktisch einer Meinung? Ich meine, ich bin kein Freund davon, alles auf Triebe zu schieben, das ist gefährlich, das würde bedeuten, dass wir nicht für uns verantwortlich sind. Ich bin aber dennoch der Überzeugung, dass wir ein reflektierfähiges Bewusstsein haben und uns, wenn es darauf ankommt, anders entscheiden können...«

Sie unterbrach mich: »Können wir das wirklich?«

Ich stöhnte genervt, da wir in einer philosophischen Kerbe festsaßen: »Die alte Leier um den freien Willen...«

Eine Sache wurde uns sofort klar. Es gab Menschen, die waren ihrem Trieb chancenlos ausgeliefert. Lorenz, der schlanke Lulatsch aus den Agrarwissenschaften, kam hereingetaumelt und stürzte sich zielsicher auf die beiden Familienpizzen.

»Ohhh, jaaa... Schinken, baby! Oaahh, geil...«

Sein Kiefer hatte sich bereits tief in den Teig gestanzt, als er uns im Augenwinkel erspähte. Seine knappe und einfältige Aufmerksamkeit richtete sich auf uns, was zur Folge hatte, dass ein Stück des guten italienischen Schinkens in seine Armbeuge fiel. Alle Anwesenden wussten um die längst verlorene und unwiederbringliche Eleganz, die Ästhetik, die gerade zu Boden gefallen war, wobei doch fraglich blieb, ob es in Lorenz' Gegenwart je so etwas wie *Grandezza* gegeben hatte.

Beherrscht schlich er sich wieder hinaus, zurück in den Lärm und die Blitzlichter und ich wusste nicht genau, ob er entweder so dermaßen wegen seinem Missgeschick tippelte, oder weil er dachte, dass er uns in einem ungünstigen Moment erwischt hätte.

Jedoch stellte ich fest, wie schwer es mir fiel, mich ausgelassen darüber zu amüsieren. Es war eine erschreckende Erkenntnis, dass es schon einige Zeit her war, dass ich wirklich befreiend gelacht hatte. Kein Lachen, das sich an einer Pointe oder an Situationskomik erfreut, sondern eine Bejahung, ein bekräftigendes Signal, intrinsisch und verinnerlichend zugleich, annehmend und erwidernd. Ein Lachen, das nichts zurücklässt, ein Widerhall, eine Antwort, adressiert an das Leben. Doch eine nicht zu begreifende Schwere hatte sich auf meine Mundwinkel gelegt und ich befürchtete, dass diese unbändige Trauer in mir ziellos war.

Ich dachte an Iona.

Wo sie jetzt wohl war? Würde sie womöglich gerade ein romantisches Dinner in Zweisamkeit verbringen? Mit einem Anderen schlafen? Vielleicht nur schlafen? Würde sie vielleicht spazieren? Arbeiten? Selbstvergessen am Strand sitzen?

Feiern? Nachdenken? Womöglich an mich? Vielleicht sogar wirklich an mich?

Es gab diese Möglichkeit. Aber ich wusste ja irgendwie, dass es dumm war, sich das zu fragen. Bisher hatte jeder Mann seinen Verstand daran verloren, herauszufinden, was seine Verflossene gerade tat. Die andere Möglichkeit war, dass er zum Stalker wurde, wobei das weniger ein geschlechtsspezifisches Problem war, so glaubte ich zumindest. Es war eher eine Frage der aufflammenden Verliebtheit, die in dem Moment ein letztes Mal aufkeimte, als man jemanden verloren hatte. Und selbst wenn man denjenigen gar nicht mehr liebte: Wenn man verlassen *wurde*, dann war das mies, weil es irgendwie bedeutete, dass man die Kontrolle (die man sowieso nie hatte) verloren hatte. Einem wurde schlicht und einfach die Entscheidung abgenommen, ob man weiterhin zusammenbleiben würde.

Jedoch hatte ich Iona noch immer geliebt, als sie mich verlassen hatte. Umso schlimmer fühlte es sich an, dass ich die Antwort auf meine Frage, was sie denn gerade tat, nicht ergründen konnte. Wir wussten ja nichts mehr vom Anderen. Wenn ich sie danach gefragt hätte, hätte ich sicherlich keine Antwort bekommen und so blieb mir ja nur noch die letzte Möglichkeit: vom allerschlimmsten auszugehen.

Das war ein guter Grund, um den Gedanken an sie wieder aufzugeben. Und das, obwohl ich wusste, dass sie mich noch immer lieben würde. Das spürte ich und der Zweifel hatte es in dieser Frage ziemlich schwer. Sie liebte mich noch immer, jawohl. Aber sie wollte es nicht. Sie wollte alles andere, aber nicht das. Sie wollte keine Fernbeziehung, keinen, der nicht mindestens zwanzig Zentimeter größer war als sie und schon gar keinen gutgekleideten, aber romantischen Loser. Aber sie wollte noch immer *mich*.

Und wenn es still oder einsam um sie herum wurde, dann würde sie kurz an mich denken und sich dabei widerlich fühlen. Widerlich, weil sie einerseits nicht wusste, wie sie je mit so einem fragwürdigen Menschen wie mir zusammen sein konnte, oder widerlich, weil sie wusste, dass etwas sehr Intensives zerbrochen war. Ich wiederum wurde das Gefühl nicht los, dass es bedrohlich oder gar pathologisch werden konnte, sie nicht bei mir zu haben. Noch viel schlimmer die Annahme, dass ich sie eigentlich nie verdient hatte. Ich war am Verdursten, auf Entzug, die Liebe hatte mich unterzuckert.

War das wirklich ich? Derjenige, der zuvor noch gepredigt hatte, nicht auf Exklusivität zu bestehen? Sich nicht romantischen Illusionen hinzugeben? Derjenige, der die Liebe von den Zwängen moderner Gesellschaften und den utopischen Idealen der Romantik befreien wollte?

Ja, das war ich. Ich hatte mich ergeben. Hatte die Waffen niedergelegt. Ich hatte die Kriegserklärung an die Welt, die man nur verliebt vollzog, zurückgezogen. Zurückgezogen im Moment des Verlusts.

Ich hatte Iona verloren, das hatte ich wirklich. Und jedes Mal, als ich mir ein Bild von ihr ansah, verlor ich sie aufs Neue. Jeder hatte so seine wunden Punkte und an manchen Tagen regnete es Salz. Die Liebe war wunderbar einfach, bis sie einen selbst traf.

»Ich werde Kiel verlassen.«
Das hatte ich soeben beschlossen.

»Wie meinst du das?«, sagte sie. »Verlassen? Willst du woanders studieren?«

»Nein, ich denke nicht...«

»Und wo willst du bitte *dann* hin?«

Ich dachte kurz nach.

»Eine gute Frage. Eine wirklich *sehr* gute Frage. Irgendwohin, wo ich atmen kann. Ich weiß auch nicht, wo das sein soll. Meine Zeit in Kiel ist wie ein Zimmer, das man seit Jahren nicht mehr gelüftet hat. Ich will nicht länger hierbleiben.«

»Aber Adrian... Das kannst du doch nicht einfach machen...« Ihre sich fortsetzende Traurigkeit schwängerte die Luft mit betretendem Schweigen. Ich nahm den Faden wieder auf, den sie hatte fallen lassen.

»Ich muss mich einfach auf den Weg machen, weißt du? Einfach nur, um unterwegs zu sein. Ich halte mich auch sonst selbst nicht mehr aus. Meine Wehmut und mein Selbstmitleid, es dreht sich alles nur noch im Kreis. So konkret habe ich es dir ja nie erzählt, aber ich kann Iona einfach nicht vergessen. Es raubt mir Kraft. Es raubt mir die Freude. Und ich weiß nicht, ob es je besser wird, aber mir reicht es, wenn es einfach nur anders wird. Verstehst du das?«

Sie rümpfte ihre zierliche Nase.

»Also willst du vor allem weglaufen?«

»Hör mal, das ist doch kein Weglaufen. Es ist etwas Neues. Ich fange etwas *Neues* an. Ich meine, wenn ich eine neue Beziehung hätte, würdest du dann auch sagen, dass ich ja eigentlich nur vor meiner letzten Freundin weglaufe?«

»Du hast eine neue Beziehung?«, fragte sie.

»Nein, nur ein Beispiel.«

»Aber Adrian, du bist deinen Problemen nie wirklich begegnet. Du hast das einfach immer weggeschoben und dann
war die Sache für dich geklärt. Du willst hier weg, ehe du
überhaupt wirklich Fuß gefasst hast?«

»Ich studiere hier jetzt seit zwei Jahren...«

»...aber auf Leerlauf! Was hast du denn zustande gebracht?
Es ist dir ja schon allein schwer gefallen, den minimalen
Aufwand, der von dir verlangt wurde, zustande zu bringen.
Erinnerst du dich an die idiotensicheren Semesterprüfun-
gen? Du wärst beinahe durchgerasselt! Adrian, ich will nicht,
dass das böse klingt, aber du musst erwachsen werden.«

Das war ein harter Schlag... Zweifellos forderte er Gegenwind.

»Fällt dir eigentlich gerade auf, dass du die engstirnigen
Argumente unserer Elterngeneration verteidigst? Was bedeutet für dich Erwachsensein? Sesshaft werden? Ein geregeltes
Einkommen? Sicherheiten? Als würde sich alles mit Sicherheit oder Stabilität lösen lassen. Wenn etwas Neues entstehen
soll, dann darf es aber überhaupt keine Stabilität oder Be-
ständigkeit geben. In dem Moment, in dem etwas nicht mehr
planbar oder voraussagbar ist, in dem Moment, in dem es
destabilisiert wird, fängt die Veränderung an. Das wird dir
jeder Wissenschaftler attestieren können. In vollkommener
Stabilität gäbe es nicht einmal ein Universum!«

Es fiel mir schwer, meinen ungorenen Einfall zu verteidigen, ich hatte ihn ja selbst noch nicht überdacht. Mein
Argumentationspolster war dünn, jedoch war die Sache mit
der Stabilität nicht aus der Luft gegriffen. Vor allem aber
wollte ich einfach nicht mehr hören, dass ich erwachsen
werden müsste. Das hatte ich schon öfter gehört, meist von
Leuten, die meinten, Erwachsenwerden wäre nichts anderes

als das Generieren von Arbeitskraft, aber etwas Derartiges von Jana zu hören, das war schwer. Ich hatte sie für eine Befürworterin meines Lebensstils gehalten, wenn man ihn denn so nennen konnte. Ich wusste zwar, dass wir in etwa gegenteilige Charaktere besaßen, verschiedene Vorstellungen von der Welt hegten und unsere Leben verschieden führten, aber ich hatte geglaubt, dass es so etwas wie Konträrfaszination gab. Den Bedarf, sich eine Scheibe vom Gegenüber abzuschneiden oder doch zumindest die Andersartigkeit des jeweils Anderen zu schätzen.

In der Hinsicht war mir ihr Freund, oder bald Ex-Freund, Steffen deutlich näher. Wir beide besaßen eine gewisse Nachlässigkeit was Pflichten anbelangte und einen Hang zum studentischen Hedonismus. Aber darum ging es nicht. Charakterlich gab es an ihm nicht viel zu entdecken oder auszutauschen, deswegen war ich lieber mit Jana befreundet.

Aber genau das war ja auch die Gefahr. Sie würde mir öfter unangenehme Dinge sagen. Würde sich nicht davor scheuen, mir den Spiegel vorzuhalten, wenn ich es denn mal nötig hatte. Sie würde ehrlich zu mir sein und bisher war das auszuhalten, sie hatte sich zu meinen Fehlbarkeiten und Unzulänglichkeiten, bis auf kleine Andeutungen, weitestgehend nicht geäußert. Aber was bedeutete das alles nun für mich? Hier und jetzt?

Im Prinzip war es ganz einfach: Ich war ein Trotzkind. Und das hieß: Ich würde Kiel verlassen.

Wenn sie mir auf die Schulter geklopft hätte und gesagt hätte, wie toll sie die Idee fände, dann hätte ich es mir sicher noch einmal überlegt, so gut hätte die Idee dann ja nicht sein können. Aber jetzt ging es ja nicht mehr anders, sie hatte mir die Wahl abgenommen und ich redete mir ein, dass es ein gutes Zeichen für meinen Einfall war, dass sie ihn per se ablehnte.

Ich nahm zwei Flaschen Bier in die Hand und gab die eine an Jana weiter. Die andere behielt ich und nahm mir vor, dass es die letzte sein würde. Ich spürte, dass es sonst schwer werden würde, weitere Diskussionen unversehrt zu überstehen. Das würde aber keinesfalls bedeuten, dass es *wirklich* die letzte war, dieses imaginäre Trinkembargo war lediglich eine Empfehlung an mich selbst, höchstens die Einleitung zum Aufhören, aber kein striktes Verbot. Ich kannte mich gut genug. Ich forderte Jana fast andächtig zum erneuten Zuhören auf.

»Vielleicht verstehst du es ja doch noch...«, was sie ein bisschen mit Unmut erfüllte. Es gefiel ihr sicher nicht, dass ich so tat, als sei sie die Uneinsichtige.

»Wie soll ich es sagen? Nun... Es fällt mir ein bisschen schwer, das auszusprechen... Wir reden ja sonst nicht so intim... Noch nie hatte ich in meinem Leben so wenig zu verlieren, so fühlt sich das an. Es ist das erste Mal in meinem Leben, dass ich an nichts mehr wirklich hänge. Ich war sonst immer derjenige, der verliebt in das Leben war und über einen unendlichen Antrieb verfügte, wenn es ums Lieben oder Leiden ging. Es war egal, wie stark der Strom war, gegen den ich schwamm, ich habe es irgendwie hinbekommen. Du weißt von all den Liedern, die ich geschrieben habe. Sie sind nichts weiter als ein Ausdruck dessen. Doch jetzt habe ich ein Problem. Mir ist der Treibstoff ausgegangen. Es hat sich herausgestellt, dass mein ewiger Antrieb endlich ist. Ich habe Iona verloren und muss nun feststellen, dass so viel nicht übrig bleibt. Nichts, worauf ich stolz sein könnte. Nichts, mit dem ich wirklich leben wollte. Und nichts, was mich bis zum Äußersten schmerzen würde, wenn ich es verlieren würde.« Ich räusperte mich kurz und fuhr dann fort: »Ich kann es verstehen, wenn das schwer nachzuvollziehen ist, aber ich bin komischerweise darauf angewiesen. Auf einen Wechsel... Ich brauche eine Herausforderung. Und nun mal ganz ehrlich, die kann ich hier nicht finden. Kiel ist nett, aber einfach nicht das, was ich mir vorstelle, wenn ich an ein intensives Leben denke. Ich denke mal, es würde gefährlich für mich werden, wenn ich all diesen Enthusiasmus, den ich einmal hatte, nicht wiedererlangen könnte. Ich will mich einfach nur wieder, und auch wenn es mein letzter Versuch ist, in das Leben verlieben. Und wenn du jetzt sagst, dass ich ein hoffnungsloser Romantiker bin, dann bekenne ich mich im Sinne der Anklage für schuldig...«

Obwohl selbst ich mich nach meiner triefenden Ansprache wie die Personifizierung des Kitsches selbst fühlte, berührte es sie. Ja, und damit meine ich nicht nur ein bisschen. Sie musste die Tränen mit großer Anstrengung zurückhalten, es wäre an diesem Abend schließlich nicht das erste Mal gewesen. Das war für Jana ein neuer Rekord, denn ich hielt sie einst für einen dieser Menschen, bei denen man sich nicht sicher war, ob sie überhaupt über Tränendrüsen verfügten. Doch nun war ja der Beweis erbracht und immerhin wusste ich, dass emotionale Tränen eine andere chemische Zusammensetzung hatten, als die gewöhnlichen Tränen zum Befeuchten oder Schützen des Auges. Unter den Bestandteilen befand sich unter anderem auch Serotonin. Und gab es etwas Schöneres? Zu wissen, dass man beim Weinen ein Glückshormon ausschüttete?

»Was ist deine größte Hoffnung im Leben?«, fragte ich sie, um einen neuen Ansatz, einen neuen Zugang zu ihr zu finden. Zugegeben, eine nicht ganz simple Frage, wo doch Hoffnung eigentlich immer nur der Ausdruck von Optimismus sein konnte. Ich meine, was hätte ein Pessimist darauf geantwortet? Es war fraglich, ob Pessimisten überhaupt über Hoffnungen verfügten. Vielleicht höchstens über solche, die sich mit großer Wahrscheinlichkeit sowieso erfüllen ließen, stoische Hoffnungen sozusagen. In unserer Zeit war das ja genau umgekehrt. Wir passten unsere Wünsche nicht mehr der Realität an, sondern die Realität unseren Wünschen, was, wie wir schließlich alle wussten, katastrophale Folgen hatte.

Um zurück auf Jana zu sprechen zu kommen, sie war mit Sicherheit keine Pessimistin. Sie war abgeklärt, aber nicht desillusioniert, was sich auch darin zeigte, dass sie sich außergewöhnlich viel Zeit für ihre Antwort nahm. Pessimisten erkannte man daran, dass sie einem schon nach dem Bruchteil einer Sekunde das Wort *Hoffnung* auseinandergenommen und um die Ohren gehauen hatten.

»Ähm... Ja, ich weiß nicht... Vielleicht die Hoffnung auf Anerkennung oder so? Wieso fragst du?«

»Weil meine Hoffnung eine andere ist... Meine größte Hoffnung im Leben ist die Möglichkeit zur Veränderung. Es ist die größte und gleichzeitig letzte Hoffnung, die mir bleibt. Dass es noch andere Perspektiven gibt, schließe ich ja nicht aus, aber solange ich die nicht sehe, muss ich mit dem leben, was ich habe. Verstehst du? Für mich ist es einfach die größtmögliche Sicherheit, die Möglichkeit zu haben, den Ort, an

dem ich mich gerade befinde, zu verlassen, um aufzu-
brechen und mir einen neuen Horizont zu suchen. Für viele
mag das ja eine Unsicherheit sein, die Gefahr entwurzelt zu
werden, aber ich sehe das ganz anders. Diese Möglichkeit
generiert dir tausend zweite Chancen...«

»Also hast du das Gefühl, versagt du haben?«

»Was meinst du?«

»Na, wenn du eine zweite Chance brauchst? Vielleicht würde
es einfach reichen, wenn du dir selbst vergibst. Meinst du
nicht?«

Sie hatte mit ihrer spontanen Analyse ziemlich ins Schwar-
ze getroffen und damit sicherlich eine tiefe Wahrheit ausgesprochen und ich bestritt das keineswegs, jedoch reichte das
Wissen darüber nicht aus. Was nützte das Wissen über den
Klimawandel, wenn man nichts gegen ihn tat? Was nützte das
Wissen über Kriege, wenn man sie noch immer führte? Was
nützte das Wissen über Mitgefühl, wenn man sich doch nur
hasste? Was nützte das Wissen darüber, dass man jemanden
nicht mehr liebte, wenn man noch immer mit ihm zusammen war? Was nützte das Wissen, jemanden noch immer zu
lieben, wenn man kein Wort mit ihm wechselte?

Der Mensch hatte diese wundersame Fähigkeit der Doppel-
moral, die Fähigkeit gegen sein Wissen oder gar gegen seine
ihm eigenen Überzeugungen zu handeln. Da war ich nicht
anders. Ich wusste, dass die Lösung dieser Sache ganz woanders liegen musste, aber Kiel verlassen wollte ich noch immer. Und ich wusste, dass ich Iona noch immer lieben würde,
aber mit ihr reden würde ich dennoch nicht.

Ich versackte für einige Zeit im Schweigen und Jana verstand wieso.

»Was würdest du davon halten, wenn ich mitkomme?«

»Bitte was?!«

Mit einem verheißungsvollen Lachen gab sie ihrer mutigen Frage etwas Nachdruck.

»Na ja, ich bin gerade dabei, meinen Freund zu verlassen. Eine Abwechslung wäre also ziemlich nice. Du weißt schon, wem gehört dies, wem gehört das, hol doch bitte deine Sachen von mir ab, aber nur, wenn ich nicht zuhause bin und so weiter. Auf den Kram habe ich keine Lust. Und ich weiß ja nicht, wo du hinwillst, aber das wäre mir sowieso relativ egal.«

»Also erst einmal: Dir ist klar, dass Steffen denken wird, dass wir beide miteinander durchbrennen, oder?«, sagte ich.

Darüber mussten wir dann beide lachen, wir wussten, dazu würde es nicht kommen.

»Soll er doch. Ich fände es eigentlich ganz lustig, wenn er das glauben würde. Will man seinem Ex-Freund tendenziell nicht immer eins auswischen?«

Ich kannte das sehr gut, tat aber lieber so, als wären mir die Verhaltensauffälligkeiten von frisch Getrennten vollkommen fremd. Ein bisschen übertrieb ich es mit dem Abstreiten, damit sie wenigstens die Chance hatte, zu erkennen, dass ich ihr im Grunde zustimmte.

»Also, was meinst du? Kannst du dir das vorstellen?«

Das war nicht die Frage, dachte ich, meine Fantasie war ziemlich rege. Aber, ob ich das wirklich wollte, das stand auf einem ganz anderen Blatt. Sollte ich das denn wirklich riskieren?

Zugegeben, ich hatte immer davon geträumt. Die Vorstellung kam mir als Romantiker sehr entgegen, selbst wenn man nichts miteinander am Laufen hatte. Ich sah uns praktisch schon in Zugabteilen philosophieren, irgendwo da draußen, in Städten, dessen Namen wir nicht kannten, draußen an der Küste, an stürmischen Tagen.

Auf der anderen Seite bot eine solche Konstellation eine große Angriffsfläche für Konflikte jeglicher Art. Mann und Frau ganz platonisch? Spätestens seit *Harry und Sally* wussten wir zwar nicht von der Unmöglichkeit platonischer Beziehungen zwischen Mann und Frau, aber zumindest von der Schwierigkeit, dass nicht wenigstens einer der Beteiligten in den Sog des Konjunktivs kam, des Konjunktivs des *Was wäre wenn...?*. Das führte wohl immer zu einer schnellen Idealisierung der Umstände, weil die Freundschaft als Institution (die ja strenggenommen keine war, da sie rechtlich nicht geregelt war), Optimierungs- und Maximierungszwängen nicht so stark ausgeliefert war, wie alle anderen Arten der persönlichen Beziehungen.

Die Annahme, man könnte den Anderen problemlos vom besten Freund zum Geliebten machen, war mindestens naiv, wenn nicht sogar fahrlässig. Vor allem war schon immer das Zerbrechen einer Liebesbeziehung wahrscheinlicher gewesen, als das Zerbrechen einer Freundschaft. Ich wusste nicht genau, woran das lag. Vielleicht an der stärkeren Nähe. Doch war klar, dass danach nichts wie vorher werden würde. Man kannte sich zu gut. Aber das musste man alles in allem überblicken können, das war kein Grund, es nicht zumindest zu versuchen. Manche Fehler waren da, um sie zu machen.

Andererseits war es etwas fundamental anderes, zu zweit zu verreisen, ich kannte das von vorigen Reisen. Es hatte doch immer das Potenzial vermindert, an einer Reise wachsen zu können. Das lag wahrscheinlich daran, dass man einen Teil seiner Komfortzone einfach mitnahm. Vor allem wusste ich nicht, wo ich mit dieser ganzen Nummer am Ende landen würde. War es da gut, noch jemanden mitzunehmen?

Letztlich blieb mir aber doch nichts anderes übrig, als zuzugeben, dass ich recht angetrunken war und mir trotz allem klar wurde, dass ich Jana doch ganz gern hatte. Der Sprung zur Zusage fiel mir sehr leicht.

»Jo, lass machen.«

»Sehr schön, Adrian! Für wie lange hast du dir das denn vorgestellt?«

Ich stutzte.

»Jana, ich weiß nicht, ob du mich wirklich richtig verstanden hast. Wenn es nötig ist, dann für immer.«

»Für immer? So richtig für immer? Oder nur so ein bisschen für immer?«

»Ich denke, die Natur des Wortes ist eindeutig genug.«

Sie musste kichern. Ich konnte nicht recht einschätzen, ob sie es nun ernst meinte, oder ob das nur eine verspielte Laune einer angetrunkenen Psychologie-Studentin war. Dass sie sich wieder mäßigte, beruhigte mich nur bedingt.

»Ist okay. Mal sehen, wie lange ich das durchhalte.«

»Das möchte ich aber auch wissen.«

»Meinst du, wir verlieben uns ineinander?«

Ich verschluckte mich an meinem Bier. Das war eine gefährliche Frage und eine geschlossene dazu. Eine Frage, auf die es im Grunde keine beruhigende Antwort gab. Wer sie stellte, der wollte einen wirklich herausfordern. Man musste sich ja nur mal beide Antwortoptionen anhören:

»Option Nummer eins: Ja, wir verlieben uns in einander! Aber muss man eine Freundschaft auf so hässliche Art und

Weise enden lassen? *Widerlich*!«

»Option Nummer zwei: Nein, wir verlieben uns nicht ineinander. Von dir geht zu wenig körperliche Anziehungskraft aus, ach ja, blond ist auch nicht so mein Ding, brünett müsstest du schon sein. Darüber ließe sich reden, *aber so*, um Gottes Willen! Da könntest du genauso gut Ethnopluralistin sein!«

Das klang beides nicht so sonderlich prall. Ich musste ausweichen oder darauf hoffen, dass sie die Antwort am nächsten Tag, vom Kater geplagt, vergessen hatte.

»Ich weiß nicht, man weiß das nie... was die Zeit so mit einem macht...«, antwortete ich.

»Geh' in die Politik mit deinen Phrasen! Du kannst sprechen, ohne was zu sagen«, wobei ich mir sicher war, dass sich kein Machtpolitiker getraut hätte, *Ich weiß nicht* zu sagen.

»Ach Jana, ich werde langsam müde...«

»Das senkt die Chancen aufs Verlieben, denke ich, wenn ich jedoch Lethargie in dir auslöse, dann sollten wir doch am besten heiraten! Die besten Chancen auf eine lange Ehe hat man, wenn man sich entweder verabscheut oder zu Tode langweilt. Weißt du, diese tollen Pärchen, die, bei denen man sagt: *Wow, die hätten wirklich zueinander gepasst*, die sind meist nach einem Monat wieder auseinander, aber die Ehen dieser cholerischen Frankenstein-Paare, die halten ewig! Da kannst du machen, was du willst, die bekommst du nicht auseinander!«

»Du willst sagen, eine starke Liebe ist keine gute Voraussetzung für eine Ehe?«

»Meine Güte, nein! Das ist die denkbar schlechteste Voraussetzung! Wenn man sich wirklich liebt, dann verzehrt man sich und dann bleibt nichts mehr übrig. Die Ehe wurde als Zweckbündnis erfunden oder zumindest war sie das die meiste Zeit, die Liebesheirat hingegen gibt es noch nicht so lange. Man wollte doch vorher einfach das Hab und Gut sichern, das war so praktischer. Und denke nur mal daran, für wie lange man sich heutzutage aushalten muss, wir werden ja mittlerweile neunzig Jahre alt, wer will da noch mit zwanzig heiraten?«

»Halte mich für einen Romantiker, aber die Ehe verteidigen werde auch ich nicht«, antwortete ich ihr.

»Das überrascht mich allerdings.«

»Auch von Bestimmung halte ich nichts. Komm mir bloß nicht mit so etwas wie Platons Kugelmenschen, darauf basiert leider das komplette romantische Ideal. So kühl das auch klingt, die Welt bewegt sich in Kausalitäten, wenn sich jedoch zwei Kausalitätsketten treffen, so mag das für uns zwar erstaunlich sein, aber im Grunde ist es nicht anderes als begründbar. Was nicht heißt, dass wir den Grund für alles finden können, aber sicherlich gibt es ihn. Das führt uns letztlich zu der ältesten aller Fragen: Wer ist der Urbeweger, der Erstbeweger? Da habe ich letztens eine Sendung mit Harald Lesch gesehen. Er meinte...«

»Du bist eine unheimlich schizophrene Persönlichkeit! Einerseits willst du Romantiker sein, andererseits raubst du der Welt mit deiner Philosophie den Zauber. Entscheide dich doch endlich!«

»Nein, nein. Das, liebe Jana, ist der bedeutende Unterschied zwischen Kitsch und Romantik. Das kannst du als Zynikerin wahrscheinlich schlecht voneinander unterscheiden. Das ist so, als würdest du Melancholie mit Depression gleichsetzen.«

Sie gähnte, kippte dann aber einen kühlen Schluck Pils hinterher. Sie hatte ihre Flasche gerade abgestellt, da öffnete sich die Tür und etwas laute Musik wehte aus dem Wohnzimmer hinüber. Herein kam Friedrich, der Vater von Sinah.

Sinah war diejenige, die zusammen mit Bennet die ganze Feier schmiss. Die beiden hatten sich beim Geowissenschaftsstudium kennengelernt und relativ schnell eine Schwäche füreinander entwickelt. Ich hoffte wirklich, dass ihre Beziehung noch eine Weile halten würde, denn die beiden stellten im Prinzip genau eine solche Art Pärchen dar, die Jana gemeint hatte, als sie von denjenigen gesprochen hatte, die gut zusammenpassen würden, aber nach einem Monat bereits wieder getrennte Wege gingen.

Und auch Friedrich konnte sich glücklich schätzen: Bennet war ein wirklich anständiger junger Mann, hochintelligent und auch noch sozial. Sinah hätte schließlich auch einen verkappten Sozio-Ökonomen oder Wirtschaftsinformatiker anschleppen können, doch sie hatte wohl das Glück, nicht das nehmen zu müssen, was sie kriegen konnte.

Friedrich schloss die Tür hinter sich ganz vorsichtig. Er war einer dieser Menschen, die ihre höfliche Haltung und Contenance selbst nicht ablegten, wenn um sie herum die Welt zerriss. Mit gütigem Lächeln begrüßte er uns und sagte, dass er zu alt für diesen Lärm und dieses dauernde Rumgehopse sei. Er nahm sich einen Küchenstuhl und setzte sich zu uns.

Im Grunde wussten wir nicht viel über ihn. Eigentlich nur zwei Dinge: Dass er Sinahs Vater und ein Lehrer war, vielleicht noch, dass er um die sechzig sein musste, aber das war eine reine Schätzung. Er sah zumindest wie einer dieser linken Intellektuellen aus, solche, die noch immer Cordhose tragen und handschriftliche Briefe schreiben würden. Und wenn er uns mit seinen liebenswürdigen Augen über die Brille zunickte, dann sah er ein bisschen wie ein bärtiger William Hurt aus.

»Na, ihr Beiden? Ihr habt es ja gemütlich hier.«

»Friedrich, bist du sicher, dass du dich zu uns setzen willst? Was wir hier bereden, wird dir noch tagelang durch den Kopf gehen, richtig tiefgründiger Mist.«

»Du bist Jana, richtig?«

Sie nickte.

»Da wollen wir doch mal sehen, über was redet ihr denn?«

»Na ja, über Erstbeweger und Frankenstein-Paare und so Zeugs. Und unser Kumpel hier ist ein bisschen depressiv. Seine Flamme hat ihn vor einem halben Jahr verlassen, sie haben sich beide betrogen, das muss man erst mal schaffen.«

»Du meinst etwa zeitgleich?«, wollte Friedrich wissen.

»Frag ihn!«

Friedrichs schelmische Miene richtete sich auf mich: »Also, etwa zeitgleich?«

»Gewissermaßen. Ich kann aber nur vermuten, ich habe nie richtig nachgefragt. Wir waren in Norwegen im Urlaub und da war so eine kanadische Musikerin, es war eigentlich recht harmlos, aber wir haben uns geküsst. Und Iona, was sie genau getan hat, müsste man nochmal in Erfahrung bringen, aber da war wohl ein unglaublich gutaussehender Norweger oder so etwas in der Art. So reime ich mir das zumindest zusammen. Ich weiß aber nicht einmal wirklich, ob sie mich für ihn verlassen hat, oder ob sie *mich* einfach nicht mehr wollte. Dafür weiß sie immerhin nichts von der Kanadierin.«

»Das klingt ja nach einem richtigen Schlamassel... Und du

bist jetzt mit der Kanadierin zusammen?«

»Meine Güte, nein. Sie war da gerade mit ihrer Band auf Tour, habe sie ja auch nur dreimal gesehen, ich denke sie ist jetzt wieder in Kanada oder sonst wo. So genau weiß man das ja nicht. Ach ja, und Iona war eine Schottin. Wieso sage ich eigentlich *war*? Sie ist für mich ja noch nicht gestorben. Nun gut. Zumindest habe ich, als Deutscher, meine schottische Freundin in Norwegen mit einer Kanadierin hintergangen. Ich denke, das nennt man Globalisierung.«

Er veräußerte ein kurzes Lachen, dann stellte sich sein gewohnt gutmütiges Pokerface ein und man fragte sich ständig, was wohl genau hinter diesen beiden Augen vorgehen mochte, wenn er denn seine Mundwinkel einfach nicht senken konnte.

»Und jetzt will er auf Reisen gehen und sich selbst finden oder so...«, schaltete sich Jana wieder ein.

»Ich will mich eher vergessen, das ist der Punkt«, korrigierte ich.

»Und wo soll die Reise hinführen?«, fragte Friedrich.

»Das steht noch nicht fest.«

»Also eher eine Reise um des Reisens willen?«

Ich nickte.

Wieder intervenierte Jana: »Ich habe ihm vorgeschlagen, mitzukommen. Sieht wohl auch so aus, als würde das was werden, oder?«

Ich nickte erneut. Ich fand es etwas seltsam, dass sie dauernd in der dritten Person von mir sprach.

»Ach ja, und dann habe ich ihn gefragt, ob wohl die Gefahr bestünde, dass wir uns ineinander verlieben. Da ist er richtig rot geworden, das hättest du sehen sollen.«

»Ach, ihr seid also auch nicht zusammen?«

Wie durch magnetische Anziehung schauten Jana und ich uns in die Augen und konnten nicht weiter ernst bleiben. Sie kicherte und ich schob eine dieser Lachen vor, die klar machen sollten, dass etwas lächerlich war.

»Nein, nein, nein! Nein... Sah das etwa so aus?«

»Ach, ich weiß nicht. Die Chemie zwischen euch scheint mir einfach sehr gut. Aber das gibt es natürlich auch oft bei Freunden. Ich war mit meiner Frau zuerst fünfzehn Jahre lang befreundet, dann traf uns der Blitz. Wir haben geheiratet.«

In unsere Blicke war die Frage geschrieben, was er uns damit eigentlich sagen wollte.

»Nein, versteht das nicht falsch. Das heißt nicht, dass es euch auch so ergeht. Es kann auch gut ausgehen!«, scherzte er. Mir gefiel sein ironischer Esprit sehr.

»Friedrich, ich muss dich etwas fragen«, sagte ich ihm.

»Du, ich muss dich zuerst etwas fragen: Ich habe gar nicht nach deinem Namen gefragt, tut mir leid.«

»Ich bin Adrian.«

»Na dann, *Adrian*. Schieß los!«

»Als ich noch mit Iona zusammen war, da hatte ich das Gefühl, dass unserer Beziehung ein wenig die Grundlage fehlte. Wir haben uns selten gesehen und wenn wir uns dann sahen, dann verzehrten wir uns nur. Meinst du, das ist schädlich für eine Beziehung? Zu wenig Freundschaftlichkeit? Da du ja beide Seiten kennst, mit derselben Frau befreundet warst, aber auch mit ihr verheiratet bist, vielleicht kannst du ja was dazu sagen.«

»Also, das ist eine schwere Frage. Ich höre in meinen Klassen immer, das ist immer eher die Oberstufe, dass die meisten jemanden wollen, der Liebhaber und bester Freund zugleich ist. Das geht nicht, das sage ich ganz offen. Man muss sich schon entscheiden. Wenn man versucht, möglichst viele Lebensbereiche mit derselben Person zu füllen, dann geht das meist nach hinten los. Das ist pure Überforderung. Was du wahrscheinlich mit freundschaftlicher Liebe meinst, ist ein Umgang miteinander ohne kitschige Verliebtheit, oder? Das ist schon möglich. Ich muss sagen, meine Frau und ich waren eigentlich nie wie verliebte Teenager und es hat sich seit unserer Hochzeit, bis auf die Körperlichkeit, im Grunde nicht so viel verändert, was umso erfreulicher ist, weil wir dann wissen, dass wir uns auch auf ein anderes Fundament berufen können. Aber letztlich kann man sagen, dass wir einfach nur gut miteinander auskommen. Ganz ohne irres Liebesrezept.«

Ich seufzte zufrieden.

»Und wieso bekommt unsere Generation das dann nicht hin?«, hakte Jana ein.

»Meine Güte, was ihr mir für Fragen stellt, sehe ich denn schon so alt aus? Das heißt nicht, dass ich weise bin. Nur alt. Nun ja. Ich denke, das liegt einfach am Druck. Wir hatten vor dreißig Jahren noch etwas mehr Zeit, das glaube ich zumindest. Da blieb dann noch wirklich Zeit zum Kennenlernen und wir waren ja auch noch nicht so sehr einem persönlichen Zeitmanagement unterworfen. Das soll nicht böswillig klingen, aber ihr habt ja riesige Ambitionen für euer Leben. Das ist ja auch etwas Schönes, aber andererseits habt ihr dann gewiss auch mehr Schwierigkeiten, euch auf jemanden mal so richtig einzulassen, weil ihr im Hinterkopf darüber nachdenkt, ob dieser Jemand denn gerade wirklich in euren Lebensplan passt. Da könnt ihr nichts für, aber ich finde das richtig schade. Die schönsten Dinge sind die, die man nicht plant.«

Eifrig nickten Jana und ich, um ihm zu zeigen, dass wir wenigstens versuchten, nicht zu dieser Gruppe junger Menschen zu gehören, die ihr Leben an die Beschleunigung verschenkten.

Dann faltete Friedrich seine Hände zwischen die Beine und legte seinen smaragdgrünen Cashmerepullover in Falten, indem er sich nach vorne beugte. Er wollte nichts sagen, das glaubte ich zumindest. Er schaute nur nachdenklich auf der Winkelhalbierenden zwischen uns hindurch und ließ seinen Blick irgendwo auf der frisch gestrichenen Raufasertapete verschwinden.

Ich fragte mich, wie es wohl war, mit seiner besten Freundin zu schlafen. Es musste wohl eine Kreuzung aus unangenehmen Gefühlen sein. Oder die totale Befreiung. Friedrich hätte mir das sicher beantworten können, jedoch war der alkoholische Pegel für solche Fragen noch nicht erreicht. Da kannte man sich für lediglich zehn Minuten und schon rückte man mit Themen heraus, die viele Leute nur mit der Kneifzange anfassten. Ich für meinen Teil, versuchte das für gewöhnlich so offensiv wie möglich zu persiflieren. Aber natürlich war das auch eine bedeutende Angelegenheit für mich. Seit sechs Monaten saß ich mehr oder weniger auf dem Trockenen und Kiel konnte ich für meine Ansprüche wirklich nicht als fruchtbaren Boden bezeichnen. Dem Credo des *lieber widerlich als wieder nich'* wollte ich ebensowenig folgen, deshalb hatte sich leider nicht so viel ergeben. Und obwohl ich für eine Quarterlife-Crisis eigentlich schon zu alt war, war ich doch noch in einem Alter, in dem das zeitweise ein echtes Problem darstellen konnte.

»Ich will nicht über mich reden«, sagte Friedrich, um die Schweigsamkeit zu beenden. »Erzählt mir etwas über euch. Ihr wirkt ein wenig niedergeschlagen. Auch du, Jana. Von Adrian weiß ich ja jetzt, was ihn so umtreibt, aber von dir weiß ich noch nichts. Was macht dir Sorgen?«

»Herrje, das ist auch so eine Beziehungskiste. Aber die wird nicht mehr lange dauern, glaube ich...«

»Fürchtest du oder hoffst du?«

»Ich hoffe.«

Sie erwischte sich bei einem vorfreudigen Lächeln. Friedrich schaute zu mir herüber, um sich von mir attestieren zu lassen, dass ich es auch gesehen hatte.

»Das wird schon, Jana. Ich denke, ihr beide habt noch eine Menge Erfahrung vor euch. Andererseits, wenn ich es mal vergleiche, in eurem Alter war schon fast ein Verlobungsring auf meinem Finger. Aber die Zeiten sind nicht mehr dieselben, zu eurem Glück...«

Er machte sich ein Bier auf, etwas unbeholfen, das musste man zugeben, und wir drei stießen auf eine Welt an, die uns allen auf eine jeweils etwas andere Weise fremd geworden war. Daraufhin sprach er einen Toast aus: »Wenn ich euch nur einen Rat geben kann, sofern ich mir das erlauben darf, so als Stammesältester, dann vielleicht diesen einen: Redet miteinander, bis euch die Ohren abfallen! Redet, bis ihr einschlaft. Redet, bis euer Mund fusselig ist. Redet, solange ihr eine Antwort kriegt. Und habt ein bisschen mehr Mut als wir. Das wäre es dann auch schon, hoch die Flossen!«

Für einen kleinen Moment füllte sich diese karge und unbelebte Küche mit ein wenig Freundlichkeit und Behaglichkeit. Ich fühlte mich bei weitem nicht mehr so verloren, entleert und trübselig, wie in den Minuten, als ich an Iona gedacht hatte.

Meine Gedanken führten mich nun wieder zu ihr, ganz zwangsläufig, jedoch war es jetzt fast erhebend, an sie denken zu müssen. Ich spürte die Verbundenheit zu ihr und auch wenn ich nie an so etwas wie *unsichtbare Bänder* geglaubt hatte, so gab es doch Momente im Leben, in denen es sich so anfühlte, als antwortete die Welt mit einem diffusen aber warmen Widerhall auf meine Schweigsamkeit.

Es war nun eindeutig an der Zeit, diesen Abend abzuhaken. Während ich im Eisfach kramte, fragte Friedrich uns, ob wir denn Silvester schon etwas vor hätten. Es war ja schließlich nur noch ein paar Tage hin, da sich Sinah und Bennet aus unerfindlichen Gründen dazu entschlossen hatten, um Weihnachten herum umzuziehen. Friedrich und seine Frau zumindest hätten nicht sonderlich viel geplant, die besten Freunde hatten woanders zugesagt und da die Kinder ja nun mittlerweile alle aus dem Haus seien, das Haus seitdem sehr still geworden war, und dadurch das erste Silvester alleine drohe, fragte er uns, ob wir denn nicht vorbeischauen mögen. Wir wohnten ja nicht allzu weit entfernt und obwohl Jana und ich ja gar nicht zusammen seien, könnte es doch trotzdem ganz nett werden, man würde zusammen feiern. Es würde zwar wohl eher gemütlich werden, so zu viert, aber das würde uns sicher nicht stören, meinte er.

Jana und ich beäugten uns. Wir würden nun bald zwei einsame Wölfe sein, das war sicher, und mit einem derartig exzessiven Feiern wie jenes, das unsere Altersgenossen betrieben, konnten wir dieses Jahr wenig anfangen, man würde sowieso wieder mit schlimmem Kater aufwachen, doch das war eigentlich nie das Schlimmste. Das Schlimmste war nicht der Kater, sondern die Erkenntnis, dass alle Probleme, wegen denen man sich zuvor betrunken hatte, noch immer da waren und es anscheinend auch nichts gegen sie ausrichtete, wenn man versuchte, sie wegzutrinken. Also nahmen wir seine Einladung vorsichtig an.

Im Eisfach wurde ich endlich fündig. Der gute schottische Gin, verfeinert mit Koriander, Zitrusschalen und Rosenblättern. Daraus machte ich mir einen kleinen Spaß, indem ich den beiden sagte: »Der Gin hier kommt aus Schottland, genau wie Iona. Was meint ihr, was haben die Beiden gemeinsam?«

Weder mimisch, noch verbal bekam ich eine gültige Antwort.

»Na, sag schon!«

»Bitter im Abgang!«

Ich hielt es für ein gutes Zeichen, die eigenen Wunden durch den Kakao ziehen zu können, aber ich verspürte in gleichem Maße, wie gegenständlich sie für mich noch immer waren. Und gewissermaßen hatte ich etwas mit Jana gemeinsam: Mein Herz war nicht mehr bei der Sache. Also musste ich gehen. Ich musste mich endlich auf die Socken machen.

ZWEITES KAPITEL

An einem Donnerstagmorgen verließ ich meine Kieler Wohnung und machte mich auf den Weg, um ein paar Erledigungen zu machen.

Ich ging zur nächstgelegenen Postzweigstelle, ein Paket abholen. Ich war zur Zeit der Auslieferung zwar anwesend gewesen, jedoch zu lethargisch, um die Tür zu öffnen. Diese Paketboten hatten sich angewöhnt, immer so zwischen elf und zwölf in unserer Straße aufzukreuzen, was sich schlecht bis gar nicht mit meinem Biorhythmus vereinbaren ließ. Und auch, wenn ich wusste, dass den Zustellern Sanktionen drohten, wenn sie einen bestimmten Prozentsatz an Paketen nicht auslieferten, so ließ sich dieses Wissen für mich nicht in einen lebenspraktischen Ansatz umwandeln.

Mein Optimismus war rar, und wenn, dann äußerte er sich vielleicht darin, dass ich um Weihnachten herum eine Maxi-Packung Präser bestellt hatte. Mein Vorrat war seit längerem aufgebraucht und es war, so muss ich doch sagen, letztlich nichts weiter als eine Sicherheitsmaßnahme, mir wieder ein paar davon auf Vorrat zu legen. Und da es sowieso in wenigen Tagen losgehen würde, ins Ungewisse, war es doch gut, das Basisinventar an Bord zu haben. Aber wirklich erwarten tat ich nichts. Ich hatte mich verschlossen. Es musste schon der unwahrscheinliche Fall einer Iona-Erscheinung eintreten, direkt vor mir, eine Erscheinung aus dem Dunkeln. Dieses zarte Wesen hätte vor mir stehen müssen, hätte seine Arme öffnen müssen, hätte mich zu sich bitten müssen. Das gab es aber nicht. Das einzige, was mich wirklich in seinen Bann einlud, war vielleicht meine ambitionierte Netflix-Liste oder der Youtube-Abokasten, den ich noch abarbeiten musste.

Da ich mich zum ersten Mal verweigert hatte, an Weihnachten nach Hause zu fahren, war im Allgemeinen mein Heiligabend so abgelaufen, dass ich im Bademantel am Küchentisch gesessen, Cornflakes hineingeschaufelt und *Sherlock* geschaut hatte. Mein Interesse daran war jedoch längst erloschen gewesen, da ich die Serie bereits mehrmals gesehen hatte und ich mich zunehmend darüber echauffiert hatte, dass Sherlock die Lösungen für seine Fälle nicht schneller herausbekam. Er hätte doch nur die Werke von Arthur Conan Doyle lesen müssen! Meine Güte! Das hatte mich dann ziemlich traurig gemacht. Arthur Conan Doyle war Schotte gewesen. Diese kleine Tatsache hatte gereicht, um mich trübselig zu machen.

Später dann hatte ich Sinatra aufgelegt, um ein wenig festliche Stimmung aufkommen zu lassen, denn mit Frank Sinatra verwandelte sich bekanntlich jeder Ort zu New York. Jedoch besang er die Liebe fast nur unter der Voraussetzung der Anwesenheit und Erwiderung, sodass ich seine Stimme, so schön sie doch war, bereits nach zwanzig Minuten aus meiner Wohnung verbannte. Ich wurde einfach nicht mehr glücklich.

Silvester war nun noch zwei Tage entfernt. Dass ich bis dahin noch etwas Sinnvolles schaffen würde, stand aber nicht mehr zur Debatte, die Chance lief immerhin gegen Null. Ich kam mit meinen Proust-Bänden nicht weiter, sodass es folgerichtig war, dass ich die verlorene Zeit noch immer nicht gefunden hatte, die Aristoteles-Hausarbeit verfügte lediglich über eine leere Seite, nicht einmal die Überschrift oder das Datum hatte ich zustande gebracht, die Sache mit dem Geschirr hatte ich aufgegeben, gespeist wurde nun von Papptellern, die nach mehrmaligem Verwenden in einen zentral aufgestellten Müllsack wanderten, ein sich potenzierender Haufen an Wäsche lag im Bad, deswegen war das Bad nur auf einem Bein zu betreten, ich musste also endlich mal wieder zum Waschsalon gehen, und in der Küche roch es allmählich nach einem schwer zu definierenden Verfaulungszustand, irgendetwas Fleischiges, das Auge jedoch ließ sich zuerst von der riesigen Kaffeelache ablenken, die über den wichtigen Versicherungsformularen auf der Küchenzeile verteilt war.

Innerhalb von wenigen Monaten war ich vom Neurotiker, der die äußere Ordnung unbedingt brauchte, weil in ihm selbst schon das Chaos herrschte, zu einem willenlosen Haushaltsanarchisten mutiert.

Man konnte also sagen, dass meine kleine Wohnung so organisch geführt wurde, dass sie an ein Feuchtbiotop grenzte. Das ließ sich im Speziellen daran erkennen, dass ich zu manchen Flecken, Pizzarändern oder leeren Verpackungen eine innigere Beziehung aufgebaut hatte, als zu den meisten Menschen, mit denen ich verkehrte, zumindest zu denen, die noch übrig geblieben waren. Mein kompletter Alltag war mit breiten Komfortzonen ausgestattet und dies führte letztlich dazu, dass es einer meiner Lieblingsaktivitäten war, unter der Dusche Bier zu trinken (in popkulturellen Kreisen bekannt als *shower-beer*). Ich fand das keineswegs bedenklich, immerhin duschte ich, das war ein Gewinn, ein wahrer Fortschritt in der Evolution meines Tagesablaufes, zumindest verglichen mit den anderen Errungenschaften, wie dem Überschreiten meines Schlafpensums von neun Stunden und dem daraus resultierenden zumindest gelegentlichen Aufstehen vor zwölf Uhr.

Leider konnte ich mich nicht mehr lange vor der Veränderung drücken. Der 4. Januar sollte der erste Reisetag werden, so hatten Jana und ich es festgelegt, da sie dem Unibeginn so knapp wie möglich entgehen wollte. Da heute der 29. Dezember war, blieben mir somit noch sechs Tage, abzüglich Silvester, also in Wahrheit nur noch fünf Tage, um mich meinem fatalistisch-hedonistischen und nachlässigen Lebensmodell zu widmen. Ein Lebensstil, dessen Inbegriff die Entfremdung geworden war, und ich versuchte dem Leben in dieser Zeit irgendeinen Geschmack abzugewinnen, irgendeine Note, die ja nicht mal süß hätte sein müssen, doch es gelang mir nicht, eine Verbindung zwischen mir und dem großen Ganzen herzustellen. Zwischen mir und der Welt herrschte Funkstille.

Es waren nur kurze Momente. Kurze Momente, die einen kleinen Unterschied machten. Ich hatte meine Lieferung mittlerweile abgeholt und irrte zurück. Die blasse Wintersonne schien mir mitten in die Visage und ich glaubte zumindest, dass meine Haut die mickrige Dosis an Vitamin D genoss. Doch da brauchte nur ein Haus oder ein Baum zwischen mich und das Licht treten und schon kehrten die unsinnigen Sinnfragen zurück. Fragen danach, was ich nur in dieser Stadt machte, warum ich nie wirklich um Iona gekämpft hatte, weshalb ich den Inhalt meiner Lieferung überhaupt bestellt hatte, wenn ich schließlich denselben Aufwand aufwenden musste, um ihn von der Post zu holen, warum man in Flugzeugen nicht zuerst alle Fensterplätze und dann die Gangplätze boarden würde, warum keine Firma damit warb, keine geplante Obsoleszenz zu verbauen oder warum es im Englischen kein Äquivalent für *Weltschmerz* oder *Fernweh* gab. Das war nichts, womit ich meinen Tag hätte verbringen können.

Ich flüchtete zurück in meine Wohnung und versuchte, meine gestressten Synapsen zu entspannen, sie abzulenken, sie zu betäuben, sie blind und taub zu machen für alle Fragen, die ich oder das Leben mir hätten stellen können. Das brachte ich für gewöhnlich mit den primitivesten Unterhaltungsformen fertig, mit Angriffen auf die Initialreize und Bombardements auf die Schnittstellen und Wurzeln meiner menschlichen Stimuluszentren. Das nachmittägliche Fernsehprogramm war Ausdruck eines Mediums der Unterforderung und zu weiten Teilen nicht mehr als ein Hort der Belanglosigkeit und Herablassung. Damit war es genau richtig, um mich keinesfalls mit meinem eigenen Leben auseinandersetzen zu müssen, wenn ich doch auf das Leben der Anderen herabschauen konnte. Das Fernsehpublikum war, so hätte Roger Willemsen es gesagt, exakt genauso deppert wie das Programm selbst. Wer hatte schon die Muße für das arte- oder 3sat-Programm?

Auch wenn es einige von mir geliebte Formate auf diesen Sendern gab, wollte ich mich damit keinesfalls in ein anderes Licht stellen, denn die Gefahr, bei einem Sender hängen zu bleiben, der nachmittags schwergewichtige Menschen zeigte, die für wenig Geld in Mülltonnen herumwühlten, um eine möglichst schlechte oder schrille Figur abzugeben, war meist höher. Jedoch schaltete in meinem Alter nahezu niemand mehr den Fernseher ein, geschweige denn, besaß einen. Jeder suchte sich sein Maß an Unterhaltung alleine im Netz zusammen, was aber auch nur in Teilen aussichtsvoller war.

Dieselben Effekte, die sich nachmittags auf einigen Fernseh-programmen abspielten, vollzogen sich im Netz auf der Facebook-Startseite. Die Stimmung war aufgeheizt, wenn nicht sogar apokalyptisch. Ich war jedoch der Hoffnung, dass dies irgendwann ein Ende haben würde, diese Manie.

Etwas war einfach dabei, sich zu verändern. Vor allem bei mir, denn allmählich durchzog mich eine unheimliche und ungewollt stoische Ruhe. Ich wusste, dass sich etwas voll-ziehen würde, sich etwas in eine neue Richtung fügen würde und, dass es an der Zeit war, mobil zu machen. Das war, um keine Missverständnisse zu verursachen, keine a priori hoff-nungsvolle Annahme. Das war schiere Ungewissheit, die man weder evaluieren, noch in irgendein gedankliches Koor-dinatensystem einordnen konnte. Schließlich war die Ruhe vor einem Tsunami, der rapide Rückzug des Wassers, eine durchaus fatale Ruhe. Und auch, wenn mich dieser Gedanke etwas ängstigte, wusste ich, dass es letztlich alles an mir hing. Wenn mich dieser überwältigende Tsunami mit sich riss, dann nur, weil ich mich dazu entschlossen hatte.

31. Dezember

In Anchorage ging gerade die Sonne auf, um den letzten Tag das Jahres einzuleiten, als Jana und ich bereits in abendlicher Dunkelheit den Birkengrund hinunter gingen, um das Haus der Welzers zu finden.

Ich klammerte mich fest um meinen Zwiebeldip (welcher im Grunde aus nichts weiter als Schmand und Zwiebelsuppe bestand) und versprach mir vom heutigen Abend etwas Erleichterung, was meine Schwermut anbelangte. Janas Stimmung hingegen war der meinen gegenübergesetzt. Sie trug ihren geflochtenen Einkaufskorb sehr locker unter ihrem linken Unterarm, summte irgendwelche Melodien vor sich hin und ich wurde immer mal wieder unsicher, ob nicht doch ein Baguette oder eine Flasche Sekt aus ihrem Korb rutschen und dann ungebremst auf dem Asphaltboden zerscheppern könnte. Dass ich das überhaupt befürchtete, war für meine Verhältnisse grotesk, ich litt an jenem Abend unter greifbarer Anspannung. Ich fühlte mich wie eine Gitarrensaite, die man viel zu hoher Tension ausgesetzt hatte.

In der Ferne hörte man in regelmäßigen Abständen den allsilvesterlichen Artilleriebeschuss derer, die sich das übrige Jahr sonst nichts leisteten oder leisten konnten, infolgedessen blitzte es öfters sehr hell am Horizont auf; so, als stünden die Dänen mit territorialen Ansprüchen vor den Toren der Stadt.

Für später war, so hatte Jana mir erzählt, eventuell noch Schnee angesagt, vorausgesetzt, die Temperaturen würden noch etwas fallen. Generell hatten wir diesen Winter noch keine einzige Schneeflocke gesehen und die naive Hoffnung auf eine weiße Weihnacht, wurde, wie jedes Jahr, nicht erfüllt. Das war kein Wunder, auf Spitzbergen waren die Temperaturen gerade zwanzig Grad über dem langjährigen Mittelwert. Ich wusste zwar nicht, ob es da einen direkten Zusammenhang zu unserem Wetter, hier in Mitteleuropa, gab, aber ich machte mir recht große Sorgen um die Biosphäre, in etwa so wie um einen erkrankten Patienten, da es so schien, als war hier etwas fundamental aus den Fugen geraten.

Ich versuchte, meine Hoffnung auf Schnee in Grenzen zu halten. Bisher war der Himmel klar und die größeren Sterne flimmerten aus großer Ferne auf uns hinab. Das fiel auch Jana auf. Ihre Melodie verstummte und sie staunte voller Achtsamkeit in die ungewisse Dunkelheit. Ihr Mund öffnete sich um einen kleinen Spalt, sodass etwas Atemluft vor ihrem Gesicht kondensierte. Dann lächelte sie.

Die Bewunderung, in der sie sich verlor, verschärfte meine Angst um ihren gefährdeten Einkaufskorb. In galanter Pose nahm ich ihn ihr ab.

»Lass mich das nehmen«, sagte ich und hoffte, damit lediglich als Gentleman zu gelten.

Sie lächelte mir reizend zu, bedankte sich erstaunt. Dass sie heute ziemlich gut aussah, fiel mir sofort ins Auge. Das hieß weder, dass ich einen Hintergedanken hegte, noch, dass sie sonst nicht gut aussah. Es war einer dieser Momente, in denen man darüber nachdachte, was man von einem Menschen wohl halten würde, wenn man ihn nun zum ersten Mal traf. Mir wäre wohl aufgefallen, dass ihr Eindruck durch und durch stimmig war. Man fühlte regelrecht, dass sie nicht versuchte, aus ihrer Haut zu flüchten, man spürte, dass sie etwas erleichtert hatte, was nicht zuletzt daran gelegen haben könnte, dass sie Steffen endlich verlassen hatte. Er hatte sich nicht gewehrt und den bitteren Kelch tapfer angenommen. Man konnte davon ausgehen, dass er noch immer etwas für sie empfand. Und das, obwohl es sicherlich nicht an ihm vorbeigegangen war, dass sie sich mit ihrer Erwiderung schon seit längerer Zeit schwer getan hatte.

Ich erkannte ihre Erleichterung an ihren Schultern, ich erkannte es eigentlich immer daran, sie hatte ihren treuherzigen Leichtsinn wiedergewonnen, eine Unbefangenheit, die ein wahres Geschenk sein musste. Sie und ihr Leben, sie waren wieder Verbündete, und das hatte auf unausweichliche Weise zur Folge, dass es ihre Schultern ein kleines bisschen von der Schwerkraft entbund.

Sie stapfte voraus und sichtete Friedrich als erstes. Er stand bereits im Gartentor und sein konzilianter Blick erstickte meine Anspannung im Keim.

»Freunde der Nacht!«, rief er uns zu und empfing uns mit offenen Armen. Was am meisten zu unserer Vertrautheit beitrug, konnte ich nicht sagen, aber es fühlte sich so an, als umarmte ich einen langjährigen Freund, der schon den ganzen Tag auf mich gewartet hatte.

»Maria, sie sind da!«, rief er seiner Frau zu, nachdem er die Haustür hinter uns geschlossen hatte.

»Gut, ich komme gleich!«, schallte es mit kräftiger Stimme zurück.

»Ihr könnt es euch schon mal im Wohnzimmer gemütlich machen, wenn ihr wollt. Maria ist dann auch gleich da.«

Er streckte seine Hand aus und deutete auf die Tür, die vor uns lag.

Das Wohnzimmer. Ein großzügig geschnittener, offener Raum mit gedämpftem Licht, auf der rechten Seite ein Kaminofen mit Specksteinverkleidung und links einige unsortierte Bücherregale, die bis unter die Decke ragten. In der Mitte war eine große Sofalandschaft aufgebaut, zwei sich gegenüberstehende Sofas, am Kopfende des Couchtisches ein Ohrensessel. Überall lagen Zeitschriften oder Bücher mit kleinen Post-it-Notizen herum, die unmissverständlich ahnen ließen, dass hier Tag ein, Tag aus, viel Muße stattfand. Nicht nur die Bücher, sondern auch die beträchtliche Musiksammlung, die benachbarte Highend-Stereoanlage, sowie die

Sammlung bekannter Filmklassiker und diverse kubistische Gemälde vermittelten einen geistreichen und intellektuellen, wenn nicht sogar einschüchternden Eindruck. Man musste doch sagen, dass die Beiden mir, was Buchseiten anbelangte, ein großes Stück voraus waren. Dabei war es umso erstaunlicher, dass Friedrich nichts von dem unterrichtete. Im Grunde war nämlich keine einzige Ziffer in diesem Raum zu finden, nicht einmal eine Uhr hing an der Wand, es drehte sich alles um Farben, Formen, Gedanken und Impressionen. Insgesamt machte der Raum zwar einen etwas rumpeligen oder lotterigen Eindruck, das war der Gemütlichkeit aber durchaus zuträglich.

Jana und ich ließen uns fallen und tief in die Polster sinken. Die Wärme des Kamins umstrahlte unsere unterkühlten Körper und ich schielte immer wieder auf die kleinen Notizen, die an die Bücher geheftet waren und auf denen die Beiden sich immer Empfehlungen aussprachen.

Nach einer Weile hatten wir uns ein wenig akklimatisiert und ich hielt es für angebracht, den Hausherrn zu fragen, ob noch etwas Hilfe bei der Zubereitung des Essens benötigt wurde. Friedrich schälte in der Küche Kartoffeln und im Grunde kam es mir recht gelegen, ein paar Worte allein mit ihm zu wechseln. Ich bot ihm meine Hilfe an und er deutete auf die ungeschnittenen Zwiebeln und drückte mir ein sauberes Küchenmesser in die Hand. Augenblicklich nahm ich die Zerstückelung dieser kleinen isoalliinhaltigen Objekte in Angriff und mir kam in den Sinn, wie lange ich nicht mehr geweint hatte. Das letzte Mal, es musste wohl über ein Jahr her gewesen sein.

Ich hatte mich in London von Iona verabschiedet und wir

flogen wieder nach Hause, in entgegengesetzte Richtungen, in zwei verschiedene Länder. Als ich dann wieder in meiner Wohnung angekommen war, das kalte Licht einschaltet hatte und die Tür hinter mir ins Schloss gefallen war, da war die Beziehungswirklichkeit, in der ich bisher gelebt hatte, für mich nicht weiter ertragbar gewesen und ich hatte mich, mithilfe von diversen Weinflaschen, durch die Nacht geweint.

An sich hielt ich die Fernbeziehung für etwas weitaus sinnvolleres als ein gemeinschaftliches Kompostieren auf engstem Raum, einer lieblosen Duldungsstarre, doch dass sie auch Entbehrungen beinhaltete, hatte ich nie bestritten. Sie war gewissermaßen die Entschleunigung des Kennenlernens, eine Liebe in *slow motion*, doch das Ziel war dasselbe. Die Probleme, die andere plagten, konnten wir höchstens verlangsamen, aber nicht aufhalten.

Ich konnte nicht recht ergründen wieso, aber ich fragte Friedrich, ob er wohl wüsste, warum meine Augen tränten. Er blickte mich an, wie ein Maler, dessen Gemälde noch nicht ganz fertig war, als fehlte noch irgendein Detail. Dann sagte er: »Meinst du nicht, dass das von den Zwiebeln kommt?«

Ich zückte mein Smartphone und zeigte ihm ein Bild von Iona. Ich wählte natürlich das schönste, oder zumindest jenes, welches ich als das schönste empfand, keines, auf dem wir beide zu finden waren, das schien mir etwas zu klagend. Sie lächelte darauf milde in die Linse, im Hintergrund die weitläufigen Dünen von Tiarden. Ihr schwarzes Haar, das sich aufgrund des Windes in sanften Locken um ihr Kinn legte, ihr süßer Mund, ihre braunen Augen, in denen sich die Summe ihres Wohlwollens spiegelte.

»Was hältst du von ihr?«, fragte ich ihn.

Sein Blick füllte sich mit Entzücken. Das Gemälde war nun endlich fertig.

»Ein Jammer, dass ihr nicht mehr zusammen seid. Wirklich, Adrian. Das ist sehr schade.«

Bedächtig nickten wir uns an.

»Well…«, erwiderte ich. Ein Ausdruck, der, immer wenn ich ihn wählte, eine Leere ausfüllen sollte, und so wirklich konnte niemand daraus lesen, ob ich ihn in Schwärmerei oder Bedauern benutzte. Ich wusste es auch nicht. Das eine gab es nicht ohne das Andere.

Friedrich klopfte mir zuversichtlich auf die Schulter.

»Das wird alles, da bin ich mir sicher. Erstmal wollen wir ins neue Jahr, richtig?«

»Ach Friedrich… Tu' doch nicht so, als hätten wir eine Wahl«, sagte ich.

Wir betraten gemeinsam das gemütliche Wohnzimmer, in dem sich nun Jana und Maria aufhielten. Sie sprachen über etwas, das meiner Wahrnehmung entgangen war.

Maria saß im Rollstuhl. Und nicht, dass ich deswegen meine Fassung aufgeben musste, aber es war doch eine Überraschung, etwas Unerwartetes für mich. Unsere Begrüßung wurde folglich zu einem Moment, der sich für mich als unbequem herausstellte, da er sich zwischen einem Händeschütteln und einer halb herabgebückten, lieblosen und kumpelhaften Umarmung abspielte. Noch nie war ich dieser höflichen Distanz wirklich mächtig gewesen, ich hielt es immer für eine Erleichterung, jemanden direkt duzen zu können, oder jenes Geschwätz ohne Belang, das man Smalltalk nannte, überspringen zu können. Ebenso war erste die Begrüßung zu jeder Zeit ein kniffliger Moment.

Ich musste meine peinliche Berührtheit loswerden, also fing ich an, vom tollen Wohnzimmer zu schwärmen. Wie viel Kultur doch in einem Raum stecken konnte, was das für tolle Gemälde waren, mit Verlaub, ich verstand ja nichts von Kunst, und wer von beiden denn wohl mehr lesen mochte und wie viel die Stereoanlage wohl gekostet hatte. Meine Schwafelei schritt weiter und weiter hinein in den Wald der Übertreibung, da warf Jana mir einen gefährlichen Blick zu und schüttelte subtil den Kopf. Ich nickte zurück und schaltete einen Gang herunter. Wenigstens das schien schon zwischen uns zu funktionieren. Wir hatten im Grunde die Eigenschaften eines alten Ehepaares. Wir kannten die Unzulänglichkeiten des Anderen auswendig, begehrten uns nicht und widersprachen uns laufend. Vielleicht war es wirklich sinnvoll, einander zu heiraten.

Doch eine Ehe um der Ehe willen? Das konnte nicht gut sein. Musste man eine Ehe führen, nur weil sie lange halten konnte? Wenn sie doch letztlich ohne Liebe war? Wenn man eine Freundschaft auf dieselbe Weise, ganz ohne Ehe, hätte führen können? Und so jemanden heiraten? Das konnte ich nicht. Ich wollte nicht andauernd mit jemandem identifiziert werden, der mir emotional irgendwie... fern war. Diesen Platz im Leben konnte ich dafür einfach nicht freimachen.

Und mir fiel etwas anderes ein: Das Zimmer war sowieso belegt. Wenn meine Liebe ein Hotel war, dann wurde diese Suite von einem anderen Mädchen bewohnt, oder wie soll ich sagen, die Erinnerung an dieses Mädchen wohnte noch dort. Eine große Suite, muss man sagen, mit einer Menge alter, teurer Möbel und guter Aussicht. Aussicht worauf, fragen Sie sich? Aussicht auf Zukunft.

Die Erinnerung hatte das Zimmer noch für einige Zeit aus-
gebucht, man konnte ja nie wissen, für wie lange noch. Eine
Zeit lang hatte auch ich in diesem Zimmer gewohnt, aber das
Mädchen checkte dann irgendwann wieder aus, die Aussicht
war ihr nicht gut genug. Vielleicht gefiel ihr auch ein anderes
Hotel besser. Ich weiß es nicht. Jedoch war da ja noch die
Erinnerung und durch sie rechnete sich das ganze Hotel
nicht mehr. Schließlich musste man ein leeres Zimmer auf
eigene Rechnung unterhalten, in etwa so, als wenn sich dort
ein Mord zugetragen hatte und von nun an ein Geist dieses
Zimmer bewohnte. Solange das so war, konnte man niemanden dazu bewegen, dieses Zimmer neu zu belegen.

Dieses geheimnisvolle Mädchen, von dem ich sprach? Es
wäre töricht gewesen, ihren Namen auszusprechen. Den
Namen dieser einzig Wahren, meiner *immernoch-Liebe*. Keiner
konnte ihn mehr hören, doch ich konnte keinen anderen
mehr hören. Ich sollte über sie hinweg sein, sagten alle.
Sagten, ich sollte neu anfangen. Doch, wie konnte ich neu
anfangen? Um neu anzufangen, musste man zuerst einmal
aufhören. Und das hatte ich nie.

Es war bereits spät, doch noch immer währte das alte Jahr.
Ich hatte über die Stunden hinweg versucht, jedermanns
Trinkgewohnheiten zu analysieren, jedoch war das Problem
dabei gewesen, dass ich eigene hatte. Von Glas zu Glas stellte
sich eine neue Chemie zwischen uns Vieren ein, dabei war es
egal, ob es sich um *Montepulciano*, *London Dry Gin* oder *Linie
Aquavit* handelte, die Geselligkeit war zu keiner Zeit wähler-
isch gewesen.

Friedrich schäumte regelrecht vor Amüsement, wie ein

frischer Champagner. Der Grund für seine Begeisterung war die Idee, die ihm in den Sinn gekommen war. Er stellte sie uns vor: »Ich mag gewisse Fragespiele. Fragespiele, die allen Mitspielern das vollkommene Maß an Ehrlichkeit abfordern. Und ihr müsst jetzt mal ganz ehrlich sein. Maria, das wird jetzt nicht leicht für uns! Aber ich denke, wir können damit umgehen.«

»Aha? Dann sag uns doch mal, was für eine tolle Idee du hast.«

»Oh, das werde ich. Also, angenommen, wir wissen, wer wen liebt. Ich liebe dich, Maria. Maria, du liebst mich. Stimmt doch, oder? Und Adrian? Darf ich es sagen?«

Ich nickte.

»Also, Adrian liebt Iona. Und Jana, du? Liebst du jemanden?«

»Och... Momentan bin ich nicht so festgelegt. Geht das vielleicht auch?«

»Ja, im Prinzip reicht das auch. Ist nicht so schlimm.«

Er räusperte sich.

»Wir verraten uns jetzt mal alle, auf wen wir abfahren würden, wenn wir nicht den liebten, den wir lieben. Damit das nicht zu unangenehm wird, nehmen wir mal prominente Personen, okay? Wer wäre euer *celebrity crush*? Da fällt euch doch bestimmt jemand ein, oder?«

Wir benickten uns alle übereinstimmend.

»Ladies? Fangt mal an! Und vergesst die Begründung nicht!« Maria machte den Anfang.

»Friedel, du hast dir gerade wochenlange Diskussionen eingebrockt, das sehe ich doch jetzt schon kommen. Aber ich will es versuchen...« Sie stützte ihren Kopf auf ihre Hand. »Also, wen ich immer toll fand, war Robert Redford. Der hatte immer so einen würzigen Blick drauf. Wisst ihr, was ich meine? Aber ich weiß gar nicht, ob er überhaupt noch lebt.«

»Ja, aber er ist alt! Ich dachte, du kommst jetzt mit so einem Jüngling an. Mit Matt Damon oder so.«

»Matt Damon ist Mitte vierzig!«, warf ich ein.

»Gegen Robert Redford ist das ein Jüngling.«

Damit hatte er mehr als recht.

Jana fing an, mit den Füßen zu tippeln. Sie war an der Reihe.

»Da hab' ich ja jetzt freie Wahl, was?«

Sie nahm einen kaum vernehmbaren Schluck von ihrem italienischen Rotwein und antwortete dann entschlossen: »Also, ich weiß nicht, ob ihr den kennt, aber Jared Leto ist toll. Ich meine, habt ihr mal seine Augen gesehen? Der kommt nicht von hier. Das sag ich euch, der kommt von woanders. Vom Uranus oder so.«

Ich kannte Jared Leto durchaus, allerdings nur aus einem Film, in dem er eine 58 kg-schwere Transsexuelle verkörpert hatte, da hatte ich nicht so sehr auf die Augen geachtet.

»Jana, den kennen wir nicht, glaube ich. Hast du noch wen anders auf Lager?«, fragte Friedrich.

»Ach, schade... Na ja, ich weiß ja nicht. Ich glaube, dann nehme ich Leonardo DiCaprio, das ist auch ein nettes Stück Filet. Ich weiß, das ist keine kreative Wahl, aber...«

»Weit davon entfernt!«, lachte ich.

»...aber er hat genügend psychisch Gestörte verkörpert. Ich kann mich mit ihm identifizieren!«

Der Uhrzeigersinn zeigte an, dass ich nun an der Reihe war. Aber... auf wen stand ich, wenn nicht auf Iona?

Im Moment war meine große Liebe ein doppelter Gin-Tonic, aber die anderen waren ehrlich gewesen, da würde sich niemand mit Wacholderschnaps zufrieden geben. Ich war im Grunde auch kein guter Trinker, Ernest Hemingway hätte sich sicherlich im Sarg gedreht, wenn nicht sogar schon rotiert. Ich dachte also kurz nach und äußerte dann meine Wahl: »Also, gut. Ich denke, Anna Kendrick. Die kennt ihr sicherlich nicht, aber ich zeige euch ein Bild, okay?«

»Das ist unfair! Ich durfte ihnen auch kein Bild zeigen«, beklagte Jana.

»Ich suche gleich ein Bild von Jared Leto raus, ja?«

»Aber ich schaue zuerst, ob ich mit dem Bild einverstanden bin.«

»Ja, ist ja gut.«

Ich präsentierte den beiden Anderen ein Bild von Anna Kendrick. Sie posierte gerade auf dem roten Teppich des *Guys Choice Awards*. Sie war, das wusste ich, nicht nur meine Wahl. Jeder mochte sie auf irgendeine Weise, jeder fand einen Zugang zu ihrem unschuldigen und doch verführerischen Wesen. Das kam nicht oft vor. Im Speziellen begründete ich meine Vorliebe für sie damit, dass sie nicht nur wundervoll aussah, sondern auch über einen selbstironischen und selbstreferentiellen Humor verfügte. Was konnte man also mehr verlangen?

Maria und Friedrich gaben sich mit meiner Antwort und auch mit Janas Wahl, einschließlich dem nachfolgenden Bild von Jared Leto, zufrieden.

Nun war Friedrich dran.

»Oh je. Wer könnte schon etwas gegen Robert Redford ausrichten? Oder besser, wer könnte ihn für mich verführen, sodass Maria für mich übrig bliebe? Mir fällt nichts ein. Ich sollte keine Fragen mehr stellen, dessen Antworten ich nicht kenne.«

Für einige Zeit vergingen ihm die Worte. Währenddessen wurde es draußen zunehmend lauter und in der Runde wuchs die Kenntnis über das neue Jahr, das wir gerade erreicht hatten. Es hatte sich angeschlichen, um uns über das Verstreichen der Zeit zu verblüffen. Man hatte ein Jahr Zeit gehabt, um sich an eine neue Zahl zu gewöhnen, sich auf eine neue Zahl zu eichen, doch fürs Erste würde sie dennoch fremd bleiben, ungewohnt und neu, sie würde klingen, als sei sie falsch.

Alles blieb wie vorher: Niemandes Puls stieg an, jeder trank dasselbe, trug dieselbe Kleidung, orientierte sich an denselben Fluchtpunkten im Raum und liebte dieselbe Person wie zuvor, wenn auch ein Quäntchen anders, da die Zeit an niemandem spurlos vorüber ging. Aber dafür brauchte man kein neues Jahr, die Zäsuren lagen bereits im kontinuierlichen Zeitverlauf selbst.

Ich liebte Iona anders. Aber nicht wegen dem neuen Jahr, sondern weil sich mein Wesen schon immer mit jeder Minute verändert hatte, wie hätte ich so auf dieselbe Weise lieben können? Ich hätte als jemand lieben müssen, der ich nicht mehr war. Die Liebe meines früheren Ichs, war nicht mehr meine Liebe. Meine Liebe war neu und vergänglich. Sie dauerte durchgängig an und hob sich doch von Moment zu Moment immer wieder aufs Neue auf.

Wir stießen auf das neue Jahr an, standen nicht auf, nickten uns voller Wünsche zu. Voller Wünsche, für die anderen. Voller Wünsche, für uns selbst. Zumindest *ich* hatte mir einiges zu wünschen und in mir wurde die Erkenntnis wach, dass das das Lebenszeichen war, auf das ich gewartet hatte.

Einen Wunsch zu hegen, das bedeutete, dass ich endlich wieder etwas wollte. Dass ich einen Fixpunkt hatte, nicht mehr in Raum und Zeit umhertaumelte, kein verirrter Satellit mehr war.

Auch wenn es nur der Wunsch nach einer fernen, sorglosen Gestalt war, einer gedanklichen Abzweigung, nach einem emotionalen Pfad, den ich noch nie beschritten hatte, einem unbeschriebenen leichten Blatt Papier, das von mir beschrieben werden wollte. Die Gewissheit, dass Iona nicht alles war, dass Iona nicht die Welt war, dass es etwas mehr als sie gab. Auch wenn es nur unzugängliche *celebrity crushs* gab, allein die Klarheit über die Existenz eines Wesens, das für mich anziehend, aber nicht Iona war, befreite meinen Eifer und meine Hingabe an ein unbekanntes Gegenüber auf eine Weise, die ich vorher nicht gesehen hatte, da ich der Realität als Optimist nichts zutrauen wollte.

Friedrich erhob als erstes sein Glas.

»Auf die verlorene Zeit!«

»...und Robert Redford!«

Auf unser Gelächter, meines besonders durch Vehemenz gezeichnet, folgte ein anständiger Schluck Alkohol.

»Jetzt aber raus, ich will das Feuerwerk sehen!«, insistierte Jana.

Wir drängten unsere Stühle nach hinten und standen in festlicher Haltung auf. Ich zog die schwere, massive Tür der Glasfassade zur Terrasse auf, um die anderen heraus zu lassen. Friedrich drückte Maria liebevoll einen Kuss auf die Wange und schob sie auf die Terrasse. Draußen beobachtete ich immer wieder die erleuchteten Antlitze der Anderen im Schein inmitten von Dunkelheit, betrachtete nicht das Feuerwerk, sondern die Betrachter des Feuerwerks.

Dann versuchte Sophia, mich anzurufen. Erneut. Ich hatte es vorher nicht für nötig gehalten, abzuheben. Ich wusste nicht, was sie von mir wollte, doch jetzt war es nach Zwölf, ich konnte ihr endlich ein frohes neues Jahr wünschen. Sie hatte es einige Male bei mir versucht, ich hatte sie immer weggedrückt, es passte einfach nicht, doch allmählich stieg in mir die Neugier empor.

»Hey, Sophia. Frohes neues Jahr!«

»Adrian, du hast es schon gehört?«

»Was soll ich denn gehört haben?«

»Ben, er... Er hat es...«, sagte sie und fügte ihrem Halbsatz eine Pause hinzu. »Er hat es nicht geschafft.«

In ihrer Stimme lag tiefe Farblosigkeit. Leere und Starre. Ich hatte den Tod nie klagen hören, aber so stellte ich ihn mir vor. Ein Hall auf kaltem Stein, ein gefrierender Hauch auf fremdem Land, ein einsamer Frieden, ganz ohne Würde und ganz ohne Ende.

Die Welt hatte sich gewandelt. Das Blut in meinen Adern war so bitterkalt und dick, es musste pechschwarz sein. Das gleißende Feuerwerk, dieser brennende Glitzerregen, diese funkelnden Strahlen, die mich an diesen Abenden einst mit der Welt vereinten, sie waren nun ein Siegeszug des Todes. Ben hatte es nicht geschafft. Ein kurzer Satz, der Sophia über die Lippen ging, der beschützend wirkte und doch niemanden im Unwissen hielt. Er erlag seinem Lymphdrüsenkrebs am letzten Dezembertag dieses Jahres. Er würde das neue Jahr nicht erleben. Er würde gar nichts mehr erleben.

Ich hatte ihn lange nicht mehr gesehen und würde es auch nicht mehr. Als sein Zustand sich verschlechtert hatte, wurden meine Besuche weniger. Ich hatte es schlicht versäumt, ihn auf seinem Weg zu begleiten, ihm wenigstens für eine Minute das Gefühl zu geben, dass er diese Krankheit nicht allein schultern musste, dass, wenn man schon allein sterben musste, zumindest nicht allein leben musste. Nie hatte er das von mir eingefordert, aber ich hatte es von mir selbst verlangt. Wollte mir beweisen, dass man sich auf mich verlassen konnte. Man konnte es aber nicht.

Ich war ein egozentrischer Widerling, der zwar gern von der Vergangenheit oder Zukunft sprach, nicht aber von der Gegenwart. Einer, der sich lächerlich oft von Eitelkeit getränkt durch die Haare fuhr und es Unsicherheit nannte, ein besonderer Zeitgenosse, dessen verlässlichster Gefährte der Schmerz über verlorene oder vielleicht sogar nie gehabte Liebe war. Dabei hatte ich aber nicht einmal das Recht, mich schlecht zu fühlen, da das nicht weniger egozentrisch war. Es gab keinen Ausweg aus dieser Sackgasse. Wenn ich mich selbst niedermachte, dann nur, um einen konsequenten Widerspruch der anderen zu hören. Es verlangte eigentlich nach einer differenzierteren Selbstkritik.

Ich fühlte mich aber wie Dreck. Weit weg von einer Versöhnung mit irgendwem, ganz zu schweigen von mir selbst. Die Wahrheit war, dass ich Ben dafür hasste. Jawohl, ich hasste Ben dafür, dass er abgekratzt war. Musste er mich daran erinnern, wie widerlich ich war? Daran, dass ich anscheinend nichts mehr für die Welt übrig hatte? Daran, dass ich nichts weiter als eine Karikatur war, eine Persiflage, ein Charakter, wie aus Holz geschnitzt, ohne Schliff, ungefeilt, mit tausend toten Winkeln?

Ich machte die Welt zu einem ungerechten Ort. Den kategorischen Imperativ auf mich anzuwenden, das wäre untragbar gewesen. Ich hatte es verdrängt, ich hatte Ben aus meinen Gedanken verbannt, und das nur, weil es so einfach war, einen Teil meines Lebens, den ich nicht mehr sehen wollte, auszublenden und es war fraglich, ob ich mich verändern konnte. Letztlich war meine zerbrochene Beziehung und die Trauer darüber nichts weiter als die zerkratzte Oberfläche meines Charakters, eine eiserne Fassade, durch die noch nie jemand gedrungen war.

Ich würde einen Rückzug brauchen. Ich würde einen Rückzug brauchen, um *der* Mensch zu werden, der ich sein wollte, denn ich lebte in einem Geflecht von Entschuldigungen, von Missverständnissen, die mir gerade recht kamen, um mich nicht zu bewegen. An der Tür meines Lebens klingelte jeder Sturm, aber ich stand einfach nicht auf und hoffte, dass es schon sein Ende finden würde.

Ich war es Ben schuldig, etwas aus meinem Leben zu machen. Dazu hatte er, im Gegensatz zu mir, keine Zeit mehr gehabt. Die Uhr tickte und wir alle wollten es nicht wahrhaben, dabei war die Silvesternacht die Nacht des Jahres, an der man es am ehesten hätte spüren können.

Die Angst vor dem Tode war einfach zu groß. Doch gab es keine Möglichkeit, sich an ihn zu gewöhnen? Indem man jeden Augenblick im Angesicht des Todes verbrachte? Indem man den Tod mit Humor verknüpfte und ihm so das Gewicht und die Unantastbarkeit nahm? Indem man seine Endlichkeit jeden Tag aufs Neue begriff, so wie man auch jeden Tag Zähne putzte oder mit dem Hund rausging? Worin lag das Resultat? In einer Wohnung, die voller kleiner Zettel klebte, auf denen »Du stirbst!« stand?

Zum ersten Mal beweinte ich nicht mich, sondern das Leben, das er nicht mehr führen konnte. Die vielen Konjunktive, die verworfenen Pläne, die verfallenen Ambitionen, die Kinder, die nicht geboren wurden, die Orte, die nicht besucht wurden, die Gefühle, die nicht erlebt wurden, die Luft, die nicht geatmet wurde, die Frau, die er vielleicht eines Tages getroffen hätte, dessen Biografie nun komplett anders verlaufen würde, die leeren Stunden, die diese Frau nun zu füllen hatte, mit etwas Anderem, mit einem anderen Mann, diese ganze Welt, die nun ein fasziniertes und begeistertes Mitglied verloren hatte. Es tat mir so leid.

Jana wurde aufmerksam auf mein Wegtreten. Mit einem kurzen Blick versicherte sie sich, dass Friedrich und Maria weiter mit dem Feuerwerk und ihrer Zweisamkeit beschäftigt waren, bevor sie sich langsam zu mir wandte. Aus Angst trat ich einen kleinen Halbschritt zurück, blieb dann aber stehen. Sie legte ihre Hand auf meine Schulter und deutete auf die Ecke des Hauses, hinter der wir dann verschwanden.

Sie sagte nichts, streichelte nur über mein Schulterblatt, ich weinte noch immer wie ein Schlosshund und dann legte sie ihre weiche Wange ganz langsam an die meine, bewegte ihren Kopf fast unmerklich, doch zumindest so, dass eine spürbare Reibung zwischen unseren Wangen entstand. Ihre andere Hand lag in meinem Nacken, sie strich über die kurzen Härchen, als würde sie mit ihrer Hand auf einem Teppich gegen die Laufrichtung fahren.

»Ist ja gut...«, flüsterte sie.

Jedes ihrer Worte ließ mich erneut ausstoßen, erschütterte mich im tiefsten Mark, jedes ihrer Worte durchdrang mich, ich war aufgetaut und nichts blieb mehr übrig, als mein verwundeter Kern.

DRITTES KAPITEL

Den Rucksack auf, ein wenig weiten, das bisschen Kleidung rein, die Kopfhörer aufwickeln und hinein, ein letztes Mal rasieren, die Seiten blank, vorne nur stutzen, Papier und Stift einpacken, die Zahnbürste, man wusste ja nie, Prousts verlorene Zeit, der erste Band, *Unterwegs zu Swann*, und Senecas Lehre über die Seelenruhe, den Briefkasten leeren, Fenster wieder schließen, die Heizung auf Mond, das Zugticket und den Reisepass nicht vergessen (man hatte wieder Grenzkontrollen eingeführt), Pastillen hinein, mein Hals kratzte ein wenig, der Schlafsack konnte auch nicht schaden, die Isomatte ließ ich allerdings unter meinem Bett, sowie das Netbook auf meinem Schreibtisch. Die 40-Watt-Birne im Flur ließ ich absichtlich an, ich wusste nicht, ob ich wiederkehren würde und da hoffte ich einfach, dass mich eine exorbitante Stromrechnung für gewisse Zeit auf Abstand halten würde, falls ich auf die dumme Idee kommen sollte, wieder umzukehren.

Meinen Anrufbeantworter besprach ich mit einer besonders zynischen Nachricht: »Liebe Sünder, ich habe mich dazu entschlossen, den großen und unergründlichen Wegen von Aquanimus zu folgen und in reinen Wassern zu treiben! Er hat große Pläne mit mir, das steht fest. Meine lieben Glaubensbrüder von Aquanti wissen sicherlich, wo ich gerade bin und können euch weiterhelfen. Braucht ihr Hilfe oder eine neue Richtung im Leben? So könnt ihr euch ebenfalls unter derselben Nummer melden. Sie lautet: null, null, drei, zwei, null, zwei, fünf, null, eins, acht, eins, eins, eins. Lobet und freuet euch auf Erlösung!«

Die genannte Telefonnummer war die direkte Durchwahl

ins belgische Außenministerium.

Nachdem ich die Tür hinter mir geschlossen hatte, begrüßte mich der Geruch, der typisch für mein Viertel war und als eine Mixtur aus Burgerdressing und Urin zu verstehen war. Das erstaunte mich, im Allgemeinen hatte sich der Winter für mich immer durch seine Geruchslosigkeit ausgezeichnet. Ich musste für gewöhnlich bis April oder Mai warten, bis das Umfeld, in dem ich mich bewegte, für meine Nase endlich wieder etwas hergab. Ich verstand es also als besonderes Abschiedsgeschenk meines Viertels an mich, dass ich für ein letztes Mal in den Genuss dieser duftenden Kloake kam. Sicher gab es auch wirklich schön duftende Viertel in Kiel, aber in denen wohnte ich halt nicht.

Der Weg zum Hauptbahnhof betrug zu Fuß, je nach Tagesform, etwa zwanzig Minuten. Es würde ein finales Schaulaufen in dieser Stadt sein und ich hoffte, dass mir irgendjemand über den Weg lief, den ich kannte, nur um dann, auf die Frage, wo ich denn hinwollte, antworten zu können: »Ich weiß es nicht.«

Ich hätte damit vor Ehrlichkeit strotzen können, wir alle wussten ja nicht so genau, wo wir hinwollten, oder zumindest nicht, wie wir da wirklich hinkamen. Eine dieser beiden Fragen stellte sich also fast immer.

Auf meinem Weg lag das Gelände der Sparkassen-Arena, welches in schlichten Graunuancen angelegt war und aufgrund des postmodernen Baustils einen architektonischen Bruch zu den umstehenden Stadthäusern darstellte. Ich hatte die Arena allerdings nie betreten, auch wenn es dazu zahlreiche Möglichkeiten gegeben hätte. Hier fanden ja nicht nur Handballspiele, sondern auch Konzerte statt.

Am angrenzenden Europaplatz fiel mir dann eine Plakat-wand auf. Katie Melua hatte hier im November ein Konzert gegeben und noch immer schmückte sie den Platz mit ihrem Gesicht, wenngleich jemand ihr den Hals und eine winzige Ecke ihres Kinns abgerissen hatte.

Auch wenn eine gewisse Analogie zwischen ihrem Aussehen und dem meiner Ex-Freundin vorhanden war und das auch sicherlich niemand von der Hand weisen konnte, fühlte ich mich wenig angesprochen. Sie guckte mich nicht wirklich an, auch wenn ich mich direkt vor sie stellte und regelrecht um ihre Aufmerksamkeit bettelte. Ihr Blick war schön, aber ziel-los und hatte verschwindend wenig mit meiner Iona zutun. Ich ging also weiter.

Fast hatte ich vergessen, dass ich noch einen Halt bei meiner Bank einlegen musste. Ich löste mein Sparbuch auf und ließ es mir auf mein Konto auszahlen. Viel war von meinem an-fänglichen Sparvertrag nicht mehr übrig geblieben, etwa zweitausendvierhundert Euro, das war etwa ein Drittel der Startsumme. Die Bankangestellte wünschte mir nach der Auszahlung »Schöne Reise und alles Gute!«. Ich hatte ihr im Grunde nichts von meinen Vorhaben verraten, reisen wollte ich ja eher verdeckt, jedoch kam es wohl nicht so oft vor, dass jemand mit großem Wanderrucksack in die Filiale spazierte und jegliches Ersparte verfügbar machen wollte. Ich machte mir nichts daraus, dankte nett und beschritt den restlichen Weg zum Hauptbahnhof.

Nachdem ich mir dort noch etwas Nervennahrung besorgt hatte, setzte ich mich umgehend in den Regional-Express nach Lübeck, abfahrend von Gleis eins, wobei ich noch ein paar Minuten bis zur Abfahrt übrig hatte. Lübeck würde meine erste Umsteigestation werden. Von dort aus würde es Richtung Nordosten gehen.

Gegen kurz vor zwei setzte sich dann der Zug in Bewegung, endlich weg aus Kiel, es war soweit, ich war endlich unterwegs. Ohne Jana. Es war der 3. Januar.

Ich hatte Jana eine Nachricht hinterlassen:

Liebe Jana,

es tut mir sehr leid, dass ich dir einen Tag zuvorkommen muss. Ich bin bereits abgereist. Wohin, das weiß ich noch nicht. So, wie wir es eben auch nicht gewusst hätten.

Dahinter steckt kein Plan, sondern nur ein Gefühl. Heute morgen bin ich aufgewacht und ich wusste: Ich muss los. Das hat nichts mit dir zu tun, nimm es also bitte nicht persönlich, es ist vielleicht einfach besser, wenn ich das allein mache.

Zu alledem kommt ja auch noch Bens Tod. Ich bin es ihm schuldig. Ich bin es ihm schuldig, ein besserer Mensch zu werden. Er wird es nicht mehr sehen können. Es kommt zu spät. Aber ich will es trotzdem versuchen.

Ich denke, ich muss erst meinen Kram auf die Reihe kriegen, bis ich mich wieder auf andere Menschen loslassen kann. So einfach ist das. Ich werde sehen, was die Reise mit mir anstellt.

Vielleicht machst du ja trotzdem etwas Verrücktes in dieser Zeit. Würde mich freuen.

Du wirst von mir hören, das verspreche ich dir.

Fühl' dich gedrückt, meine Zynikerin, wir sehen uns bestimmt wieder.

Liebe Grüße, Adrian

Ich hoffte, dass sie diese sprunghafte Entscheidung, diesen Impuls, den ich gehabt und umgesetzt hatte, hinnahm. Letztlich hatte sie ja auch gar keine andere Wahl. Mir zu folgen, war ihr unmöglich, sie war schließlich nicht mein Kreditkarteninstitut. Sie wusste zwar, dass es mich schon immer in den Norden gezogen hatte, das lag fast chronisch in der Familie, aber was war schon *der Norden*? Alles, was sich oberhalb von Kiel abspielte? Eckernförde? Flensburg?

Ebenso hätte es mein Motiv sein können, meiner Verflossenen in Schottland hinterher zu laufen oder vielleicht Madison Nash in Montreal. Die Palette an Möglichkeiten war also breit gefächert. Für sie, wie für mich. Dabei war mir klar, dass es ein Ziel nicht geben konnte, eine Destination war höchstens Mittel zum Zweck, es ging um das Unterwegssein selbst. Es ging darum, Selbstvergessenheit zu erzeugen.

Ich wollte mich unbedingt treiben lassen, vielleicht nicht in den Wassern von Aquanimus, aber in der Fremde, in der Hoffnung, der Fahrtwind würde mich reinwaschen, würde mich schleifen, wie einen Kieselstein, der im Handel der Gezeiten immer glatter und weicher wurde. Jeder Anstoß würde mich in eine neue Richtung schieben, jeder Ort eine neue Umlaufbahn bieten, für ein derart antriebs- oder orientierungsloses Objekt wie mich.

Da blieb nur noch die Frage, wie frei ich in meinen Entscheidungen war, wie realistisch ein wirkliches Treibenlassen war. Ich *musste* mich immerhin entscheiden, in welchen Zug ich als nächstes stieg, sonst würde ich ewig in Lübeck festsitzen, was nun wirklich nicht der Inbegriff einer gelungenen Reise war. Dabei war die Definition des Treibenlassens die bewusste *Nicht-Entscheidung*. Wie konnte ich also so passiv bleiben, dass ich möglichst wenig Entscheidungen traf und doch so aktiv, dass ich voran kam?

Andere nannten es Trieb. Er stand zwar nicht für die Nicht-Entscheidung, aber immerhin für die *unbewusste* Entscheidung. Doch ich mochte das Wort nicht. Instinkt fand ich besser, die Worte wurden immerhin fast synonym füreinander gebraucht.

Wenn ich also meinem Instinkt folgte, diesem latenten Wummern im Bauch, dann würde ich schon irgendwo landen. Dabei war es wichtig, dass ich mich nicht so sehr von meiner Assoziation ablenken ließ, ich war nicht unvorbelastet, schon gar nicht, was Reisen in den Norden betraf. Es galt, meinen Entscheidungen ein passendes Maß an Willkür beizufügen, um diese ganze Entscheidungsnummer möglichst wirksam zu umgehen.

Ich hatte mich bereits ein wenig in meine Gedanken verstrickt, als der Zug in der Holsteinischen Schweiz, um genau zu sein, im regnerischen Plön hielt und ein älterer, stämmiger Mann zustieg und mir gegenüber Platz nahm.

Er zog unangenehm langsam den Reißverschluss seiner Weste auf, um seinen mächtigen Bierbauch auf meine Augen loszulassen, keuchte ein wenig herum und schlug dann mit lauwarmem Blick einen dicken Roman in Cremefarben auf, auf dem in Großbuchstaben das Wort EROTIK aufgedruckt war. So, so, dachte ich mir, seit wann war Erotik etwas, das sich in dicken Schinken abspielte?

Ich blickte lieber aus dem Fenster auf den verregneten Plöner See und kramte in alten Jugenderinnerungen, die mit diesem See zu tun hatten. Ich hatte dort einige Jugendfreizeiten als Mitarbeiter verbracht, meist im Oktober, selten auch im November. Es mussten mindestens vier Jahre in Reihe gewesen sein.

Das war für mich der Herbst. Eine knappe Woche am Plöner See, diese riesigen Laubbäume um das alte Schloss, das diesige Wetter, eine unzertrennbare Herdenwärme und dieser weite See, ein ruhiges Wesen, das einem immer zuhörte, wenn man Liebeskummer hatte. Man setzte sich einsam und im Nebel auf den Steg, das Holz war grün und morsch, und man murmelte Selbstgespräche vor sich hin. Wenn man damit fertig gewesen war und genug geklagt hatte, ging man zurück in die Gruppe und tat so, als war nichts gewesen. Als hätte es noch nie so etwas wie Melancholie gegeben. Doch das war eine große Lüge.

Eine ebenso große Lüge wäre es gewesen, wenn ich behauptet hätte, dass ich auf diesen Freizeiten nicht chronisch verliebt gewesen war. Die Jugendtage waren im Allgemeinen überwiegend von Verliebtheit gezeichnet, doch diese bestimmten Herbsttage hatten es einfach in sich. Man verbrachte den ganzen Tag miteinander, hatte eine gemeinsame Aufgabe und selbst wenn am Abend alle Konfirmanden ins Bett gebracht waren, dann saßen wir Mitarbeiter im Kerzenschein bei Fingerfood, wenn es das Alter erlaubte auch Wein, zusammen und unterhielten uns über den Tag. Und so eine Verliebtheit, das war der perfekte emotionale Fluchtpunkt. Nun ja, zumindest für mich.

Die letzte Freizeit war aber bereits sieben oder acht Jahre her gewesen, was mich ein bisschen erschreckte. Andere machten dort nun ihre Erfahrungen. Nicht mehr ich. Ich bemitleidete diese Anderen, meine Nachfolger, die jetzt gerade am See saßen und traurig waren oder sich vielleicht über einen heimlichen Kuss freuten. Sie hatten noch so viel vor sich, so wie ich es damals hatte und wie ich es ja noch immer hatte. Das Vergehen der Zeit, es hatte mich noch nie gestört. Meine Vergangenheit war zwar schön, aber tauschen wollte ich mit ihr nicht.

Das lag wohl an meiner unbegründeten Annahme, dass die Zukunft grundsätzlich etwas Besseres für mich übrig hatte als die Vergangenheit. Dahinter steckte sicher nicht die Idee eines Plans, niemand hatte etwas für mein Leben geplant, weder ich, noch eine höhere Macht, aber doch wusste ich, dass der Lauf der Dinge manchmal bestimmte Formen annahm. Manchmal wurde das Leben zu einem Film, wurde erfüllt von einer Struktur, die, wenn sie denn vollendet wurde, einen Sinn ergab. Diese Zugfahrt... Sicherlich war sie der Auftakt zu einem großen Streifen. Doch da blieb für mich noch eine Frage: Wenn mein Leben ein Film war, was war dann der Plot?

Gegen kurz vor drei kam ich am überfüllten Lübecker Hauptbahnhof an. Scharen von emsigen Wesen umströmten mich, ich kämpfte mich durch die Mengen, versuchte, niemanden mit meinem Rucksack zu touchieren, blieb dann oben auf dem Personensteg stehen, um die Anzeigetafel zu studieren. Wohin sollte mich die Reise führen?

Lüneburg, nein, nein. Zurück nach Kiel? Bloß nicht. Hamburg, nein, ich wusste nicht recht. München? Fing mich auch nicht so wirklich. Travemünde? Die Strecke war zu kurz. Mein Blick rastete in der vielversprechendsten Zeile ein: Kopenhagen, in dreizehn Minuten.

Das war doch irgendwie perfekt, fand ich. Von Kopenhagen aus kam ich fast überall hin. Außerdem konnte ich auf dem

Weg noch einen Zwischenstopp auf Fehmarn einlegen, ein anderer Ort, an den ich mich aus meiner Jugend erinnerte. Ich wusste, der Zug fuhr im Zweistundentakt, so konnte ich anschließend noch am selben Abend in der dänischen Hauptstadt ankommen.

Ich hatte das warme Röhren der Dänen schon lange nicht mehr gehört und wenn ich daran dachte, dann vermisste ich es beinahe. Dieses Land war mir doch sehr geläufig, einige Familienurlaube hatten wir dort verbracht, ich konnte mich leider nicht mehr daran erinnern, wo genau, als Kind fragte man danach ja nicht. Mit neunzehn hatte ich dann zusammen mit meinem Bruder an stürmischen Apriltagen Kopenhagen erkundet. Wir hatten in Hinterhöfen Bier getrunken und im Mondschein Zigarren geraucht. Ich konnte das Wiedersehen mit dieser Stadt nicht erwarten.

5. Januar

Ich saß im Flieger. Unter mir die Berge. Die Welt blendete mich, sie war grell. Bereits seit dem frühen Morgen kämpfte ich gegen die Übelkeit an. Die Propeller versetzten meinen Magen in tiefe Vibration, ich kannte Maschinen dieses Typs, sie übertrugen jeden Windstoß auf den Körper. In den Ohren dröhnte es nur, niemand konnte sich unterhalten. Der Flugbegleiter wurde angeschrien, wenn man etwas wollte. Der dampfende Tee zerfloss auf meiner Hose. Immer, wenn ein kleines Luftloch auftrat, versuchte ich, den Tee, der in die Höhe geschleudert wurde, mit meinem Becher wieder aufzufangen. Der Flugkapitän meldete sich. Noch dreißig Minuten bis zur Landung. Ich konnte mir schwer vorstellen, das durchzuhalten. Ich betrachtete meine Arme. Sie waren blass. Wo hatte sich mein Blut geparkt? Kalter Schweiß auf meiner Stirn. Diese Kopfschmerzen. Ein Dutzend Rasierklingen in meinem Kopf und einmal schütteln, bitte.

Wo sollte ich hingucken? Die grellen Berge unter mir verstärkten die Kopfschmerzen, der Tee und die anderen Passagiere wiederum meine Übelkeit. Die Kabinendecke, zwei dumme Knöpfe, die mich anstarrten, alles in grau, dieses bekackte Grau, der Boden blau, dieser raue Teppich, wer hatte denn bitte diesen Teppich ausgesucht? Der Blick zur fernen Cockpittür, auch in grau, was auch sonst. Dann auch noch so ein ätzendes halbwarmes Hellgrau. Es war so weit. Nein, wirklich. Es war wirklich so weit. Ein verlegenes Lächeln nach rechts und links, ein angespanntes Lächeln, ein gequältes Lächeln, ein krampfendes Lächeln und raus damit. Mein Magen wurde leer.

Vierundvierzig Stunden waren seit Lübeck vergangen.

Zwischen Lübeck und diesem Flugzeug, in dem ich gerade saß, da gab es eine mächtige Lücke. Ich hatte keinen Filmriss, nein, ich konnte mich ja an alles erinnern, sehr genau sogar, aber dennoch war da eine Lücke, vielleicht eine emotionale Lücke. Ich hatte mit keinem Menschen geredet. Die Welt hatte mich kalt gelassen, sie hatte mich in diesen vierundvierzig Stunden nicht berührt, es hatte keinen Schnittpunkt gegeben. Ich war Teil dieses Universums und doch war ich der einsame Fremde, der schwieg. Diese Funkstille. Ich hatte sie auch in der Ferne weitergesponnen.

Von Lübeck aus hatte ich meine noch junge Reise nach

Puttgarden fortgesetzt, um den nahenden Sonnenuntergang mitzuerleben. Das regnerische Wetter war an der Ostsee aufgebrochen und ich war ein wenig auf der Hafenmole umherspaziert.

Um etwa kurz nach vier war die Sonne über der nördlichen Westseite der Insel untergegangen, hatte sich sozusagen über all den Feldern und Dünen versenkt. Der Blick aufs Festland im Süden war, wie sich für mich herausstellte, ein frustrierender Blick in blaugrau, schwere Wolken in wachsender Dunkelheit, sie waren am Regen über dem Festland zerrissen, bedrohlich und gewalttätig, das Wetter trieb aufs Meer hinaus, es gab kein gutes Zurück mehr, nur ein Zurück in die Dunkelheit, ein wahrhaftig bedrückender Moment, sah so denn wirklich meine Heimat aus? Eine Heimat, die mich bis zur ihrem Rand getrieben hatte? Wo sollte es nun für mich weitergehen? Wo gehörte ich hin? Was war diese Reise? War ich auf der Suche nach einem *neuen* Zuhause? Wollte ich vielleicht über die Fähigkeit verfügen, *überall* zuhause sein zu können, wie Novalis es einst gesagt hatte?

Nein, das traf es alles nicht. Ich wollte das Zuhause in mir finden. Da gab es eine Stimme in mir, die sprach: Sei dein eigenes Zuhause. Sei *dir* ein Zuhause.

Da nach dem Untergang der Sonne das winterliche Unwetter genaht hatte, hatte ich mich in den ansässigen Border-Shop zurückgezogen, in dem man für skandinavische Preise vor allem Alkohol und Süßigkeiten kaufen konnte.

Hatte mir dann eine Flasche Rotwein besorgt und sie schleunigst geleert, während ich die Kreuzfahrt- und Containerschiffe auf dem Fehmarnbelt beobachtete. Das waren sehr stille Minuten, ein unvermischtes Absorbieren meiner

Umwelt, jedoch fing diese Sache langsam an, sehr einsam zu werden. Ich dachte darüber nach, umzukehren. Dann kam mir die 40-Watt-Glühbirne und mein Anrufbeantworter in den Sinn und ich verwarf den Gedanken wieder sehr schnell.

Ich schaltete meine mobilen Daten ein und wartete auf ein paar Neuigkeiten aus der Welt. Hatte heute irgendwer an mich gedacht? Ja, so war das... Wenn man keine Verbindung zu seiner Umwelt hatte, dann musste man die Welt in seine Hosentasche bringen. Aber tatsächlich hatte Jana mir geschrieben und mit Worten hatte sie dieses Mal nicht gespart. Da konnte sie manchmal gnadenlos sein, aber heute hatte sie sich etwas Zeit genommen:

Hallo Adrian,

ich wäre so gerne sauer auf dich. Aber ich bekomme es einfach nicht hin. Ich habe es den ganzen Tag versucht. Ich habe mir dich als Nazi vorgestellt oder als Massenmörder und Kidnapper, aber es half nichts. Ich würde womöglich noch das Stockholm-Syndrom bekommen.
Und da ich dir deine Worte nicht übel nehmen kann, habe ich sie mir einfach zu Herzen genommen und bin auch losgezogen. Ich bin sofort nach Paris geflogen, schreibe dir also gerade von dort. Bin in so einem netten Hotel im 8. Arrondissement, nördlich der Seine, untergekommen, regnet aber schon die ganze Zeit, bleibe wohl erst mal drinnen. Ist nett, aber dass ich hier bleibe, glaube ich nicht. Mal sehen, wo es hingeht, die Flüge sind teilweise sehr günstig, vielleicht ja nach Italien oder so.
War wirklich eine gute Idee. Danke.
Ich hoffe auf jeden Fall, dass es dir gut geht und der Trip deinen

Erwartungen gerecht wird. Pass gut auf dich auf!

Jana

Ihre Nachricht hatte mich in tiefe Traurigkeit versetzt. Ihr schien das alles so viel besser zu gelingen. Bereits am ersten Tag hatte sie mich überflügelt. Sie war dabei, neue Horizonte zu erschließen. Bekanntschaften zu machen.

Voller Widerwillen hatte ich meine Rotweinflasche auf den Felsblöcken der Hafenmole zerscheppert, hatte meinen Rucksack an mich gerissen. Hier konnte ich nicht länger bleiben, ich musste weiter. Noch heute musste ich nach Kopenhagen, unbedingt, ich musste vorankommen.

Nachdem ich mir dann eine zweite Flasche für den Weg besorgt hatte, setzte ich mich wieder in den Zug, um meinen Weg nach Dänemark fortzusetzen. Als die Fähre, mit meinem darauf befindlichen Zug, abgelegt hatte, war es bereits dunkel gewesen, das war gut, niemand konnte mein trauriges Gesicht sehen, welches ich über die klebrige Railing geschwungen hatte, dieses lächerliche Kopfschütteln, dieses verlorene Grinsen, diese einsame salzige Träne, die durchaus auch vom langen Starren in kalter Luft hätte kommen können. Ich war so froh, dass mich niemand sah, ich war so froh, dass ich auf diesem Schiff ein Niemand war.

Ich hatte mich während der Überfahrt wirklich verausgabt, hatte mir den Kopf umwehen lassen, zwischen all den gelangweilten LKW-Fahrern, die um diese Jahreszeit den Hauptteil der Passagiere ausmachten. Meine Haare waren ganz salzig von der Seeluft gewesen, sodass ich mich am Ende der Fährfahrt zurück in den Zug gesetzt hatte und in der Süße der Nacht bis Kopenhagen durchgeschlafen hatte. Tief war der Schlaf nicht, ich stand dauernd auf der Kippe, doch gab es einen Zustand, der sich zwischen dem Schlaf und dem Wachsein ansiedelte und mir die Sorgen genommen hatte. Ein beflügeltes Dösen zwischen zwei Universen, ein schönes Fantasieren, das schwache Stuckern und Schunkeln des Zuges durch die düstere, lange Winternacht.

Gegen Mitternacht, der Zug hatte etwas Verspätung gehabt, wurde ich dann von einem anderen Fahrgast geweckt, wir hatten unseren Endbahnhof erreicht. Benommen war ich in meine Jacke geschlüpft, hatte meinen Rucksack geschultert und als Letzter, frierend, das Abteil verlassen.

Ich war in die hell beleuchtete Bahnhofshalle getreten, in der sich nur noch vereinzelt Leute aufgehalten hatten. In Anbetracht dessen, dass ich keine Unterkunft hatte, wuchs meine Unsicherheit darüber, ob ich noch einen würdigen Platz zum Schlafen finden würde. Am Bahnhof bleiben konnte ich jedenfalls nicht, Bahnhöfe waren im Winter nicht dazu geschaffen, über die Gleise verbreitete sich eine Temperatur, die der Außentemperatur ähnelte. Eine klimatisierte Umgebung, das würde perfekt sein, hatte ich mir gedacht und da war mir eigentlich nur, oder zumindest als erstes, der Flughafen eingefallen. Einige Male war ich schon von dort geflogen, der Flughafen war sehr schön und modern gestaltet, allerdings nur die Airside, das hieß, nur für Passagiere zugänglich. Der öffentliche Teil stammte aus dem letzten Jahrtausend.

Ich hatte darüber nachgedacht, mir ein günstiges Ryanair-Ticket für irgendeinen Flug zu kaufen, nur um in den Passagierteil zu kommen, jedoch war der günstigste auffindbare

Flug für den morgigen Tag, den 4. Januar, ein Flug nach Edinburgh für fünfhundertundneun dänische Kronen, also neunundsechzig Euro gewesen. Das war mir der Zugang nicht wert gewesen, für das Geld bekam man immerhin schon einen Loungezugang und für das Interrail-Ticket hatte ich ja auch schon mehr als zweihundert Euro hingeblättert.

Das Angebot, nach Edinburgh zu fliegen, hatte mich natürlich gelockt, aber trotzdem: Mein Rucksack war kein Handgepäck, ich hätte keine andere Wahl gehabt, als es aufzugeben, was mich weitere dreißig Euro gekostet hätte. Auch wenn ich meinen Sparvertrag aufgelöst hatte und nun recht flüssig war, meinen Geiz, was verschwenderische Ausgaben anbelangte, gab es noch immer.

Ich war also mit der Metro zum Flughafen gefahren und hatte dort eine schlaflose Nacht verbracht. Einen Sitzplatz, den hatte ich zwar gefunden, jedoch wurde ich in gleichmäßigen Abständen von Reinigungsmaschinen, Obdachsuchenden oder Andersreisenden gestört. Diese andere Seite des Flughafens, die Airside, stilisierte sich für mich zum gedanklichen Garten Eden heraus, ich träumte von ihr, was war ich doch unglücklich mit meine Entscheidung gewesen, aber nein, einhundert Euro, das konnte ich nicht investieren, nur für eine gemütliche Liege oder andere kleine Verwöhnungen.

Ich hatte mir die Zeit dadurch vertrieben, dass ich immer wieder aufs Klo gegangen war und mir dort in der Kabine ein feines Gläschen Wein eingeschenkt hatte. Wenn ich diese Nacht überstehen würde, so hatte ich es mir gedacht, dann wenigstens nicht nüchtern. Außerdem wusste ich, dass die ersten ein bis zwei Stunden schleppend langsam vergingen, wenn man getrunken hatte, doch wenn man die überstanden hatte, dann fing die Zeit an zu rasen. So war es auch mir ergangen, das glaubte ich zumindest zu wissen, jedoch hatte sich eine dicke Schicht Staub auf die Erinnerung dieser Stunden gelegt.

Trotz meines flüchtigen Zeitgefühls hatte ich mich zutiefst darüber geärgert, dass ich mir nicht noch kurzfristig ein Hotelzimmer organisiert hatte, so ein Fehler durfte sich einfach nicht wiederholen, ein Bett im Dorm hätte ja schon genügt, eine kleine und geschützte Pritsche im Warmen. Oh, was wäre der Schlaf gegen dieses unendliche Grübeln gewesen, das sich durch die gesamte Nacht gezogen hatte, bis sich das Terminalgebäude gegen vier Uhr früh wieder mit Menschen gefüllt hatte. Meine Gedanken hatten bis dahin jedoch schon mit jedem Glas Wein an Trägheit gewonnen, ich hatte meine Grübeleien rapide drosseln müssen.

Bevor es zu voll geworden war, hatte ich mich dazu entschlossen, zum Burger King zu pilgern und mit einem Becher Kaffee gegen meine wachsend lethargische Stimmung anzukämpfen, was jedoch nur mäßig funktioniert hatte. Ich wurde hektisch und der Kaffee schlug auf meinen unbeschäftigten Darm. Das hatte zur Folge, dass ich etwa eine halbe Stunde auf den Toiletten verbrachte, zwischen all den Flugpassagieren, die aus Nervosität vor ihrem Flug noch einmal die Schüssel aufsuchten. Dann fing auch noch meine Nase an zu bluten und die Toilette sah am Ende aus wie ein Kriegslazarett. Des Multitaskings war ich schließlich noch nie mächtig gewesen. Ich hatte dann, vor dem Spiegel stehend, mit einem nassen Tuch sorgfältig über mein Gesicht getupft, um alle verbleibenden Blutreste zu entfernen, woraufhin sich mein Blick in meinen Augen verloren hatte. Ein kleiner Rest war noch auf meinem Kinn gewesen, ich hatte ihn beseitigt, hatte die Barthaare mühsam von Blut befreit, nur um dann zu spüren, dass sich ein immer stärker werdender Reiz in meine Nase schlich. Ich hatte mehrmals nach Luft geschnappt, allerdings vergeblich, mein Torso hatte sich noch kurz aufgetürmt und mit einem heftigen Schlag setzte ein Nieser die Blutung fort.

Entmutigt hatte ich mir gedacht, was das denn alles noch für einen Sinn hatte. Es gab Menschen, die daran verbluteten, warum nicht auch ich? Es wäre eine der einfachsten Möglichkeiten gewesen, ich hätte ja nichts weiter zu machen gebraucht, hätte auf dieser Flughafentoilette verbluten können, das war einfach, na ja, zumindest vielleicht, die Methode war ziemlich passiv, als wenn man die Reißleine eines Fallschirms einfach nicht zog, aber nein, schon immer war ich dazu zu feige gewesen. Zwar war ich auch Romantiker und was war das nun mal romantisch, für ein Mädchen zu sterben, na ja, und auch dumm, aber in erster Linie eben romantisch. Aber in meinem Fall, das konnte man wirklich nicht anders sagen, lag eine viel zu starke Note an Willkür. Wenn ich starb, dann sah das wie ein Unfall aus, es sah nach der Unfähigkeit aus, eine simple Blutung nicht stoppen zu können und so endete meine Flirterei mit dem Tode wieder schnell. Mit so einem schlechten Image hatte ich dann doch nicht abtreten wollen, die Liebe gab es nicht über den Tod hinaus, meine Eitelkeit hingegen schon.

Ich hatte das Licht genossen. Weiße Strahlen durch diese zerkratzten Scheiben, der aufgewirbelte Staub in der Luft, das munterne Glitzern des Meeres in der Morgensonne.

Ich war zurück in die Stadt gefahren. Ein obligatorischer Spaziergang durch Nyhavn, um wenigstens offiziell behaupten zu können, dass ich dort gewesen war. Die Boote waren zufrieden umhergetrieben, so wie immer, doch der Januar hatte den einst so leuchtenden Farben der Häuser zu schaffen gemacht, das hatte man gemerkt. Mir war es ja nicht anders ergangen. Der Januar war immer leer, nichts Halbes, nichts Ganzes, bedeutungslos kahl, ein leeres Versprechen.

Und wenn man schöne Urlaubsfotos wollte, dann war der erste Monat des Jahres für Europa die denkbar schlechteste Idee. Das Licht war im Januar kalt und abweisend, nackte Pflanzen mit Braunstich, als hatte man jemanden mitten in der Nacht aus dem Bett geprügelt.

Im Februar sah das meist schon ganz anders aus. Ich hatte mich, als ich dort am Hafen gestanden hatte, gut an den letzten Februar erinnern können. Der Ginster an den Salisbury Crags hatte schon geblüht, als ich mich mit Iona in Edinburgh getroffen hatte. Wir waren durch den Holyrood Park spaziert, waren dort an einem sonnigen, aber trostlosen Sonntagnachmittag Ewan McGregor und seiner Frau über den Weg gelaufen, als sie gerade in Richtung Duddingston Village oder Duddingston Loch, beides war möglich, spazierten. Er war wohl wegen den Dreharbeiten zu *T2*, dem zweiten Teil von *Trainspotting*, in der Stadt gewesen. Ein großartiger Film, wie sich später herausgestellt hatte, auch wenn ich bei der Veröffentlichung großen Liebeskummer verspürt hatte. Der Film war nämlich herausgekommen, nachdem Iona mich in den Wind geschossen hatte, womit der Film unsere Beziehung offensichtlich überlebt hatte.

Wie sehr ich ihre Küsse vermisste, die sie mir an diesem

Nachmittag im Park hatte zukommen lassen. Ihre grazilen Arme, die sich um mich geschlungen hatten. Ihre Augen, die dabei manchmal heimlich und verstohlen zu blinzeln begannen, um sich meiner zu vergewissern, um sich zu vergewissern, dass sie noch immer den Richtigen küsste.

Diese Erinnerungen würden mich nun wieder erschaudern lassen. Trotz der Gewissheit darüber, dass ich im Hinblick auf Iona nur allzu gerne verklärte, war mir doch bewusst gewesen, dass ich seitdem ein ungeheures Maß an Lebensqualität hatte einbüßen müssen. Das Leben hatte mich ausgespuckt und in die Welt geworfen. Und da war ich nun, ein verwirrter junger Mann in Kopenhagen, während ich mit Iona doch eher das Gefühl gehabt hatte, in die Welt *gestellt* und nicht geworfen zu sein, als war es eine Entscheidung gewesen, hier und jetzt zu existieren. Und das Schwerste an alledem war nun, dass ich, wenn ich jeden Morgen aufs Neue in die Welt geworfen wurde, erst einmal zusehen musste, wie ich wieder vom Boden aufstand. Doch diese Selbstbemitleidung war mir zunehmend auf die Nerven gegangen, deswegen war ich mir selbst den ganzen Morgen nur mürrisch gegenüber getreten.

Ich hatte mich in einen Regionalzug gesetzt, nicht wissend, in welche Richtung er sich bewegen würde, nicht wissend, wo diese Stadt liegen würde, in die er zu fahren angezeigt hatte. Ich fühlte mich zynisch, genervt, missmutig. Verlor mich in diesem Gefühl des Fortbewegens, es wurde mir immer gleichgültiger, wo auf dieser Welt ich eigentlich gerade war. Ich wollte nur schlafen und verdammt, man ließ mich.

Wieso hatte ich mir diesen Mist angetan? Er würde mir rein gar nichts bringen, vielleicht ein leeres Konto und einen Haufen Bedauern. Die Reiseromantik war dahin und es fühlte sich an, als würde diese Reise, wenn man sie denn noch so nennen konnte, all meine Vorstellung, die ich vom Reisen, von der fernen Welt, vom Machen von Erfahrungen generell hatte, zerstören. Ja, mit einem Schlag entzaubern.

Ich wachte in Frederica auf. Hier hatte ich die Chance. Ich hatte die Chance, den ganzen Kram zu beenden und über Flensburg zurück nach Kiel zu fahren. Es würde vielleicht ein paar Stunden dauern. Und wenn schon. Ich könnte bald wieder in meiner verfaulenden Wohnung liegen und den letzten Scheiß gucken. Meine Komfortzone, sie schien doch nicht mehr so fern zu sein.

Jahrelang war ich zurückgerudert, ich beherrschte ihn doch gut, diesen Vorgang des Rückgängigmachens. Und mal ganz ehrlich, dieser Trip würde mein bisher kleinster Patzer werden, ich hatte es vermasselt, aber niemand wusste davon. Ich sprach mit der Autorität des Scheiterns. Wenn etwas meine Biographie beschrieb, dann wohl die Abbruch-Taste.

Es war so einfach, ich brauchte es nur in meinen Interrail-Pass einzutragen: Frederica – Kiel, und ich hätte mich frei-gekauft. Niemand hätte nachgefragt. Und ich tat es. Doch das letzte Wort tauschte ich aus. Dort stand jetzt: Frederica – Aarhus. Sah eigentlich auch nicht schlecht aus.

Ben, wenn du mich doch gesehen hättest. Ich hatte das nicht für dich gemacht, aber *wegen* dir. Mein Gewissen war zu stark, das Bedauern, so hatte ich es mir gedacht, würde doch letztlich größer werden, wenn ich jetzt hinschmiss. Ich gab mir noch eine Chance, wissend, dass ich endlich ein Ziel brauchte. Das Reisen brachte nichts, wenn man nirgendwo ankam. Und es musste ja kein Ort sein, der mich nervte, der mich ablenkte, an den man nur ging, um nichts mehr mit sich zu tun zu haben. Gab es nicht auch Orte, die mich entspannen würden? Die durch ihre Einfachheit bestachen? An denen die Tage ein einziges Ein- und Ausatmen werden würden? Wo musste ich hingehen, um den Puls der Welt zu spüren?

In Aarhus begann ich zu suchen. Ich setzte mich in ein Café und durchforstete online ganz Skandinavien nach einem Ort, der mich herunterfahren würde. So kurzfristig war nicht mehr viel frei, zugegeben, doch letztlich war es mir ja auch egal, wie weit ich dafür gehen musste. Solange ich ein Ziel hatte, würde ich auch den Weg ertragen. Und da gab es dieses eine Ziel...

Eine kleine Hütte im Nirgendwo, von der mich noch mehr als eintausend Kilometer trennten. Sie war nahe der norwegischen Stadt Sandnessjøen, am Polarkreis, südlich der Lofoten. Natürlich fühlte ich mich sofort an das letzte Jahr erinnert, an den Urlaub, den Iona und ich in Tromsø verbracht hatten und dann war da Madison Nash gewesen, die kanadische Musikerin. Turbulente zehn Tage, die in einer Trennung resultiert hatten. Ich hatte Norwegen seitdem gescheut, schon allein gedanklich, doch es war Zeit, dieses Land mit neuen Erinnerungen zu belegen, ich musste es unbedingt wagen. Mein Kompass, er schlug wieder aus.

Es war bereits später Vormittag in Aarhus. Ich buchte die Hütte. Heute war der 4. Januar, bis zum Ende des Monats würde es, so glaubte ich, fürs Erste reichen. Ich gab Morgen als Anreisetag an. Das brachte mich dann doch etwas unter Zugzwang. Ich würde ein Hotel für heute Nacht in Oslo brauchen, einen Flug morgen früh nach Sandnessjøen und heute? Heute würde ich schleunigst aufbrechen müssen. Den Zug nach Hirtshals, von dort die Fähre nach Larvik und dann den nächsten Zug nach Oslo. Ich schaute auf meine alte Taschenuhr, ein Erbstück, das mich über meine Pünktlichkeit auf dem Laufenden halten würde und ich kam mir ein wenig altmodisch vor, wie ich so auf diese Taschenuhr starrte und überlegte, ob ich es nicht auch in achtzig Tagen um die Welt schaffen würde.

Gegen zwölf verließ ich Aarhus, um halb drei kam ich in Hirtshals an. Die Welt selbst, sie gab manchmal so wenig her, sie berührte einen nicht immer, sie war einem manchmal zu sicher, doch heute? Heute war mir das egal. Der Erfolg lag im Voranschreiten, der Erfolg lag darin, dass ich der Stecknadel, die ich soeben auf die Landkarte gepinnt hatte, näher kam. Ich wollte endlich wieder etwas vom Leben.

Es wurde äußerst knapp, doch ich bekam noch die Fünfzehn-Uhr-Fähre. Die Überfahrt dauerte etwa vier Stunden, Norwegen wartete auf mich. Es war ein wahrer Wettlauf.

Auf dem Schiff aß ich dann endlich wieder etwas, setzte mich ins Bordrestaurant. Der letzte Happen, er musste im Regional-Express nach Lübeck gewesen sein, erinnerte ich.

Später dann, gegen neunzehn Uhr, legte die Fähre in Larvik an. Ich lief in den Ort, ich rannte, eher gesagt, der Rucksack zwang mich, so zu traben wie ein Pferd, damit ich den Zug um halb acht nicht verpasste. Ich wollte nicht wissen, wie das ausgesehen hatte, doch die Zeit war auf meiner Seite. Gegen halb zehn war ich in Oslo angekommen, fiel anschließend auf mein Hotelbett, machte für fünf Minuten die Augen zu. Schlafen konnte ich, wenn ich tot war.

Ich setzte mich in eine Bar, ging gegen zwölf in einen Club, ins *Blå*. Viel gab es nicht mehr, woran ich mich danach noch erinnern konnte. Ich hatte mich stark überschätzt, wusste nicht, dass mir diese Nacht in den Knochen bleiben würde. Und als das Stroboskop auf meine Netzhaut flimmerte, da sah ich diesen irren Tag vor mir, ein wenig Ben, ein wenig Jana, ein wenig Iona. Es war Zeit für einen weiteren Drink.

Im Grunde konnte man sagen, dass gerade das dann dazu geführt hatte, dass ich jetzt in diesem bescheuerten Flieger saß und gerade versucht hatte, mich athletisch in das Bordmagazin zu übergeben, welches ich, so einfallsreich wie ich doch war, zu einem Trichter geformt hatte, der unten leider nicht ganz dicht war. Egal. Ich war es ja auch nicht.

TEIL II

ERSTE WOCHE

5. Januar

Einsame Flocken, tanzend im Wind, zergingen im tiefen Dunkelblau, der Himmel war von unschuldiger Reinheit, das Land unter dem Schnee in tiefer Melancholie.

José Gonzalez sprach seine Songtexte auf mein Ohr, fast mantraartig, *we'll do whatever just to stay alive, we'll do whatever just to stay alive,* das tiefe Rumoren und Knartschen der Fähre schimmerte manchmal hindurch, sie brachte das Wasser zum gewaltigen Aufschäumen und die PKW-Motoren, sie erstummten. Die müden Möwen im Winter, sie krächzten heiser und das eisige Metall unter meinen Händen und meinen Stiefeln, von denen geschmolzener, von Dreck zerfressener Schnee tropfte.

Ein Blick zurück: Etwa vierzig Autoscheinwerfer beäugten mich grimmig, die Besitzer, sie waren längst ausgestiegen und hatten sich ins Innere der Fähre begeben, für einen wärmenden Tee und was hätte ich wohl alles für einen Tee getan, so vieles, nur halt eines nicht: mich bewegt. Hier stand ich und konnte nicht anders. Und für eine Umarmung, für die hätte ich mich gar bewegt.

Ich war dem bebenden Ton in meinem Bauch gefolgt, war dem Ruf nachgegangen, den ich für solch lange Zeit nicht hatte lokalisieren können und nun war ich angekommen, ich war da, am Rande des Zerwürfnisses mit mir selbst, am Ende der Zerstreuung meiner Träume, mit der alten Taschenuhr in meiner Hand, von der ich mich durch einen kleinen Wurf ins pechschwarze Meer verabschiedete.

Diese betrübte Landschaft, der Schnee ein kleiner Trost, wie

ein Pflaster, das sich um tiefe Schürfungen und Narben ge-
mantelt hatte, hier warst du, schöne alte Welt, meine innerste
Landschaft.

Dieser große Haufen Stahl trug mich durch dieses für immer Unberührte, welches mich umgab, senkrechte Fels-
wände, so hoch wie Plattenbauten, das offene Meer in
schmalen Winkeln zu erahnen. Eine Vielzahl von Inseln,
manche winzig und unbewohnbar, manche so groß, dass
man ihr Ende nicht mehr erfassen konnte und sie womöglich
noch Ausläufer des Festlands waren.

Sandnessjøen rückte hinter uns in die Ferne und verschwand hinter den Schären. Ich hatte dort eine gewisse
Kleinstadtidylle verspürt, zumindest das in all der Kälte,
obwohl das Örtchen durch und durch von der ansässigen
Gasindustrie geprägt war. Die vielen Silos und Tanks am Ufer
verbreiteten eine raue Atmosphäre.

In der Stadt hatte ich meinen Proviant etwas aufgefrischt,
eine große Tüte Reis, ein paar Packungen Nudeln, etwas
Milchpulver und ein wenig Fleisch, sowie ein wenig Dorsch.
Die verderblichen Lebensmittel zu kühlen, damit würde ich
wohl kein Problem bekommen, die Kälte zerrte schon jetzt
an mir.

In dem Objekt, das ich mir gemietet hatte, stand mir weder
fließendes Wasser, noch Strom zur Verfügung, das Essen
wurde also mit dem Feuer zubereitet und die sanitären An-
gelegenheiten, wie ich die erledigte, das musste ich mal
sehen. Mir fiel allerdings ein, dass ich kein Klopapier dabei
hatte, also hoffte ich, dass in der Hütte noch welches vorhanden sein würde. Ich glaubte aber nicht, dass mein Auf-
enthalt daran scheitern würde.

Von meinem Vermieter war mir alles genauestens erklärt worden: Wo die Hütte zu finden war, wie ich Zugang zu ihr bekam, wo ich Wasser holen konnte, wo ich mein Geschäft zu erledigen hatte, von wann bis wann ich Tageslicht hatte, wie oft ich für gewöhnlich das Feuer füttern sollte, damit ich in der Hütte nicht erfror, wo ich das Geschirr abwaschen konnte, was ich in Notfällen machen sollte, wo ich klingeln sollte, wenn mir etwas fehlte, was ich bezüglich meines Mülls zu beachten hatte und nun ja, was ich den Rest des Tages so unternahm, das war dann meine Sache. Aber noch waren all diese Vorkehrungen nur eine verschwommene Vorstellung von etwas, das ich noch nicht kannte. Was im Detail damit gemeint war, das würde sich erst herausstellen, wenn ich da wäre, bis dahin würde mir jedoch noch etwa eine Stunde bleiben, ich hatte ehrlich gesagt keine Ahnung, wie lange diese Fährüberfahrten dauerten.

Ich kramte in meinem Rucksack, denn irgendwo musste doch mein neu erworbener Wollpullover zu finden sein, den ich mir heute Morgen in Oslo, angesichts des vorhergesagten Wetters für Sandnessjøen, gekauft hatte. Hier oben schneite es äußerst regelmäßig und in Oslo, da hatte es nur geregnet, was aber nicht weiter verwunderlich war, da Oslo ja rund siebenhundert Kilometer weiter südlich lag.

Schnell spürte ich, dass man sich das Tageslicht hier oben ebenfalls gut einteilen musste. Die Sonne ging zu dieser Jahreszeit um halb elf am Vormittag auf und kurz nach dem Mittag, um zwei, wieder unter, ein sehr kurzes Zeitfenster also, welches es mit Produktivität zu nutzen galt. Ich fürchtete jedoch, dass das das kleinere Problem war. Ich hielt es für wahrscheinlicher, dass sich die dauernde Dunkelheit auf mein Gemüt niederschlagen könnte. Natürlich, durch den Schnee würden die Nächte erträglicher werden und den halben Tag dämmerte es zumindest, aber das war so, als setzte man Grau mit Weiß gleich. Ich war mir dennoch sicher, dass ich das alles hinbekommen würde, ich hatte es bis hierher geschafft, war stets neugierig, konnte es einfach nicht erwarten, Ruhe zu finden, endlich, endlich Ruhe zu finden, fernab vom Schuss.

Ich musste natürlich zugeben, dass die Essenz dessen, was ich bisher auf dieser Reise gelernt hatte, war, dass man *sich selbst*, egal, wo man war, nicht zu Hause lassen konnte. Sicherlich konnte man vor Wahrzeichen posieren, wie in der Werbung, konnte sich den ganzen Tag Sonnenschein auf die Birne prasseln lassen, konnte wie ein Jetsetter durch die Zeitzonen rauschen, aber *sich selbst* zu Hause lassen, das konnte man nicht, was postmoderne Subjekte nicht selten in den Wahnsinn trieb. Man begegnete sich immer und immer wieder, und je schneller man sich bewegte, desto öfter passierte es. Ein Spiel aus tausend Déjà-vus vor dem inneren Auge, alte Freunde auf fremden Waldlichtungen, bekannte Düfte tausend Kilometer von Zuhause, die Wärme längst vergangener Umarmungen, so unmittelbar wie die Kälte.

Man spazierte durch dieses kleine skandinavische Nest, ein Dutzend Häuser im hintersten Land, wusste nicht mehr, wer man war, wo man war, wusste aber, wie *sie* geduftet hatte. Ich hatte es vergessen, Iona, wie du geduftet hattest, so weich, so schmeichelnd, oft so traurig. Du warst mir entgangen, warst durch meine Hände geronnen, wie feiner Sand, warst verblasst, die Erinnerung an dich nur wie einer dieser Sterne, die man nur sah, wenn man sie nicht anblickte.

So verdammt kurz hatte ich dich gewittert, warst mir im Unbekannten begegnet, ich war stehengeblieben, wo war diese feine deiner Nuancen hin? Ich konnte dich nicht mehr finden. Du warst weg. Du warst nie da. Fata Morganas gab es auch bei Minusgraden.

Entgeistert stapfte ich später den Hang hinauf, ein Weg aus Serpentinen. Ich wollte nicht an dich erinnert werden, ich war schließlich hier, um dich zu vergessen, das zumindest im Grunde genommen. Und dein Geruch war mir zwar nicht mehr in der Nase, doch die Erinnerung daran und ich konnte nicht anders, als zu versuchen, sie festzuhalten. Noch kannte ich die Textur deines Odors, wusste, wie es sich angefühlt hatte, dich zu riechen, als hattest du vor mir gestanden, doch nichts war nun mehr zu fassen, du warst so schön, dass man dich einfach loslassen musste.

Es begann gerade zu dämmern, als ich die Hütte erreichte. Sie lag auf einem kleinen Plateau an einem Hang im Wald. Von hier oben hatte man einen grandiosen Blick auf das Meer und ein paar andere kleine Inseln. Doch heute konnte man nicht gewaltig viel sehen, etwas Mystisches lag in der Luft.

Die Hütte selbst war, das nahm ich an, aus Kiefernholz, ich kannte mich da nicht so gut aus, vielleicht war es auch Birke, denn Kiefern gab es in dieser Gegend eigentlich nicht viele. Zumindest war die Hütte aus einem hellen und sehr rauen Holz mit vielen dunklen Astlöchern erbaut und stand auf einem kleinen Podest, über zwei Stufen zu erreichen. Dann war da noch ein großes Fenster an der Seite, von der Decke bis zum Boden, etwa einen Meter breit, auf der Seite des Hanges, der auf das Meer hinaus zeigte.

Im Radius von etwa fünf Metern um den Eingang der Hütte gab es nichts als Kraut, das spärlich aus dem Schnee ragte, am Rande größere kahle Sträucher und dahinter schlanke Birken, die, der Jahreszeit geschuldet, ebenso kahl waren, wie die Sträucher, hinter denen sie standen. Einzig der Schnee ummantelte die Oberseiten der Äste, sodass sie mitleiderregend zu Boden hingen.

Neben dem Eingang waren im Trockenen fein säuberlich Holzscheite aufgestapelt und manche Scheite, solche die zu groß waren und herausragten, hatten ein wenig Schnee auf der Spitze. Die Feuchtigkeit bildete dunkle Flecken auf dem Holz. Am Boden war ein großer auffälliger Stumpf eingestapelt und ich hockte mich hin, streckte meine Hand aus und fühlte mit meinen Fingern in den Spalten herum, die ihn umgaben. Ich stieß sehr schnell auf etwas Unnatürliches, etwas künstlich Geformtes: den Schlüssel zur Hütte.

Die Hütte war lediglich mit einem Fahrradschloss gesichert, kein wirklicher Schutz, wozu auch, hier oben konnte einem niemand Sicherheiten aussprechen und vielleicht hatte man das Schloss eher dazu angebracht, damit die Tür bei Wind nicht dauernd auf- und zuschlug. Mit breitem Knartschen ließ sie sich öffnen, sie war an den Rändern etwas zugefroren, was zumindest für eine halbwegs dichte Isolierung sprach.

Vor mir lag nun eine Fläche von etwa zehn, höchstens elf Quadratmetern, zwei mal fünf oder sechs Meter also. Der Giebel reichte etwa zweieinhalb Meter in die Höhe und unter ihm, auf dem Dachbalken, war eine kleine hölzerne Ablage angebracht. Geradeaus durch stand das Bett, das sich über die gesamte Breite der Hütte erstreckte und darüber war ein weiteres Fenster in Richtung des Hanges. Rechts vor dem

Bett war ein winziger Schreibtisch, gerade groß genug, um darauf ein paar Bücher zu platzieren oder vielleicht einen Laptop, den man ja aber hier nicht einmal hätte aufladen können.

Links, direkt am Eingang, stand der zierliche Ofen auf vier schmalen Beinen. Dahinter ein kleines Waschbecken, lediglich ein Abfluss, kein Hahn, darunter ein Wasserkanister mit dem Fassungsvermögen von zwanzig Litern. Über dem Waschbecken war die kleine Küchenecke eingerichtet, ein Pfannenwender, ein Suppenlöffel, ein Schneebesen, eine Suppenkelle und ein Brotmesser, an der Wand aufgereiht. Wenige Zentimeter weiter oben standen zwei Teller in einem Fach, das man in die Wand eingelassen hatte. Zwei Becher an zwei Haken, eine Teekanne, eine Packung Kaffee, diverse Teesorten, Zucker, Salz, Pfeffer, ein paar Gläser, die drohten, vom Absatz zu fallen und auf dem Boden zu zersplittern, ein wenig Besteck und eine angebrochene Flasche Wein.

Zwischen der Küchenecke und dem Bett hing ein kleines gerahmtes Bild an der Wand. Edward Hopper's *Exkursion in die Philosophie*. Für einige Jahre hatte es auch in meiner Wohnung gehangen, konnte ich mich erinnern. Mich hatte das irgendwie immer fasziniert, es war so ausdrucksvoll gewesen. Es zeigte einen Mann, käsebleich im Gesicht, mit zusammengefallenem Körper auf einem Bett sitzend, mit trübem Blick auf den Boden starrend, neben ihm ein kleines Buch, das Zimmer getunkt in helles Morgenlicht und das Wichtigste an diesem Bild war der Hintern einer schlafenden Frau, der hinter dem Mann zum Vorschein kam. Und dass dieses Bild gerade hier hing, war vielleicht ein Wink auf die Tatsache, dass man nicht einmal allein sein musste, um einsam zu sein.

Dieses Bild hatte für lange Zeit einen Teil meines Lebensgefühls beschrieben. Dabei war es nicht so sehr um die Postkoitum-Tristesse gegangen, diese postkoitale Ausnüchterungsphase, um den Morgen danach, sondern darum, dass es immer ein scheues Ich gegeben hatte, das zum Vorschein gekommen war, wenn andere irgendwie anwesend abwesend waren, zwar am selben Orte befindlich, aber nicht zugegen, nicht präsent, nicht nahbar. Und Edward Hopper hatte die Fähigkeit gehabt, genau dieses Gefühl einzufangen, diese kleine eigene Existenz, die kurz aufflimmerte, sich separierte, wenn es niemand merkte, diese Paralleluniversen, die sich innerhalb von wenigen Quadratmetern auftaten. Viele solcher Bilder hatte es von ihm gegeben, den *Room in New York* zum Beispiel oder *Office at Night*. Er hatte vermocht, die Leere zu etwas Ergiebigem zu machen. Das Gemeinsame zu etwas Einsamem. Das war die Tragödie des modernen Menschen. Ich blickte noch einmal in das Gesicht dieses bekümmerten Mannes. Noch immer schaute er mich nicht an. Dann schaute ich auf den Hintern. Ein wenig zu doll für meinen Geschmack, das gab ich zu.

Auf dem Parkett unter dem Bild platzierte ich mein Reisegepäck. Und da ich mich so ausgelaugt fühlte, setzte ich mich für einen Moment auf den Boden, lehnte mich gegen den Rucksack, und atmete, atmete, atmete. Ich schaute mich ein letztes Mal um, in der Gewissheit, dass es das nun war. Dass es für den nächsten Monat wohl nicht mehr zu sehen gab.

Über dem Bett fiel mir dann ein Buch, eine Art Bildband, auf. Mit großer, weißer Schrift war darauf das Wort **INSPIRATION** abgedruckt. Ja, dachte ich mir, das war eine gute

Idee. Die Nächte würden sicherlich lang werden. Doch dann las ich den Untertitel: CONTEMPORARY DESIGN METHODS IN ARCHITECTURE.

Na super, eigentlich noch besser, dann konnte ich meine Zeit damit vertreiben, neben meiner kleinen Hütte ein schick designtes Mausoleum oder einen Iona-Tempel zu errichten, den man nur mit einem sehr großen Hut betreten durfte. Die Vorstellung war grandios, breite Säulen, eine hohe Decke, die Wände gesäumt von gemeinsamen Bildern, ein Gedenkschrein und in der Mitte eine riesige Statue von dir, Iona. Eine, die deine Lebensgröße übersteigen würde, was ja, nebenbei gesagt, auch nicht so schwer war. Du hättest auf einem unbequemen Thron Platz nehmen müssen und hättest dich, trotz deines mürrischen Blickes, nicht vor Schönheit und Anmut retten können. Über deinem Kopf hätte ich einen Spalt im Dach gelassen, sodass ich mir, wann immer es schneite, ein wenig Schadenfreude hätte gönnen können, indem ich dir dabei zusah, wie du nicht weglaufen konntest und dein Haupt zurieselte. Ich hätte jeden Tag vor dir niedergekniet und hätte dich zugleich bespuckt, hätte dich ausgelacht, eine lächerliche Göttin wärst du mir gewesen, voller Güte, voller Wärme, ich hätte kein Feuer mehr gebraucht. Wenn du doch hier gewesen wärst, aber nein, das warst du nicht, deswegen hasste ich dich lieber, deswegen verabscheute ich allein den Wunsch nach dir, du hattest nichts mehr für mich über, du warst es nicht wert, ich war es nicht wert, wir beide waren nichts wert.

Für Minuten saß ich träumend in dieser kalten, ruhigen, verlassenen und befriedeten Hütte im Dunkeln, mit einem Schmunzeln auf dem Antlitz und dachte: Ja, das mit der

Inspiration, das hatte funktioniert.

Ich musste jedoch zusehen, dass ich schleunigst das Feuer in Gang brachte. Also trug ich ein paar Bretter und Scheite vom Stapel an der Hauswand hinein und stützte sie in der Brennkammer kegelförmig aneinander, dazwischen etwas Zunder, und steckte die unteren Enden an. Langsam arbeiteten sich die schmalen Flammen empor, bis letztlich der ganze Kegel Feuer fing. Bis ich die richtige Einstellung für den Abzug am Ofen gefunden hatte, rauchte der halbe Raum voll, was ich jedoch durch das weite Öffnen der Tür und mehrere übertriebene Wedelbewegungen beheben konnte.

Nach diesem Monat würde alles an mir nach Rauch riechen. Der Geruch würde in meiner Kleidung stecken, in meinen Büchern, vielleicht sogar in meiner Haut. Doch ich konnte mich daran erinnern, dass ich das in meiner Kindheit sehr gemocht hatte, dieses Raucharoma, wenn man im Winter mit dem Kamin geheizt hatte oder mein Vater kurz hinaus gegangen war, um neues Holz zu holen und sein Schurwollpullover anschließend nach Schornstein geduftet hatte. Ich wusste nicht, ob es der Rauch selbst war, der meine Vorstellung davon schönte, oder die Tatsache, dass meine Eltern zu dieser Zeit noch zusammen gewesen waren und mein frühes Leben noch diese kindliche Süße gehabt hatte, die jede Sekunde zu einer großen Sekunde gemacht hatte, das eigene Handeln rein affektiv, unverkopft, ein Leben aus der Brust heraus.

Doch das war vorbei. Und je schlimmer die Nostalgie und das Bestreben nach der Rückkehr vergangener Zeiten wurde, desto blasser wurde die Gegenwart, desto schneller rieselte der Sand durch die Finger, desto grober zerdrückte man dieses fragile Pflänzchen in seinen Händen, das ja nur eine Spur des Gesterns war, aber nicht das Gestern selbst.

Und wenn man wirklich etwas in den Händen halten wollte, dann gab es nur die Gegenwart, die absolut alleinige Möglichkeit, das Einzige, was wir hatten, aber sie war ja auch verdammt gut. Sie war kein Schatten, dem man hinterherjagte, kein Phantom, sie war hier und jetzt, dauerte fortwährend an und hob sich doch von Moment zu Moment aufs Neue auf und eigentlich konnte einen die Gegenwart nur enttäuschen, wenn man nicht in ihr lebte, wenn man seine Gedanken an Ideale, Erinnerungen oder Luftschlösser vergeudete. Ideale waren wichtig, Erinnerungen waren wichtig und ein paar Träumereien ebenso, doch wenn man dafür die Gegenwart hergab und das Heute zur Prämisse für das Morgen werden ließ, sodass man das große Ziel der Erfüllung in die Zukunft verschob oder glaubte, den Kampf darum bereits längst verloren zu haben, dann war das eine miese Sache. Oft genug hatte ich es so gemacht. Es war ja auch so einfach. Die Vergangenheit lag voller weichzeichnerischer Sehnsucht und die Zukunft voller Versprechen. Und im Jetzt, da war noch immer etwas Luft nach oben.

Mit wohligem Schnurren öffnete ich die Tür hinaus. Ich setzte meine Füße in den Schnee und warf in dieser Düsternis einen Blick auf den blinden Himmel über mir. Der Nebel hatte sich nicht gelöst, noch immer zog er im Schritttempo über das Land, glanzlos und beschlagen durch das Dickicht, schweifende Schwaden und Gedanken, die einem Furcht einjagten. Was konnte dieser Nebel alles aus dem stillen Wald hinter meiner Hütte tragen?

Was auch immer es war, ich war so friedvoll gestimmt. Hätte

dieses unbekannte Etwas auf ein wenig Fisch oder Beef Jerky, das ich mir soeben in der Pfanne gebraten hatte, eingeladen. Hätte es sich am Feuer wärmen lassen. Hätte diesem Etwas den Rest des Weines angeboten, über dessen geschmackliche Unversehrtheit ich, das musste ich doch zugeben, keinerlei Kenntnis hatte. Er schmeckte etwas schal, fand ich hinterher heraus, als ich ihn zu meinem Dessert, etwas Milch mit Zucker, austrank. Erhalten bleiben würde er mir letztlich dennoch als Erinnerung an einen besonderen Tag, was ihn schon hier und jetzt auf meinem Gaumen veredelte. Allein ein Gedanke an dieses Geschenk, das ich gerade durchlebte, reichte, um diesem Rebensaft seine Süße, seine Frucht und seine vollen Trauben wiederzugeben. Diese letzten Tropfen auf meiner Zunge, der Anfang eines stillen Abenteuers.

Ich kramte meinen Schlafsack heraus, um ihn das erste Mal auf dieser Reise zu benutzen. Ich warf ihn auf meine bequeme Pritsche, legte für die Nacht noch ein Holzscheit in den Ofen, nur um dann in meinen Schlafsack zu schlüpfen und mich lang zu machen, damit ich schlafen konnte. Noch ein, zwei Träumereien, die mir am Herzen lagen. Die Eine, wie immer, es war erwartbar, Iona, oh, hättest du mich jetzt hier gesehen, wie wärest du doch stolz gewesen... Und die Andere, der Silvesterabend, natürlich auch Jana, wie hatte sie mich getröstet, das alles war so unwiederbringlich schön, gut aufgehoben in meinem Gedächtnis, zum abermaligen Andenken. Ein Einschlafen im Seelenfrieden, die Waffenpause im Geiste, ein Aufatmen. Ich schlief ein, so schnell, so tief, in die finstere Nacht. Es war immerhin schon fast siebzehn Uhr.

6. Januar

Als ich aufwachte, war das kleine Fenster über meinem Bett beschlagen, über Nacht hatte mein Atem die Luftfeuchte im Raum vervielfacht. Ehe ich also einen Blick nach draußen werfen konnte, wischte ich es mit der Hand frei und erschrak, als ich spürte, wie gefrierend kalt es doch war und dass sich von außen sogar ein paar Eiskristalle auf die Scheibe gelegt hatten.

Ein Horizont in rosa begrüßte meine müde Netzhaut, die Landschaft war aufgeklart und ich sah zum ersten Mal das offene Meer, auf dem, nahe der Küste, ein einsamer Tanker seine Bahnen zog. Das Morgenlicht schimmerte von Seiten des Festlands hinaus aufs Wasser, die Sonne war kurz davor, sich zu zeigen. Es musste ungefähr zehn Uhr sein, ich hatte wie ein Stein meinen Kater ausgeschlafen, obwohl es in Richtung der Morgenstunden immer kälter geworden war, da der Ofen, so hatte es ja kommen müssen, seinen Geist aufgegeben hatte.

Kalt verschwitzt befreite ich mich aus meinem Schlafsack, um dann wie wild mit den Füßen auf dem frostigen Holzuntergrund herumzutapsen, da man mir in der Kindheit immer eingeredet hatte, ich würde sofort eine Blasenentzündung bekommen, wenn meine Beine für zu lange Zeit auf kaltem Grund verharrten. Abwechselnd hielt ich meine Füße an die Ofenwände, die ja immerhin noch lauwarm anmuteten und entschied mich dann, aufgrund eines Gefühls von Albernheit, dazu, Socken überzuziehen und die Wanderstiefel gleich dazu.

Ich trank nur etwas frisches Wasser und aß nichts, obwohl ich mir, jetzt, da ich den Kater überstanden hatte, ein Loch in den Magen hungerte. Meine Sorgen lagen woanders. Ich musste nicht nur wieder Wärme in meine kleine Bude bringen, sondern auch mein Handy hatte über Nacht versagt, wofür ich, da es mein Nadelöhr zur Welt war, schnell eine Lösung finden musste. Mein Vermieter, Erik, der zwar die Hütte besaß, aber selbst nicht hier wohnte, hatte mir gesagt, wenn ich Strom, Internet oder irgendetwas anderes bräuchte, so könnte ich einfach hinunter in den Ort gehen und bei seinen Eltern klingeln, sie würden mir alles bereitstellen. Hinzugefügt hatte er eine kleine Karte vom Dorf, auf der mich eine gestrichelte Linie zum Anwesen seiner Eltern führte.

Ich wollte unbedingt Jana schreiben, ich hatte mich länger nicht mehr bei ihr gemeldet und war neugierig, wo genau sie abgeblieben war. Außerdem brauchte ich eine größere Auswahl an Beschäftigungen, ich würde vielleicht einem meiner Eltern schreiben, denn ich verlangte hier unbedingt nach ein paar Büchern. Zwanzig Stunden Dunkelheit waren zu viel, bei durchschnittlich 0,3 Sonnenstunden pro Tag, gerade einmal zwanzig Minuten reines Sonnenlicht täglich, das war ein Witz. Außerdem war mir klar, dass es unmöglich sein würde, zwanzig Stunden am Tag brach zu liegen. Ich hatte schon darüber nachgedacht, ob ich nicht mit dem Schnitzen oder ähnlichem anfangen sollte, mit irgendeiner ausgiebigen Tätigkeit, wobei ich doch fürchtete, dass meine Begabung dafür in etwa so ausgeprägt war, dass dieser Versuch im Blutbad enden würde.

Ich konnte mich noch gut an einen Campingurlaub erinnern, an dem ich eines Morgens am Frühstückstisch gesessen und versucht hatte, mein Brötchen in zwei Hälften zu teilen. Allerdings hatte ich das Brotmesser dabei so angesetzt, dass es auf meine andere Hand zeigte. Ein Ruck zu viel und ich scharbte die Haut meines linken Mittelfingers ab, bis sich das Messer sehr spitzwinklig in das Fleisch gehackt hatte, so als würde man einen sehr dünnen Serranoschinken in Scheiben schneiden wollen oder meinetwegen ein hauchdünnes Stück Lachs. Komischerweise hatte mir dann Jahre später an demselben Finger ein Freund aus Versehen mit einer Papierschneidemaschine mehr als die Hälfte meines Fingernagels herausgeschnitten. Ich fand es irgendwie amüsant, dass, wenn man sonst nie wirklich größere Verletzungen gehabt hatte und dann plötzlich mal etwas eigenes Blut fließen sah, man sofort dachte: »Oh, so muss das beim D-Day auch gewesen sein!«

Es war also das Beste, wenn ich mich in die alten Denkertraditionen zurückzog, rein theoretisch blieb, ich wollte zwar nicht behaupten, dass ich handwerklich unbegabt war, ein großer Einfallsreichtum war meine Stärke, aber ich war dennoch ein Tollpatsch, der seinesgleichen suchte.

Über Nacht war die Tür zugefroren und ich musste sie, als ich sie versuchte zu öffnen, etwas fester drücken, damit sich das Eis aus den Fugen löste. Dann ging ich hinaus. Und was für ein schöner Anblick ich doch vermutlich war, zum Glück wurde ich nur von den Bewohnern des Waldes bespäht, nämlich von solchen, die sicherlich noch nie die Kombination von Wanderstiefeln, Boxer Shorts und Wintermantel gesehen hatten. Aus Jux stellte ich einen Fuß auf einen Baumstumpf und posierte wie Adonis, mit zittriger Pose, die paradoxerweise entmannender nicht hätte sein können, aber nein, depressiv war ich heute morgen nicht. Es war das Licht. Es war verdammt nochmal das Licht.

Ich nahm etwas Schnee in die Hand, ließ ihn auf meinen Handflächen schmelzen und wischte mir das Resultat in die Haare, um ihnen ein wenig Form zu geben, um daraus etwas entstehen zu lassen, das wenigstens ein bisschen ahnen ließ, dass dieses Etwas auf meinem Kopf eine Frisur war. Ich zog alle Strähnen in geraden Bahnen nach hinten und es lief mir in dicken Tropfen die Schläfen hinunter. Dann zupfte ich immer wieder vereinzelt und willkürlich auf meinem Kopf herum, damit es nicht so streng aussah, damit das Haar, wie man so schön sagte, »gut fiel«. Als nächstes wusch ich mir das Gesicht und zog mir, als ich zurück in die Hütte gegangen war, eine Hose an. Ich hatte beschlossen, das Feuer erst in Gang zu bringen, nachdem ich den Eltern von Erik einen Besuch abgestattet hatte, um kein Holz zu verschwenden.

Bedächtig und langsam ging ich den Pfad hinab, der an meiner Hütte entsprang und in einem Feldweg mündete, der ins Dorf führte. Ich brauchte nur meinen Fußspuren von gestern zu folgen, die in sehr gerader Spur am Wegesrand verliefen, mit äußerst ausgedehnten Schrittabständen, die unmissverständlich anzeigten, mit welcher Entschlossenheit ich gestern durch die fremde Landschaft geschritten war. Heute taumelte ich mehr, stolperte ab und zu, etwas schwach auf den Beinen, aber zufrieden.

Nach zwanzig Minuten erreichte ich die Straßen des Dorfes, die zwar nicht geräumt waren, auf denen der Niederschlag aber zumindest planiert und gestreut war. Richtig hell war der Tag bisher nicht und ich befürchtete, dass es viel heller auch nicht mehr werden würde, weswegen die gelb-orangen Straßenlichter den ganzen langen Tag diese schma-len Bahnen mit Licht fluteten, auf denen sich menschliche Zivilisation, und war sie noch so rar gesäht, fortbewegte.

Ich zählte die Häuser an meiner Hand ab, allesamt auf feudalgroßen Grundstücken erbaut und doch vor Beschei-denheit und Schlichtheit strotzend. Und wer hier oben lebte, der verdiente ja auch so ein Haus, dachte ich mir. Von der überwältigenden Landschaft mal ganz abgesehen, war das eine Existenz mit Entbehrungen, nicht teilnehmend am *Immer und überall alles verfügbar,* kein großes *social gathering* und wer vermochte hier schon ein *Tindermatch* zu erzielen? Das musste einem Lottogewinn gleichen, wobei doch auch zu sagen war, dass Tinder hier wohl ein völlig überflüssiges Sozialtool war, da man ja sowieso bereits jeden seiner Nachbarn im Umkreis einiger Kilometer kannte. Doch ich erwischte mich wieder beim Romantisieren. Es war fraglich, ob es noch Flecken in Europa gab, die noch nicht von Amazon beliefert wurden, die sich noch nicht das Klopapier nach Hause liefern ließen, einfach, weil es die besten Be-wertungen hatte. Und vermutlich waren die Menschen hier auch allesamt keine Nachbarn im besten Sinne, man kannte sich bestimmt nicht mehr gut, vielleicht, weil man nicht mehr aufeinander angewiesen war und das hatte doch dann sicherlich auch zur Folge, dass man seine sozialen Zirkel selbst hier digital organisierte. Wie schade. Es gab doch so viele weitherzige Menschen. Teodor und Hedda Nygård zähl-te ich dazu.

Um Haaresbreite hatte ich sie verpasst, ich hatte geklingelt und niemand hatte geöffnet, auch kein Licht hatte drinnen gebrannt. Ich war schon wieder in meine alten Fußstapfen getreten, da kam ein Pickup die Straße heruntergerollt und bog auf die Einfahrt der Nygårds.

Nachdem der Wagen zum Stehen gekommen war, war ein Mann in den Fünfzigern auf der Beifahrerseite ausgestiegen, sehr hohe Stirn, ich korrigierte, weite Geheimratsecken, gehüllt in einen langen Parker mit Felleinlage. Seine blondgelockte Frau, die gefahren war, war ausgestiegen und hatte die Autotür etwas sanfter als ihr Mann ins Schloss gedrückt. Ihre Blicke hatten sich direkt auf mich gerichtet und ich hatte keine andere Wahl gehabt, als sie darüber aufzuklären, wer ich war. Auf die verlegene Unwissenheit war ein Ausdruck der Freude gefolgt und sie hatten mich sofort ins Haus eingeladen, sodass ich jenes erledigen konnte, wofür ich mich auf den Weg gemacht hatte.

Zu meiner großen Überraschung hatte mir Jana jeden Tag geschrieben. Nicht, um mich wissen zu lassen, wie ihre Reise voranging, sie wollte eher wissen, was *ich* so tat:

04. Januar, 19:44
Adrian, antworte mir doch mal. Wo bist du? Was machst du? Geht's dir gut? Lass mal von dir hören. Wir können auch gerne mal telefonieren!

05. Januar, 13:10
Jetzt mal ehrlich, langsam fällt es mir leichter mit dem Wütendwerden...

06. Januar, 07:19
Ach, komm schon, du alte Flachbanane! Schreib mir!

Natürlich antwortete ich ihr endlich:

06. Januar, 11:03

Jana, sorry. Hatte ich völlig vergessen. Na ja, und ich war ein bisschen beleidigt, weil du bereits am ersten Tag weiter gekommen bist als ich.

Habe die erste Nacht auf dem Flughafen in Kopenhagen geschlafen, dezent angetrunken, würde ich mal sagen. Bis zur zweiten Nacht habe ich es dann bis Oslo geschafft, <u>definitiv</u> angetrunken. Jetzt bin ich bei Sandnessjøen gelandet, in einer kleinen Waldhütte. Ich denke, ich werde hier bleiben, für einen Monat sicherlich. Die Hütte kostet mich 12€ pro Nacht. Das heißt, der finanzielle Ruin droht mir auch nicht.

Sag mir aber lieber, was du so machst... Bist du noch in Frankreich?

Danach schrieb ich meiner Mutter:

06. Januar, 11:14

Hey! Ich bin mal wieder auf Reisen, nimm es mir nicht übel. Die Sache ist, hier in Norwegen sind die Tage sehr lang mit extrem wenig Licht, ich brauche was zu lesen. Könntest du in meine Wohnung fahren und mir die folgenden Bücher zuschicken? Bitte per Express, ich übernehme auch die Kosten. Adresse schicke ich dir gleich.

Hier ist die Liste:

Albert Camus – Der Fremde

Henry D. Thoreau – Walden

Bertrand Russell – Philosophie des Abendlandes

Hartmut Rosa – Resonanz

Louis Aragon – Aurélien

Alain de Botton – Der Lauf der Liebe

P.S. Könntest du vielleicht in meiner Wohnung das Flurlicht aus-

schalten? Ich glaube, ich habe es angelassen...

Ich hatte die Nachricht gerade abgeschickt, da schaltete sich Jana ein. Sie schickte mir eine Sprachnachricht:

06. Januar, 11:15

Adrian, na endlich! Also, Norwegen sagst du? Das klingt schön, also das mit der Waldhütte, bist ja ein totaler Romantiker, in der Hinsicht bleibst du echt niemandem was schuldig... Hör mal, ich bin doch nicht in Italien, wie ich gesagt hatte, die Flüge waren zwar billig, aber der Flughafen war so weit außerhalb. Bin jetzt stattdessen von Orly nach Athen geflogen, stand auch noch auf meiner Liste... Joa und... Na ja... Hehe, ich will gar nicht wissen, wie kalt das jetzt bei dir ist! Aber vielleicht komme ich dich ja mal in deiner Hütte besuchen, was meinst du? Ist das teuer, dahin zu kommen? Kannst du mir ja mal sagen... Und nochmal danke, diese ganze Idee war wirklich gut...

Sie wurde etwas nachdenklicher. Im Hintergrund hörte man Stimmengewirr. Sie schien in einem Café oder so zu sitzen.

Es kommt vieles hoch... Aber das ist gut... Jetzt kann ich es endlich alles begreifen... Warum alles so ist, wie es ist... Ich war seit Jahren nicht mehr richtig allein und jetzt, wo ich es bin, da kommt all das hoch, was sich angesammelt hat... Na ja... Ist ja auch egal, lass es dir gut gehen. Und antworte mir dieses Mal schneller!, lachte sie.

Ihre Stimme war so wärmend und vertraut. Es war so schön, ihr zuzuhören.

7. Januar

Als ich am nächsten Tag am Schreibtisch saß und Seneca las,

dachte ich noch einmal über das nach, was sie gesagt hatte. Wie ernst hatte sie es gemeint, als sie gesagt hatte, sie könnte mich ja mal besuchen kommen?

Ich hatte umgehend versucht, ihre Idee im Keim zu ersticken. Hatte ihr beschrieben, wie schwer zugänglich dieses ganze Gebiet doch war und wie viel Geld man hinblättern musste, um mich besuchen zu kommen. Und diese ganze Dunkelheit und die fehlenden sanitären Anlagen, nur eine provisorische Dusche an der äußeren Hauswand und wo das Klo war, das konnte man sich aussuchen. Den ganzen Tag nichts zu tun, langweilig und kalt, mehr war es hier nicht. Als sie dann gemeint hatte, dass es dann ja zu zweit nicht mehr so langweilig sein würde, hatte ich ihr nicht mehr geantwortet. Mein Handy war vollständig aufgeladen gewesen, woraufhin ich es ausgeschaltet hatte und auf das Angebot von Teodor eingegangen war, mich zurück zur Hütte zu fahren, wonach er mir dann eine Flasche seines selbstgebrannten Schnaps als Willkommensgeschenk überreicht hatte.

Auf dem Rückweg hatte ich das latente Gefühl empfunden, dass ich mir eigentlich doch gewünscht hatte, Jana würde mich besuchen kommen. Es hatte mich geärgert, dass ich anscheinend nicht über den Schneid verfügte, es ihr zu sagen und meine Sympathie ihr gegenüber, die ich ja durchaus empfand, als ihr guter Freund, unter Verschluss hielt. Seit einiger Zeit fiel es mir schwer, mich zu erklären, meine überschäumenden Gefühle für wen auch immer preiszugeben. Janas Engagement und Tatendrang rührte mich und was tat ich? Ich fuhr zurück in meine Hütte, in der ich unerreichbar war, in meine kleine Hütte, die keine Erwiderung von Zuneigung zuließ.

In dieser Hinsicht war Jana, das musste ich jedoch gestehen, mein kleineres Problem. Seit vorgestern hatte ich nicht mehr an Iona gedacht, was im Prinzip ein gutes Zeichen war. Zumindest funktionierte die Ablenkung, aber das hieß ja nicht, dass ich sie hinter mir gelassen hatte. Doch jetzt spürte ich, dass es an der Zeit war, meine Gedanken wieder an sie zu adressieren, sie tat das auch, das spürte ich manchmal. Ich glaubte ja nicht an Hokuspokus, aber da war diese, wie sollte ich sagen, *Resonanz* spürbar. Man war nicht allein mit seinen Gedanken, da war ein Widerhall, da war, trotz der vielen Kilometer, die uns trennten, trotz der zersetzend langen Zeit seit der wir uns nicht gesehen hatten, eine gemeinsame Frequenz, auf der wir zu senden schienen.

Wenn ich manchmal durch alte Playlists stöberte und die Stücke heraus kramte, die Iona und ich zusammen gehört hatten und sie erneut anhörte, mit äußerster Gänsehaut, dann stellte ich mir vor, wie sie gerade durch die Stadt schlenderte und bei einem Straßenmusiker stehenblieb, ja, stehenbleiben *musste*, da er in diesem Moment genau dieses eine unserer Lieder sang und es sie zurückversetzte, sie mein Gesicht vor Augen hatte, sich nach der Wärme sehnte, die wir uns gegeben hatten und sie dann versuchte, gedankenverloren und leugnend weiterzugehen, sich nicht beirren zu lassen von dieser aufflammenden Erinnerung, dabei aber wusste, dass es einfach keinen Zweck hatte. Ich hoffte, dass sie mir nicht entkam, so, wie ich ihr nicht entkam. Aber woher kam diese Ausschließlichkeit mit der ich fühlte? Weshalb war meine Liebe stärker als zur Zeit der Beziehung selbst? Weil ich sie nicht haben konnte? Das war es also? Eine Liebe, die sich durch Abwesenheit potenzierte?

Bei alledem war meine schlimmste Vorstellung nicht, dass sie nicht an mich dachte, sondern, dass sie es mit Gleichgültigkeit tat oder gar mit einem Frieden, den sie womöglich mit dieser Sache geschlossen haben könnte. Das war Kalkül und Eigennutz, natürlich, der Eros hatte mich seit längerem wieder gepackt, die Gier trieb mich, da war kein Wohlwollen mehr, kein Atmenlassen, kein Zurücknehmen für den Anderen, so wie es doch hätte sein müssen, sie war meine Beute und *meine Güte*, war ich verbissen auf sie. *Ich war so unglaublich verbissen auf sie.* Und ich war froh, dass ich es endlich aussprechen konnte. Ich hatte genau das gemacht, von dem ich gewusst hatte, dass es das denkbar Schlechteste war: Ich hatte sie zur Heiligen erklärt. Doch, wenn etwas als heilig galt, als vollkommen und perfekt, dann kannte man es einfach nicht genug. Was ich anbetete, das war kein nettes Mädchen mehr, es war ein Ideal, ein verlorenes Ideal, der Wunsch eines Gegenübers, eines Jemands, der mir die Wärme zurückgab, die ich von mir gab. In der Realität hingegen war sie für mich längst eine Unbekannte, ein Leben, an dem ich nicht mehr teilnahm, eine Biographie, die ohne mich geschrieben wurde.

Ringend mit mir war ich in Kreisen gelaufen, durch den Schnee vor meiner Hütte. So oft, dass man keine Fußspuren mehr sah, nur noch eine große festgetrampelte Fläche.

Es kam etwas in mir in Bewegung, das fühlte ich, ich musste es nur richtig kanalisieren. Wo war die Veränderung, wenn nicht hier? Wann, wenn nicht jetzt? Warum, wenn nicht genau deswegen, wegen Iona, wegen der Eigenarten, die ich ihretwegen entwickelt hatte, wegen diesem Schmerz, den ich nicht zugeben wollte, der mir manchmal aber sogar ganz recht war, weil er eine Entschuldigung für irgendetwas war und genau danach hatte ich ja gesucht: Nach etwas, das *mich* entschuldigte. Wie traurig ich doch war, dass ich so kläglich an mir selbst gescheitert war. Und mir wurde immer klarer, dass ich das Schweigen endlich brechen musste. Ich nahm Stift und Papier zur Hand und fing an zu schreiben:

Liebste Iona... Nein, nein, zu pathetisch... Liebe Iona...Nein, zu beliebig... einfach nur...

Iona,

es schreibt dir kein Fremder.
Dabei kenne ich dich nicht mehr. Wer bist du, schöne Unbekannte? Ich denke an dich und weiß nicht mehr, wie du aussahst, als wir uns das letzte Mal gesehen haben. Vor zwei Tagen wusste ich immerhin für einen halben Augenblick, wie du mal geduftet hast... erschreckend, nicht?
Mein Gedächtnis lässt nach, die Zeit, sie wird zu lang für mich, vielleicht sehe ich in ein paar Wochen nicht mal mehr eine Silhouette vor meinem inneren Auge, nicht mal mehr ein Schatten wird übrig bleiben, doch denken werde ich an dich trotzdem müssen. Es ist so unfair.
Ich bin so leer und unbrauchbar von all den Gedanken-läufen und der Dunkelheit geworden. Es ist wirklich sehr, sehr dunkel hier, musst du wissen. Und ich bin müde. Will mich nur hinlegen und schlafen. Doch es ist so kalt. Die Gedanken an warme Stunden machen alles schlimmer. Die Erinnerung ist wie ein Schrapnell in der Brust. Und

die Träume... Jede Nacht trennst du dich aufs Neue von mir. Ich weiß, das sollte ich nicht sagen. Aber wenn ich mir das vorhalten kann, dann muss ich wenigstens einen Moment weniger an dich denken.

Manchmal glaube ich, dass die Welt nur erfunden wurde, um mich von dir abzulenken... und mich doch immer wieder an dich zu erinnern. Es ist paradox. Du mochtest dieses Wort, erinnerst du dich? Doch ich weiß auch nicht mehr, wie es aus deinem Munde klang...

Es ist ja auch egal... Du hast sicherlich Besseres zu tun. Ach, Iona... Was machst du so tagtäglich? Woran denkst du, wenn du einschläfst? Wo ist dein Platz in der Welt? Hast du ihn denn endlich gefunden? Wer verdammt bist du, schöne Unbekannte?

Hilfst du mir auf die Sprünge?

Es tut mir alles so leid.
Ein schwacher Gruß aus dem Land, in dem ich dich zuletzt sah.

Ad

Es hatte angefangen zu schneien und ich entschied mich, herauszugehen. Mit großer Erleichterung über das soeben Vollbrachte genoss ich das Knirschen unter meinen Stiefeln und die Momente, in denen ich stehenblieb und nur diesem weißen Rauschen lauschte, das sich über die stille Natur legte. Es war, als hörte der gesamte Wald zu.

Nach einer Weile setzte ich mich auf den Waldboden und

schaute, ob ich draußen auf dem Meer etwas erkennen konnte, doch der Niederschlag verminderte die Sichtweite, spärlicher Laternenschein unten im Dorf, ein verwaistes rotes Blinklicht vor der Küste, aber nichts zu erkennen.

Eine leichte Brise krümmte die Pflanzen, zog klamm durch mich hindurch, ließ die Flocken in Kurven die Luft durchsieben. Ich hörte ein Knacken. Rechts von mir, etwa einen Dutzend Meter entfernt, war ein Ast zerbrochen. Er durfte nicht dicker gewesen sein als mein Daumen, schätzte ich. Dann ging ein feuchtes Schniefen durchs Unterholz. Dort stand eine Elchkuh und beobachtete mich. Als ich begann zu lächeln, senkte sie ihren Kopf und schnüffelte am gefrorenen Kraut, das sich aus dem Boden aufrichtete. Eigentlich waren diese Tiere äußerst menschenscheu. Besonders wenn sie gekalbt hatten und die Kälber womöglich sogar in der Nähe waren, musste man deswegen vorsichtig sein, um keinen Beschützerreflex der Elchkuh auszulösen, doch dieses Exemplar schien sich allein aufzuhalten.

Diese gewaltigen, braunen Augen hatten sich auf mich gerichtet und ich gab zu, dass ich ein wenig in Ehrfurcht verharrte. Ich war mir sicher, dass ich lieber in Ionas Augen geschaut hätte, doch für ein Momentum strahlten diese Augen vor Milde und Güte, als lächelte sie mich an, bevor sie wieder mit entschlossenem Stapfen im Gebüsch verschwand.

Ja, heute Nacht gab es Neuschnee.

8. Januar

Als ich am nächsten Tagesanbruch zur Tür herausschaute,

stand dort ein kleines Paket für mich, gelehnt an die beiden Stufen, auf denen meine Behausung stand. Einer der Nygårds musste es hier abgelegt haben, was auch die Fußabdrücke im frischen Schnee erklärte.

Auf der Pappe waren Wasserflecken und ich hoffte, dass sie nicht auch auf dem Inhalt waren, doch nein, meine Mutter war eine Tochter der Kriegskindergeneration, also waren meine Bücher folglich zur Sicherheit in einer wasserdichten Tüte verstaut. Als ich sie öffnete, ging ich gedanklich sofort meine Liste durch und prüfte, ob sie nichts vergessen hatte. Ich hatte mir schließlich sehr gut überlegt, welche Bücher ich hier lesen sollte.

Walden von Henry David Thoreau zum Beispiel sollte mir ein wenig helfen, der Natur einen wirklichen Wert abzugewinnen, die Einsamkeit schätzen lernen zu können, mich hier nicht wie ein Parasit, sondern als Teil des Ganzen, als mit der Natur im Dialog zu fühlen. Ich hatte es bereits gelesen, als ich sechzehn gewesen war, doch dieser Text hatte mich in dem Alter ein wenig überrollt. Bertrand Russells *Philosophie des Abendlandes* hingegen war nur eine Übersicht, eine gelungene Zusammenfassung der westlichen Philosophie auf neunhundert Seiten, die historische Zusammenhänge aufzeigte. Albert Camus' *Der Fremde* konnte ich nicht vermeiden, ein bisschen Existenzialismus musste immer sein. In den Büchern von Louis Aragon und Alain de Botton wiederum ging es um Liebe, jedoch aus zwei vollkommen unterschiedlichen Standpunkten heraus. Louis Aragon, der als Mitbegründer des Surrealismus galt, hatte im späten zweiten Weltkrieg mit *Aurélien* eine tragische und schicksalshafte Romanze erschaffen, die aber nicht nur das war, sondern auch eine politische Metapher, während Alain de Botton, als Schriftsteller der Gegenwart, als Verfechter des *post-romanticism* galt, der die großen romantischen Ideale in Frage stellte und versuchte, sie auf einer lebenspraktischeren Ebene zu behandeln.

In der Summe waren mir gerade über dreitausend Seiten an reichen Gedanken geliefert worden und ein bisschen versetzte es mich in Ohnmacht, nun vor einem solch großen Berg an hoher Literatur zu stehen, von dem ich nicht wusste, ob ich ihm, wo ich doch hier so ablenkungslos war, gewachsen war. Natürlich würde ich wohl das meiste semantisch durchdringen können, doch wo würde ich damit hingelangen, welche Schlussfolgerung musste ich dann aus meinem Wissen ziehen? Würden mich diese Schlussfolgerungen womöglich unglücklich machen?

Wenn man sich fragte, wozu die Philosophie da war, gab es nur zwei Antworten: Entweder für das Wesen der Realität, sprich, um die Wirklichkeit der Dinge zu erfahren oder des Glücks wegen.

Ich glaubte einerseits nicht, dass die Philosophie zur Aufgabe hatte, *irgendjemanden* glücklich zu machen. Sie war sicherlich niemandem eine Rechenschaft schuldig. Aber eine Philosophie, die unglücklich machte, war die es denn überhaupt wert, betrieben zu werden?

Philosophia hieß Liebe zur Weisheit, nicht Liebe zum Glück, das musste man wissen. Und das hieß auch, dass es durchaus sein konnte, dass man durschaut hatte, dass die Welt kalt und grausam war. Es ging darum, der Realität unter die Röcke zu schauen. Doch womit ließ es sich besser leben? Mit der Wahrheit oder mit dem Glück? Den Zirkelschluss, dass die

Wahrheit glücklich machen würde, ließ ich dabei nicht zu. Es gab Wahrheiten, die uns tief unglücklich machten und Lügen, die uns mit Glückseligkeit erfüllten. Der Wahrheit war also per se sicherlich kein Glück immanent. Höchstens, und das ließ ich zu, konnten die Schlüsse, die man aus der Wahrheit zog, einem helfen, glücklicher zu werden.

Dabei war die Frage, ob es Wahrheit im klassischen Sinne überhaupt gab. Ich hing lieber einem Perspektivismus an, der keine absoluten Wahrheiten zuließ. Und die Philosophie, sie war eine Möglichkeit, verschiedene Blickwinkel auf diese Wirklichkeit einzunehmen, dessen Gänze wir nicht wirklich vollkommen gewahr werden konnten. Ich glaubte nicht, im Gegensatz zu Descartes, dass uns die Welt täuschte, ich glaubte schon, dass das, was wir sahen, wirklich existierte, aber wir sahen eben nicht alles. Wenn ich aus dem Fenster blickte, dann war ich mir sicher, dass diese Bäume dort drüben existierten, aber ich sah sie eben nur aus meiner Perspektive, hörte mit meinem Ohr nicht alle Frequenzen, die man hätte hören können, roch nicht alle Nuancen, die man hätte riechen können. Aber das machte mich nicht unglücklich.

Es hatte in der Philosophie ganz andere Fälle gegeben. Große, große Zweifler. René Descartes gehörte dazu. Er hatte an allem gezweifelt, was er nicht mit absoluter Sicherheit annehmen konnte. Das fing bei den Sinneswahrnehmungen an und endete mit den eigenen Gedanken und der Frage, ob wir überhaupt alle existierten. Er hatte gehofft, dass nach allem Zweifel ein Bodensatz an Wahrheiten übrigbleiben würde. Und so war es auch: Wenn mich also womöglich alles im Leben täuscht und nichts von dem, was ich sehe, echt ist, so existieren doch wenigstens meine Gedanken darüber, so existiert doch wenigstens mein Zweifel an der Welt und wenn dieser existiert, dann existiere ich auch. Ich denke, also bin ich. *Cogito ergo sum.* Das war, um es gelinde zu sagen, nicht weniger als die Einleitung der modernen, rationalistischen Philosophie, fußend auf der aristotelischen, aquinischen und platonischen Lehre.

Doch wie lang war sein Weg dahin gewesen? Ich fand es etwas bemitleidenswert. Man stellte sich nur den jungen René vor, wie er über eine Straße ging und von einem netten Mädchen angelächelt wurde. Doch, und diese Frage musste er sich ja schließlich stellen, war das Mädchen vielleicht nur eine Sinnestäuschung? War es echt? Existierte das Mädchen und ihr Lächeln überhaupt?

Das klang äußerst traurig. Wirklich sehr traurig. Es schien, als hatte der systematische Zweifel die Kraft, ganze Biographien zu zerstören. Und es war ja nichts Neues, dass viele Philosophen körperlich schwach konstituiert waren, meist kränkelnd, was doch sicherlich auch mit den negativen Dingen zu tun haben musste, mit denen sie sich täglich auseinandersetzten. Descartes zum Beispiel, ging 1650 ans schwedische Königshaus, um Königin Christina bereits um fünf Uhr in der Frühe, so hatte sie es gefordert, Philosophiestunden zu geben. Descartes Zustand verschlechterte sich dadurch so sehr, dass er kurz darauf starb.

Jedoch musste ich zugeben, dass es auch positiv gestimmte Zweifler gab. David Hume, ein schottischer Aufklärer, soll daran gezweifelt haben, dass man überhaupt irgendwelche sicheren Aussagen über die Welt machen konnte. Gleichzeitig hingegen galt der beleibte Schotte als hedonistischer Menschenfreund, als gesellig, als humorvoll. Das machte für mich den Unterschied zu Descartes aus. Die großen Fragen der Philosophie hin oder her: Wenn einem der Humor oder die Fähigkeit zum Genuss fehlte, dann war man in der Philosophie geliefert. Und ich konnte mir, mit Verlaub, keine Welt vorstellen, in der ich mich nicht über ein Lächeln freuen können sollte.

Aber letztlich wollte ich doch zurück zu der Frage, weswegen ich eigentlich in dieser Hütte gelandet war. War ich hier wegen der Wahrheit? Oder wegen des Glückes? War Glück überhaupt das Ziel eines jeden Lebens, *meines Lebens*? Nicht die Freude? Nicht die Liebe? Nicht die Anerkennung?

Das Glück war doch eher das Resultat dieser ganzen Dinge. Doch es war zerbrechlich und unmöglich gezielt zu erreichen. Man musste also nicht dem Glück folgen, sondern anderen Dingen, von denen wir ahnten, dass daraus eventuell das Glück folgen könne.

Ich war hin und hergerissen. Wahrheit um jeden Preis? Glück um jeden Preis? Es schien, als musste ich mich entscheiden. Natürlich hatte ich ein Interesse daran, die Natur des Lebens zu erfassen, doch ich hatte Angst vor den Konsequenzen, die ich daraus ziehen musste, die mich womöglich deprimieren würden. Ich hatte Angst davor, dass die Philosophie mit der ich mich beschäftigen würde, diese dreitausend Seiten, einen negativen Sog entwickeln würden und nichts von meiner Lebensbejahung übrigließen. Und natürlich wollte ich andererseits durchaus glücklich werden, aber ich hatte Angst davor, mit einer Lüge leben zu müssen.

Dazu fiel mir immer *Schöne neue Welt* von Aldous Huxley ein, das ich vor ein paar Jahren gelesen hatte. Eine dystopische Welt, in der jeder glücklich ist. Es gibt *Soma*, eine Droge, die jeden glücklich macht, ein Allheilmittel, das dafür sorgt, dass der Körper der puren Erfüllung ausgesetzt wird, ein Aphrodisiakum, ohne Nebenwirkungen, ohne Haken. Eine Gesellschaft der Ablenkung, der Berieselung, der Initialreize, Henry Ford als neuer Gott gefeiert und als Auslöser einer neuen Zeitrechnung, wir schreiben das Jahr 632 nach Ford, oh heiliger Ford! Jeder wird auf seine Kaste konditioniert, wird zielsicher getrimmt, lebt zufrieden und belanglos vor sich hin. Eine Welt, die offensichtlich die Lösung gefunden hat, den Schlüssel zur ausnahmslosen Seligkeit und eine Welt, die sich *komplett belügt*. Also: Glück um jeden Preis?

Ich nahm mir vor, die Bücher heute noch nicht anzurühren. Ich stapelte sie der Größe nach übereinander zu einem Turm aus Philosophie, der drohte, von meinem Schreibtisch zu kippen. Und wenn schon, dachte ich mir, für heute nahm ich mir frei.

Meine Mutter hatte noch etwas anderes beigelegt. Vielleicht hatte es für sie lustig geklungen, dass ich ihr geschrieben hatte, dass hier so wenig Licht war. Zumindest hatte sie zu den Büchern eine kleine Taschenlampe gelegt. Sehr nett, dachte ich, und steckte sie sofort in meine Hosentasche. Es war bereits nach dreizehn Uhr, ich hatte mich längst auf den Weg machen wollen, hatte dann aber doch in den Büchern herumgeblättert, hatte geguckt, ob ich *Walden* vielleicht jetzt, fast ein Jahrzehnt später, verstehen würde.

Ich goss das restliche Wasser aus dem Kanister in meine Teekanne und nahm ihn mit nach draußen, stapfte den Birkenpfad, so nannte ich ihn, entlang und ging den Feldweg, in den er mündete, hinauf, um zum nächsten Bach zu gelangen. Die letzten Tage hatte ich, wenn ich Wasser benötigt hatte, Schnee in den Kanister gestopft und ihn neben den Ofen gestellt, damit der Inhalt zu Wasser auftaute. Ich wollte nun herausfinden, ob sich das Wasser des Bergquells davon unterscheiden würde, ob es vielleicht frischer oder sauberer war.

Den ganzen Tag über hatte es schon geschneit und der Pfad war nicht mehr gut zu sichten. Man folgte nur diesem weißen Teppich, der nicht von Zweigen durchwachsen war. Ich orientierte mich also nicht am eigentlichen Weg, sondern am Fehlen der Pflanzen. Rechts von mir war ein Graben, eine zwei oder drei Meter tief klaffende Furche, in die mehrere Bäume eingeknickt waren. Vielleicht floss darin im Sommer ein schmaler Bach, dachte ich mir. Vielleicht auch nicht.

Nach einiger Zeit, es hatte angefangen zu dämmern, wurden meine Schritte kürzer und mit jedem Fuß, den ich vor den anderen setzte, badete ich die Rechnung dafür aus, dass ich so wenig aß. Meinen Gürtel hatte ich heute morgen ebenfalls zwei Löcher fester als gewöhnlich stellen müssen. Mein Atem wurde äußerst schnell dünn und meine Wangen rot. Je nach Beschaffenheit des Weges wechselte der Kanister von der rechten in die linke Hand, von der linken in die rechte Hand, und immer so weiter.

Wenn ich meinen Blick senkte, sah ich meine Hose, die bis zu den Waden durchnässt war. Die Tiefe des Schnees variierte zwischen drei, vier Zentimetern und dem Zehnfachen. Als der Untergrund immer steiler und schroffer wurde, wusste ich, dass ich bald auf den Bachlauf stoßen würde. Froh, dass ich es bald geschafft hatte, lehnte ich mich an einen kahlen Laubbaum, der etwas zu kränkeln schien. Ich legte mein ganzes Gewicht an den Stamm und kassierte die nächste Rechnung: Eine danteske Masse an Nassschnee wälzte sich von den Ästen über mir und ergoss sich über mein Haupt. Dieses Gefühl hatte ich lange nicht mehr gehabt, ich war lange nicht mehr eingeseift worden und vom Wald selbst ohnehin noch nie. Die meisten hätten das mit reiner Physik erklärt, aber nein, der Wald hatte für mich einen eigenen Willen, das verstand ich jetzt. Er ließ sich einfach nicht alles gefallen. Er gab nicht nach und war nicht gütig, wenn man einen kleinen Fehler machte. Man war ihm und der gesamten Natur gleichgültig. Dem Wald war egal, ob ich mir das Bein brach oder mir den Kopf aufschlug. Er würde sicher keinen Helikopter anfordern, der Wald, er würde sich einfach nur rot färben. Er würde sich, wie Nacht für Nacht, in die Dunkelheit hüllen, das Rot würde zu schwarz, ein Rentier würde vielleicht an mir schnüffeln und sich dann aus dem Staub machen. Neuer Schnee würde fallen, er würde mich auf ganz natürliche Weise begraben, die Temperatur würde mich frisch halten und den Ausdruck des Schreckens oder Schmerzes, den ich im Gesicht tragen würde, für immer erfassen und in das Gedächtnis von wem auch immer einbetten, der einige Tage später die Qual hatte, mich zu finden. In jeder *Fargo*-Folge hätte das besser ausgesehen.

Dass ich den Bach später nicht fand und sich damit ein weiterer Misserfolg anschloss, war mir dann irgendwie egal, der Erfolg war, dass ich es zurück schaffte. Ich hatte eine halbe Stunde lang auf diesem eng bewachsenen Plateau herumgesucht, hatte schon das Rauschen, das wilde Plätschern gehört, hatte aber feststellen müssen, dass sich der Bach unter einer dicken Eisdecke vergraben hatte, dass nur noch kleine Mengen auf dem Grunde des Bachbettes flossen.

Mutters Taschenlampe ließ mich beim Heimweg meine eigenen Spuren sehen, diese Lebenszeichen vergangener Gegenwarten, die mich sicher das Gefälle herabführten, zurück zu meiner Hütte. Ich hatte mir einen Tee verdient.

9. Januar

Hätte ich die Nygårds nicht gehabt, ich wäre wohl vereinsamt. Mit Hedda saß ich am Tisch und erzählte.

»Ich denke, im Winter sollte man einmal öfter nach seinem Gast gucken. Wir haben es hier alle manchmal nicht so einfach mit dem schwarzen Himmel. Und viele halten das gar nicht mehr aus und drehen durch. Wissen Sie, sonst vermietet Erik die Hütte ja nicht im Winter, aber er meinte, Ihre Anfrage wäre so nett und konkret gewesen, da hat er sich umentschieden. Auf dem Bild, da sahen Sie, wie sagt man, nicht so... labil aus!«, lachte sie. »Wollen Sie noch einen Kaffee?«

»Vielleicht noch einen Schluck, danke.«

»Darf ich Sie mal was fragen?«

»Nur zu!«

»Sind Sie eigentlich wegen Ihrem Job oder wegen einer Frau hier?«

»Wie ist die Frage gemeint?«

»Na ja, wissen Sie, wir haben immer die Erfahrung gemacht, dass, wenn jemand allein in diese Hütte zieht, er das eigentlich immer nur aus zwei Gründen macht: Stress oder Kummer. Der überwiegende Teil, muss ich sagen, wirklich aus Stress, es gibt nicht mehr so viele Romantiker.«

»Na ja, sagen wir mal so, ich bin Student, da schließt sich das mit dem Stress schon mal aus, obwohl mir das Studium auch mächtig auf den Keks geht, dabei mag ich eigentlich Philosophie. Komisch, nicht?«

»Also, wenn Sie ein guter Philosoph sind, dann kann das doch durchaus sein, dass Ihnen das Studium nicht gerecht wird, oder?«

»Ach, ich weiß nicht... Ich wäre wirklich gerne einer.«

»Dann sind Sie es. Ich kann mir vorstellen, dass die Philosophie frei genug ist, um nicht an einen Studienabschluss gebunden zu sein oder daran, dass Sie damit Ihr Geld verdienen, oder?«

»Wenn man Philosoph werden will, dann sollte man sich das Geld abschminken, pflege ich immer zu sagen.«

Wir lachten.

»Zurück zu Ihrer Frage. Stress, oder was war das? Leid? Ach, Kummer, ja, Stress oder Kummer. Ich bin wegen einem Mädchen hier. Sie hat mich vor einem halben Jahr verlassen und alle meine Freunde sagen, dass ich sie endlich vergessen soll. Dabei kennen die sie ja gar nicht und können auch nicht wissen, dass das nicht so einfach geht, dass ich sie nicht einfach vergessen kann. Ich weiß einfach, dass wir uns beide noch nicht vergessen haben, als wäre da eine Verbindung, aber halt völlig ohne Worte. Wir haben uns nicht mehr seitdem geschrieben...«

Ich trank den letzten Schluck Kaffee und schaute auf die Pfeffermühle, die vor mir stand.

»Und am Ende versucht man dann doch, das zu machen,

was einem die Freunde geraten haben... aus Verzweiflung. Wenn man sich jede Nacht aufs Neue verliebt, dann kann das ziemlich schmerzhaft werden... Das ist ja keine schöne Verliebtheit, das ist eine Verliebtheit, von der man weiß, dass sie nicht zur Erwiderung prädestiniert ist. Wissen Sie, was ich meine?«

»Verliebtheit und Liebeskummer liegen so nah beieinander«, sagte Hedda. Sie begann zu flüstern, als sie von Teodor zu erzählen anfing, dabei war er gar nicht im Hause: »Wissen Sie, Teodor und ich, wir waren auch mal für ein Jahr getrennt. Er hatte angefangen zu trinken, da habe ich einfach meine Sachen gepackt.«

»Oh nein«, sagte ich.

»Ja, genau, er ist eigentlich so ein lieber Kerl. Das fand ich einfach so schade mit dem Trinken. Da habe ich dann irgendwann erkannt, dass er nicht wegen mir trank, sondern wegen sich selbst. Er war ja auch gar nicht gewalttätig oder so, er war einfach nur trübselig, wenn er getrunken hatte. Es fiel ihm einfach schwer, auf sich stolz zu sein. Und da wusste ich, was ich zu tun hatte, denn Ablehnung war doch das Letzte, was er gebrauchen konnte. Ich wusste, dass ich ihm den Rücken stärken musste, ihm jeden Tag das Gefühl geben musste, dass er etwas Besonderes ist, es wert ist, geliebt zu werden. Das hat uns zusammengekittet.«

»Ist es nicht anstrengend, ihm das Gefühl zu geben?«

»Er gibt mir ja so viel dafür zurück, allem voran sich selbst. Er ist wieder er selbst, das ist das größte Geschenk. Er ist wieder der charmante Student mit Seitenscheitel von vor fünfundzwanzig Jahren.«

»Was für ein Happyend«, sagte ich und sie lächelte, als hörte sie das zum ersten Mal. Nach einer Weile brach ich mit der Harmonie, die sich eingestellt hatte.

»Was mich nur an meiner Situation ankotzt, verzeihen Sie bitte den Ausdruck, ist, dass es mich in eine so niedere Form der Liebe zurückwirft. Wie am Anfang, als ich verknallt in sie war und sie einfach nur verschlingen wollte. Sie wird mir dabei völlig egal, ich will gar nicht, dass sie glücklich wird oder ist, zumindest nicht ohne mich. Ich will nur, dass sie zu mir zurückkommt. Das ist echt hart, weil ich weiß, dass ich ihr damit Unrecht antue, aus nichts weiter als Eigennutz. Die Liebe hat mich doch tatsächlich gedowngraded! Ich weiß nicht, ob ich überhaupt noch zur selbstlosen Liebe fähig bin...«

»Sind Sie denn sicher, dass Sie am Anfang, als Sie sie kennengelernt haben, genauso für sie empfunden haben? Sie waren doch sicherlich wundervoll verliebt, oder?«

»Ja, natürlich. Aber obwohl das wundervoll war, sehe ich das heute nicht nur unkritisch. Ich sage immer, die Verliebtheit muss nicht den Alltag überstehen, der Alltag muss die Verliebtheit überstehen. Was bringt die Verliebtheit, wenn man danach keine Freunde mehr hat?«

»Sehen Sie? Sie sind ein Philosoph, woran zweifeln Sie denn noch?«

»...an meiner Existenz!«, prustete ich. Es war verständlich, dass sie diesen nerdigen Philosophenwitz nicht verstand. Sie legte ihre Hand auf meinen Unterarm.

»Hören Sie, ich bin mir sicher, dass Sie sich in irgendeiner Weise schon mal für sie aufgegeben haben. Dass Sie selbstlos waren. Denken Sie nur genügend darüber nach, Ihnen wird sicher etwas einfallen.«

Ich blickte aus dem Fenster. Das Schneegestöber ging weiter, es war bereits bis in meinen Kopf hervorgedrungen, nichts als Erinnerungen, wild durcheinander gewirbelt und langsam folgte die Dunkelheit.

»Also, eigentlich gibt es da eine Situation, an die ich mich erinnere«, sagte ich. »Da war sie noch nicht mit mir zusammen, da war sie noch mit Jordan zusammen, ich hatte sie gerade auf dieser Insel kennengelernt und wir feierten zu zweit meinen Geburtstag, glaube ich. Sie hat mir von ihren Problemen mit ihm erzählt, sie war traurig, sie hing ein wenig an ihm. Und ich, ich war schon hoffnungslos in sie verliebt, Amor hatte wirklich einen Headshot gelandet. Und da hat sie mich nach meinem Rat gefragt, weil sie meinte, all ihre anderen Freunde würde sie damit nur nerven, sie hätten es zu oft gehört. Ich hörte ihr zu und es tat mir weh. Ich kippte den Wein in mich hinein, den sie mir geschenkt und eingeschenkt hatte, wollte einfach verdrängen, dass sie diese Beziehung wieder aufleben lassen wollte. Doch als sie mir alles erzählt hatte, sagte ich etwas... nun ja... etwas Erstaunliches. Ich sagte ihr, dass ich nicht so sein könnte wie ihre anderen Freunde. Ich könnte ihr nicht sagen, sie solle ihn vergessen und dann wird das schon wieder, dass sie einfach nicht so nostalgisch sein sollte. Ich wusste ja selbst wie das war. Und ich sagte ihr, wenn sie wirklich an diese Beziehung glauben würde, dann solle sie es nochmal mit ihm versuchen. Ich ließ sie ziehen und sie kam zu mir zurück. Aber deswegen hatte ich es ja letztlich nicht getan. Das war Agape. Im besten Sinne.«

»Das war was?«, fragte Hedda.

»Uneigennützige Liebe.«

Teodor kam zur Haustür herein.

Schicht für Schicht pellte er die Kleidung ab, in die er sich gewickelt hatte, um dem Winde da draußen zu wehren.

»Ich habe noch eine Frage«, sagte ich zu Hedda.

»Und die wäre?«

»Wäre es in Ordnung, wenn noch jemand Zweites in die Hütte kommen würde? Unter dem Bett ist doch noch eine zweite Matratze.«

»Da müssen Sie Teodor fragen!«, womit sie auf ihren Mann deutete, der jetzt etwas perplex im Türrahmen stand.

»Hallo, Herr Winter. Was gibt's?«

»Ich hatte mich gerade gefragt, ob es möglich wäre, da ja unter meinem Bett eine Gästematratze liegt, dass eine zweite Person in der Hütte übernachtet?«

»Natürlich geht das! Kostet allerdings dreißig Kronen mehr die Nacht. Und Sie sollten sich natürlich nicht auf die Nerven gehen, also überlegen Sie sich das gut.«

»Ich denke, das Risiko ist es wert einzugehen.«

»Schön, ab wann denn?«

»Das muss ich gleich noch klären. Nicht sofort, denke ich. Kann noch ein bisschen dauern.«

»Keine Eile. Aber ein wenig Gesellschaft wird Ihnen gut tun, da bin ich mir sicher.«

Mein Handy war bereits aufgeladen, als ich es in die Hand nahm und Jana informierte:

Hallo Jana,

ich hoffe, du machst weiterhin Fortschritte. Es war wirklich schön, deine Stimme zu hören.

Hör mal, ich habe mit dem Vater des Vermieters gesprochen, er meinte, du kannst mich ruhig besuchen kommen und auch hier

schlafen. Die zusätzlichen dreißig Kronen übernehme ich, da es nicht ganz billig wird, hierher zu kommen. Als erstes müsstest du einen Flug nach Oslo nehmen, von dort einen Flug nach Sandnessjøen, der wird etwas kostspieliger, und von Sandnessjøen aus kannst du die Fähre im Hafen von Dock 2 nehmen.
Sag mir einfach, ob es was wird und wenn ja, wann. Ich erfahre es dann wahrscheinlich nach ein oder zwei Tagen.

Liebe Grüße
Adrian

Den Nygårds sagte ich, dass ich sie das nächste Mal, wenn ich sie besuchte, darüber in Kenntnis setzten würde, ob ich noch Gesellschaft erwarten würde. Auf Teodors Angebot, mich wieder zu fahren, ging ich heute nicht ein. Es hatte sich zwar ein leichter Schneesturm aufgemacht, doch ich wollte unbedingt laufen.

»Wir haben so wenig Schnee in Deutschland«, erläuterte ich den Beiden amüsiert. »Und je anstrengender der Weg, desto schöner ist es, dort oben einzukehren.«

Ich zog den Reißverschluss meines Mantels bis nach oben hin zu, stellte den Kragen hoch, verabschiedete mich und machte mich auf den Weg.

Ich war bereits am Rande des Vorgartens angelangt, als ich wieder umdrehte und noch einmal klingelte. Es dauerte nicht lange, da öffnete sich die Tür einen Spalt, so, dass nicht allzu viel Schnee hereinwehte.

»Adrian. Haben Sie etwas vergessen?«

»Sie hat geantwortet! Am 23. Januar kommt sie her.«

Auf dem Rückweg wuchs meine Vorfreude kenntlich. Meine Schritte wurden von Meter zu Meter leichter. Es dauerte zwar immerhin noch genau zwei Wochen bis Jana mich besuchen kam, aber ich wusste, dass ich andererseits nun auch zwei Wochen hatte, um mir das auszumalen.

Es hatte mich ein wenig beschämt, dass sie auf die glorreiche Idee gekommen war, doch direkt die Fähre von Kiel nach Oslo zu nehmen, sie wollte schließlich davor noch einmal nach Hause und wir sahen diese Schiffe jeden Tag vor unserer Haustür ablegen. Über die Unannehmlichkeiten, die ich mir damit auf meiner Hinreise hätte ersparen können, wollte ich nicht mehr nachdenken. Ich war einfach dumm gewesen, das musste man so stehenlassen.

Auf die Frage, bei welcher Fährstation sie denn am Ende aussteigen müsste, um zu mir zu gelangen, hatte ich ihr nur gesagt, sie solle einfach diese Fähre nehmen, ganz ohne Plan, und sie würde schon erkennen, wenn da jemand Bekanntes am Hafen auf sie warten würde.

10. Januar

Es war erstaunlich. Nachdem die Zeit so geschlichen war, nachdem die dunklen Stunden so an mir gezehrt hatten, nachdem der Blick aus meinen Fenstern so immergleich geschienen hatte, sodass ich nicht einmal mehr wusste, ob diese Welt da draußen überhaupt existierte, ob es nicht doch eigentlich dort draußen taghell war und nur jemand einen undurchdringbaren Vorhang um meine Hütte gehüllt hatte, der mich vom Kosmos trennte, mich hermetisch einschloss, und ich dann immer hinaus gegangen war, nur um mich zu vergewissern, um mich zu enttäuschen, zu desillusionieren, allein damit, dass es draußen genauso schwarz war, genauso dunkel, wie es von hier drinnen ausgesehen hatte, nachdem jede Routine zum unverzichtbaren Ritual geworden war, selbst das Essen, selbst das Duschen, selbst diese elende Langeweile ein Zeremoniell, nachdem die Stille mich absorbiert hatte, mich aus meiner Wahrnehmung hatte verschwinden lassen und das Schweigen manchmal so harsch, so verunglimpfend und herb geklungen hatte, nachdem ich selbst meine Feinde herbeigesehnt hatte, weil ich gedacht hatte, wo hatte die Versöhnung wohl einen fruchtbaren Boden, wenn nicht hier, wenn nicht in dieser Lücke in der Sphäre, die doch so voll war, so prall an Leben, so reich an Untertönen und Widersprüchen, nachdem ich gedacht hatte, mit der Zeit würde ich ohnmächtig werden, ohne Macht, so ohnmächtig. Nach alledem fingen die Tage an zu rauschen.

Nach dem stürmischen Vortag hatte sich der Himmel nun von den bleiernden Wolken befreit, die auch mein Gemüt belagert hatten. Nach einer schweren Nacht holte mich das schillernde Tageslicht aus dem Bett und ich hackte Holz bis es Abend wurde. Ich verbrachte den Tag in Einfachheit, diese nach Holz riechenden Hände, die kleinen Splitter an den Fingern, dieser Schweiß in frostiger Luft, so erlösend... Man ertappte sich dabei, wie man gerade für ein paar Sekunden an nichts gedacht hatte, nicht einmal an dich, Iona.

Ich war so konzentriert auf meine Aufgabe gewesen, dass ich, als ich den Rest des Holzes aufgestapelt hatte, von Polarlichtern überrascht wurde. Ein Schleier wie aus Seide in kräftigem Grün, darüber Ausläufer in violett, zogen sich übers komplette Firmament, ein phlegmatischer Schatten aus Sonnenstürmen, träge wie die Nacht und doch so sorgenlos wie ich an guten Tagen.

Mit meinem Schlafsack hatte ich mich auf einen Baumstumpf gepflanzt, ein Tässchen Tee zwischen den Händen, ein ruhiger Atem, ein seliger Beobachter.

Dieses Nordlicht, *das war ich*, dachte ich. Ich konnte so kräftig scheinen, hatte ich manchmal das Gefühl, meine Liebe zum Dasein war doch im Grunde so fulminant. Es gab Freude ohne Glück, aber keinen Tag ohne Liebe. Ich strahlte, denn ich war voll davon. Dabei war doch im Grunde jede positive Empfindung Liebe. Die Hoffnung war die Liebe zur Zukunft. Die Nostalgie war die Liebe zur Vergangenheit. Die Neugier war die Liebe zur Entdeckung. Der Humor war die Liebe zur Heiterkeit. Die Freude war die Liebe zum Moment. Und die Liebe machte die Dinge schlicht, ohne ihnen die Vielschichtigkeit zu nehmen. Schade, dass es dafür nur ein Wort gab. Liebe. In dieser Hinsicht waren die Griechen deutlich besser aufgestellt, fand ich.

Ich lag unter dem Sternenhimmel, unter diesem schraffierten Wabern in der Atmosphäre, welches für uns Menschen der Magie glich. Manches verlor doch nie die Anziehung oder Aura, nur weil es physikalisch erklärbar wurde. Viel mehr gewann es an Strahlkraft, weil es selten und nicht überall verfügbar oder künstlich zu reproduzieren war. Das war doch im Grunde das Problem. Die Welt hatte ihren Zauber nicht verloren, weil so vieles erklärbar geworden war, so wie die Romantik eine Gegenbewegung gegen den Siegeszug der Naturwissenschaften gewesen war, sondern weil man versuchte, das Besondere systematisch zu reproduzieren, allein das Verb *produzieren* war ja an Kälte nicht zu überbieten, und es so an Gewicht und Bedeutung verlor.

Mit welcher Euphorie hatte man sich vor fünfzig Jahren auf den Sonntagsbraten gefreut? Und mit was für einer Gleichgültigkeit behandelten wir nun das Fleisch, einfach weil es an jedem Tag der Woche verfügbar war? Das war ein Beispiel unter vielen, doch ich fürchtete, dass ich als Ewiggestriger galt, wenn ich noch mehr davon aufführte.

Was ich jedoch im Grunde versuchte, war eine Parallele zwischen mir und diesem Nordlicht zu ziehen. Mein Strahlen war selten, aber intensiv. Es war nur die Frage, ob Menschen allein für dieses Strahlen in die Dunkelheit zogen. Vielleicht, um sich ab und zu mal von dieser Energie überwältigen zu lassen, die in mir steckte, meinem ewigen Antrieb zur Hoffnung, Begeisterung oder Hingabe.

Iona, wärest du in die Dunkelheit gezogen für dieses unbändige Licht, mein seltenes Strahlen? Du hättest mich nicht kontrollieren können, niemals, ich wäre wie Feuer und Eis geblieben, doch hatte ich immer viel zu geben, vielleicht kein Geld und keine Sicherheit, dafür aber ein wenig Hinwendung, ein verzweifeltes Wohlwollen, der Wunsch, dir ein treuer Mann zu sein.

Ich holte den Schnaps heraus und gab dem Tee etwas mehr Wucht. Ein wenig Zitrone fehlte. Das war aber auch das Einzige. Ich vermisste hier oben im Allgemeinen recht wenig. Vielleicht nur Kleinigkeiten.

Ich vermisste es zum Beispiel, mal kurz zum Laden um die Ecke zu gehen, mir drei Flaschen dieses abscheulichen indischen Lager-Exportbiers zu kaufen, nur damit ich bereits eine Flasche auf dem Heimweg trinken konnte und die restlichen zwei Flaschen für den Rest des Abends übrig hatte. Dieses *Von-der-Hand-in-den-Mund*-Leben besaß etwas Anheimelndes. Man lernte, Minderwertiges zu genießen, so schön kurzsichtig, wie in einem dieser Filme, wie in *Blue Jay* oder *Oh Boy*, doch hier in der Natur war alles mit Berechnung und Planung verbunden, selbst mein Geschäft musste ich möglichst effektiv in den Tagesablauf einweben.

Ich vermisste diese enorm nervigen Werbungen, im Fernsehen, im Internet, wo auch immer. Ich konnte keinen einzigen Menschen verstehen, der Werbungen billigend in Kauf nahm oder auch nur fröhlich ertragen würde. Zwar war meine Motivation auch sehr politisch, ich, als Kritiker des Großkapitals, fand es erstaunlich, dass die Menschen so etwas wie Werbung als gegeben hinnahmen, und ich war besorgt über das wachsende und immer trickreicher werdende Maß, mit dem Leute dazu bewegt werden sollten, etwas zu kaufen, um ihrem Konsumentenalltag gerecht zu werden. Dennoch vermisste ich sie zugegebenermaßen ein wenig, diese letzte Dosis an heiler Welt.

Ich vermisste das Gewicht auf meinen Schultern, das wegen ungetaner Arbeit auf mir lastete. Das schlechte Gewissen, welches dahinter steckte. Ich war so unverhofft frei, unerreicht von meinen Pflichten, und die wahren Pflichten, die lagen auf der Hand: Feuer machen, Wasser holen, Essen machen, Holz zerhacken. Die Pflichten, zu denen das Leben einen eben zwang, da man sonst nicht mehr daran teilnahm. Existentielle Pflichten zur Erhaltung sozusagen. Ein Thema, bei dem ich ebenso schnell politisch wurde. Denn wie direkt trugen wir denn noch mit unseren alltäglichen Pflichten zur

Aufrechterhaltung unseres Lebens bei? Wir arbeiteten für einen höheren Zweck, bekamen dafür einen Gegenwert, das Geld, und konnten uns für dieses Geld im besten Falle Lebensqualität leisten. Sicherlich ein Grund dafür, dass viele die Beziehung zu ihrer Arbeit verloren hatten, doch das wollte ich nicht weiter ausführen, genausowenig wie den Entfremdungsbegriff, den Marx geprägt hatte.

Mir fiel jedoch auf, dass ich nur negative Dinge vermisste. Aber war es denn wirklich so? Vermissten wir primär das, von dem wir sonst meinten, dass wir es am ehesten entbehren könnten? Und vermissten wir denn deswegen unsere Ex-Partner?

Der Schnaps imponierte meinem Körper heftig. Ich hatte ja so wenig gegessen.

Die *Aurora borealis* tanzte immer schneller am Himmel, sie war doch sicherlich auch nichts weiter als ein einfaches Mädchen, an unbewölkten Abenden absolvierte sie ihre Auftritte, wählte jedes Mal eine andere Gestalt, ein neues Kleid und der Mond schaute zu, der alte Sexist, wanderte von Ost nach West und genoss die Sicht.

Ich sprang auf und riss meine Arme nach oben, das Feuerwasser hatte mit harter Hand zugepackt, ich fing an zu singen, *signed, sealed, delivered, I'm yours*, ich war beileibe kein Stevie Wonder, diese hohen Oktaven die fremdesten Gefilde, doch verdammt, ich traf die Töne. Dieser frühe Schrei, bevor das Schlagzeug einsetzte, ich krächzte so stolz vor mich hin, wollte nicht wissen, wie ich zu klingen hatte, denn für jetzt klang es perfekt.

Ich drehte mich im Kreis und versuchte, diesen Baumstumpf nicht zu übersehen, oh Luft, du kamst mir so frisch vor und Schnee, würdest du jetzt anders schmecken? Nein, oh nein, nicht wirklich. Du hattest so im Mondlicht geglitzert, hattest mich getäuscht, du alter Sack. Du Schnee von gestern.

Land, du warst so weit, mir zu Füßen, ich brauchte ja nur meine Arme zu öffnen und du wärest mir entgegen gelaufen, doch bevor irgendjemand irgendetwas tun konnte, schloss ich meine Arme und umschloss mich selbst, ich hatte mich noch nie so wirklich umarmt, nicht mal gedanklich, was hieß hier *nicht mal*, sich gedanklich zu umarmen war weitaus abgefuckter, als sich *wirklich* zu umarmen. Doch mir fehlte etwas. Zwischen meinen Armen und meiner Brust war etwas verloren gegangen und es schien, als hatte ich es für mehr als ein halbes Jahr nicht bemerkt. Oh Iona, mein tausendfacher Traum, irgendwie warst du doch hier, du warst in meinem Atem, im Land und im Meer, wie das Blut in meinen Adern, wie Feuer und Regen, immer in mir.

Herzschlag, du wurdest größer, immer übermütiger, ich wusste es, du hattest nur an mein Mädchen gedacht und das Freudenlied, das du nun sangst, war die Perfusion. Da war ein Fluss in mir, ein ganzes Meer, ein Ozean aus Champagnerschaum, ein Lachen, das alle Distanz überwunden hatte. Iona, du warst hier. Das warst du nicht wirklich, aber die Fantasie war besser als nichts und die Realität eben auch keine Lösung.

Aus eintausendfünfhundertundacht Kilometern wurden zwei Zentimeter, du konntest mir nicht mehr entweichen, deine Augen so offen. Sollte ich dich küssen, du Wesen meiner Gier, sollte ich wirklich ein Luftschloss küssen?

Mein Blut floss in meine von Holzspähnen übersähte Hose, allein die Vorstellung, ich war verrückt geworden, Iona, sollten wir davonfliegen? Du auf meinen Schultern und ich dein Phönix? Wir würden beide sterben, eines Tages, doch ein letzter Flug, was hieltest du davon? Durch die Nacht, während du auf meiner Schulter ruhtest, bis das Morgenlicht nahen würde, mit Dornen in den Augen.

Iona, warst du bereit? Wir würden einen Dutzend Schritte Anlauf brauchen, und dann, dann würden wir segeln über diesen Hang, segeln bis wir frei waren.

Wir nahmen Anlauf, genau zwölf Schritt, immer schneller, immer schneller, es war so weit, der Gegenwind in der Lunge, die Arme angewinkelt, mein Haar flatterte, mein Herz auch. Einmal, nur ein einziges Mal abfedern, von dieser Welt, von diesem Leben, Iona, wir ließen es nun hinter uns, segeln bis wir frei waren, segeln bis wir frei waren und ein weiter Flug.

Ich hob mit ihr ab und landete allein. Im Schotter.

ZWEITE WOCHE

Drei Tage später, ich hatte mir noch ein wenig Zeit mit dem Holzhacken und meinem schlichten Tagesablauf gelassen, die Kratzer meines einsamen Höhenfluges waren ebenfalls verheilt, fing ich endlich an, *Walden* zu lesen. Meine Wahl war offensichtlich: Henry David Thoreau hatte sich 1845 für zwei Jahre in eine kleine selbsterbaute Blockhütte in die Wälder von Massachusetts, nahe seiner Heimatstadt Concord, zurückgezogen. Seine Hütte lag am Ufer des Walden Ponds, eines Sees, der zugleich Namensgeber des Buches war, welches er darüber geschrieben hatte, und das ich also nun in den Händen hielt.

Es schien mir, als hatte es seither viele Denker in die Einsamkeit oder Natur gezogen. Vielleicht war es die ständige Suche nach Einfachheit und Substanz im Leben, der ja auch ich letztlich nachging. Wenn es auch meist nicht für immer war, dann steckte doch wenigstens ein Ausstieg auf Zeit dahinter. Ludwig Wittgenstein, Diogenes oder Heraklit waren Beispiele dafür.

Aus meinem sechzehnten Lebensjahr, als ich *Walden* zum ersten Mal gelesen hatte, waren mir vor allem Thoreaus Naturbeschreibungen in Erinnerung geblieben. Dieses Werk war nicht nur ein philosophisches Buch, es war gewissermaßen ein praktischer Ratgeber für ein solches Leben, für eben solche, die auf der Suche nach einem einfachen Leben in der Natur waren.

Und da ich mich im Prinzip in ähnlicher Situation befand, Henry David Thoreau war nicht mehr als drei Jahre älter als ich gewesen, als er in die Wälder gegangen war, behandelte er vor allem Themen, die auch für mich Relevanz hatten: Genügsamkeit, Einsamkeit, Art und Zweck des Lebens und dergleichen mehr.

Ich bekam schnell mit, wie sehr viel besser ich doch seiner Sprache nun gewachsen war und wie athletisch meine Konzentration war, seitdem auch ich mich dazu entschieden hatte, für eine Weile in den Wäldern zu wohnen. Es war, als würde sich mein Geist zu einem Kanal verengen, der nur noch einen Strom und eine Richtung an vermittelbarer Information zuließ. Und wenn man las, dann las man. Wenn man Holz stapelte, dann stapelte man Holz. Wenn man in die Landschaft blickte, dann blickte man in die Landschaft.

Wie wichtig war es doch, sich etwas wirklich zu *widmen*, denn dieses Widmen hatte doch sehr viel mit ungeteilter Zuwendung zu tun. Und das hatte mir doch immer etwas gefehlt. Ich hatte es vermisst, dass ich mich nichts so wirklich widmen konnte und dass sich mir niemand schlichtweg und vollends widmete. Wie viel mehr im Frieden mit sich selbst man doch abends ins Bett gehen konnte, wenn man sich nicht nur zerstreut hatte, den Tag über. Große Zuwendung, das war Leidenschaft.

Doch noch etwas anderes war mir aufgefallen: Wie unwesentlich sich menschliche Interaktion nach ein paar Tagen für mich anfühlte. Aber sicherlich nicht, zumindest hoffte ich das, weil meine Menschenliebe verwirkt war, sondern weil in meinem alltäglichen Einflussbereich, bis auf die Nygårds, kein Mensch zu finden war. Das klang sehr einsam, dabei musste ich wohl zugeben, dass ich auf meinem Weg hierhin oder auch Zuhause in Kiel ein deutlich höheres Maß an

Einsamkeit verspürt hatte. Nein, nein, hier oben war es anders, man war sehr allein, man fühlte sich aber nicht einsam. Jedoch hatte man Fragen, sehr viele Fragen eigentlich, aber manchmal antwortete einem auch die Natur. Wenn ich mir am Morgen eine Frage stellte und ich den Tag in der Natur verbrachte, so konnte ich mir sicher sein, dass ich abends die Antwort wusste oder zumindest eine Ahnung davon hatte. Das klang etwas esoterisch oder transzendental, als würde die Natur zu mir sprechen, doch ganz so war es ja nicht. Es war, als spürte man nur ihren Atem.

Thoreau hatte den Transzendentalisten zwar nahe gestanden oder zumindest war er mit ihnen befreundet gewesen, unter ihnen auch der bekannte Ralph Waldo Emerson, aber man musste ja gar nicht spirituell sein, um zu verstehen, dass die Linie zwischen uns Menschen und der Natur nicht trennscharf zu bestimmen war. Ich fand es manchmal beschämend, auf welchem Podest wir Menschen der Natur gegenüber doch zu stehen meinten und vor allem weswegen? Nur wegen unseren kognitiven Fähigkeiten? Oder wegen der Möglichkeit zu fühlen? Ich wusste nicht, wo darin eine moralische Überlegenheit liegen sollte.

Mit Jana würde das Alleinsein ein Ende finden und ich war gespannt, wie sich das auf mich auswirkte. Dabei war es doch sicherlich unsere Vertrautheit, die das Alleinsein am ehesten zu tilgen vermochte. Damit meinte ich nicht, dass man sich intime Dinge anvertraute, das war eine andere Gattung der Vertrautheit, sondern dass es Menschen gab, für die wir ein wohliges Empfinden hegten, ohne einen wirklich offensichtlichen Grund dafür zu haben. Man konnte sagen, es gab sympathische Menschen, man wusste aber nicht warum.

Manchmal lag es daran, dass man einen wichtigen Lebensabschnitt zusammen gemeistert hatte und sich nun irgendwie nicht mehr fremd werden konnte. Oder es lag daran, dass uns dieser Jemand an jemand anderen erinnerte, der uns noch viel vertrauter war. Vielleicht lag es aber auch daran, dass man sich daran erinnerte, dass nicht nur wir selbst die Verrückten, sondern dass *wir alle*, die komplette Spezies, nicht ganz bei Trost war. Wer sollte sich auch anmaßen, die Parameter dafür festzulegen? Das Wichtige war doch, dass wir nicht *gruselig* verrückt waren, sondern *liebevoll* verrückt.

Heute Nacht hatte der Mond ein freies Feld. Er konnte all sein Licht loswerden, das bekanntlich nicht sein eigenes war, warf es auf die in Schnee schlummernden Baumwipfel und er war so hell, dass selbst ich bei Nacht Schatten warf. In diesem Schein hätte ich lesen können, hatte ich mir gedacht, doch gelesen hatte ich eigentlich genug. Ich hatte die ersten achtzig Seiten von *Walden* bereits am Nachmittag verschlungen und dieses Buch sollte doch wenigstens für ein paar Tage andauern.

Es tat sich folglich wieder eine Lücke auf. Ein Moment ohne Widmung. Also beschloss ich, mich dem Allerwichtigsten zu widmen. Von drinnen holte ich unbeschriebenes Papier, einen weichen Bleistift und setzte mich auf meinen Baumstumpf. Der Mond war mein Zeuge.

Liebe Iona,

ich lerne, das Alleinsein zu schätzen. Es macht mich so geduldig und genügsam. Ich sitze den ganzen Tag in meiner Hütte am Polarkreis und lese, erledige draußen meine Arbeit oder streife nur durch die Wildnis und beobachte alles. Und manchmal lerne ich von ihr.

Mein letzter Brief tut mir leid. Ich war an dem Abend sehr traurig. Habe dich vermisst. Und wenn man allein ist, dann fehlt einem das Korrektiv, es ist niemand da, der einen erdet. Und diese Traurigkeit hat mich einfach überwältigt. Ich spürte, dass mein Bild von dir verblassen würde, doch das wollte ich nicht. Ich fand es noch nie gut, wenn etwas blasser wurde, denn das hieß, dass es die Farbe, den Geschmack, den Ausdruck verlor. Ich wusste jedoch, dass mir nie etwas begegnet war, das mehr Ausdruck besessen hatte, als du. Ich fand es irgendwie unfair dir gegenüber, ein so schwaches Bild von dir zu haben. Dich in so schwacher Erinnerung zu behalten.

Erinnerst du dich noch an die Zeit, als wir uns kennenlernten? Vielleicht ist es schlimm für dich, daran zu denken, aber bitte versuch' es doch für einen Moment. Als du in diesen Pub hereingeschneit bist... das Erste, was ich gedacht habe, war: Die vergess' ich nie wieder. Und jetzt spüre ich förmlich, dass du mir entgleitest, es ist verrückt...

Ich bleibe voller Fragen... Weiß nicht, ob sie es alle wert sind, vor allem nicht jetzt, da ich den Frieden genieße, der mir dieser Tage zugeteilt scheint. Im Grunde gibt es auch nur wenige Gründe für diesen Brief. Ich schreibe, weil sich eine Lücke aufgetan hat. Du kommst nur noch in Lücken vor, das ist ein gutes Zeichen, denke ich, denn vorher entstanden die Lücken nur deinetwegen. Vorher, da war alles eine Lücke, was nicht du warst. Ich auch.

Doch die Luft, die ich atme, die Wärme des Ofens, der fast gleißend helle Neuschnee, dieses lebendige Rumoren des Waldes, das ihn nie still werden lässt, das alles lässt mich spüren, wie sehr ich doch am Leben sein kann, auch ohne dich. Und verdammt, das zeigt mir, wie blind ich dir hinterherlief, vielleicht warst du es wert, sicher warst du es wert, doch ich will in meinem Leben nie wieder so blind sein.

Ich habe nach wirklich allem verlangt, nach einem Monopol auf dich, nach deiner Zeit, nach deinem Körper, so unerbittlich, dabei wäre doch so wenig nötig gewesen, um glücklich zu werden… mit dir. An manchen Tagen kann ich verstehen, dass du mich verlassen hast. Vielleicht habe ich dir keinen Grund mehr gegeben, mich zu lieben… Es ist lang her. Der Schock ist vorüber.

Ich finde es etwas schade, dass du dies alles nicht sehen kannst. Die zugefrorenen Seen, diese schlafenen Wälder, das Nordlicht, man glaubt eigentlich, es sei rau, doch die letzten Tage waren ziemlich mild, man konnte lange Spaziergänge machen. Ich erinnere mich noch an solche, die wir immer gemacht haben. Hätten wir diesen Ort doch früher entdeckt… Doch ich denke auch, dass es mit meiner Sichtweise zusammenhängt, denn ich weiß nicht, ob ich die Schönheit hätte früher erkennen können. Wenn man verliebt ist, reicht es einem im Grunde auch, auf einem kahlen Acker herumzulaufen. Die Verliebtheit senkt die Ansprüche an die äußeren Zustände. Das hat sie irgendwie mit der Genügsamkeit gemeinsam, dabei sind das zwei völlig verschiedene, ja, sogar entgegengesetzte, Sachen.

Gestern war da etwas Besonderes. Es wurde gerade dunkel, da schlich sich ein Fuchs aus dem Unterholz. Ich stand im Türrahmen meiner Hütte und beobachtete ihn, wie er dabei war, sich dem freien Feld vor meiner Hütte zu nähern. Vielleicht hatte er etwas im Visier, ich habe aber nichts Genaues gesehen. Doch nach einer Weile bemerkte er mich. Und wir schauten uns sehr lange an. Nicht in Misstrauen, sondern in Neugier, was der Andere wohl als nächstes tat. Ich deutete langsam mit meiner Hand zu mir und er kam, zu meiner Verblüffung, gemächlich in meine Richtung getrabt. Etwa zwei Meter vor mir hielt er an und setzte sich hin. Er schrägte seinen Kopf etwas an, während er mich musterte und entschied dann, wieder im Gebüsch zu verschwinden.

Ich habe mich natürlich daran erinnert gefühlt, wie du manchmal deinen Kopf leicht zur Seite geneigt hast, um mich zu mustern, um mich zu studieren, ein sanftes Lächeln auf deinem Gesicht. Das war aber nicht die Hauptsache: Ich wusste, wie ängstlich er gewesen sein musste. Doch er hatte sich getraut, sich mir zu nähern. Er war neugierig genug. Und manchmal denke ich mir, dass es doch sicher unser Stolz, unsere Sturheit oder unser Eigensinn war, der dazu geführt hat, dass wir bisher kein Wort miteinander gewechselt haben, uns einander nicht wieder genähert haben, seitdem du durch dieses große Tor am Flughafen gegangen bist. Wie gesagt, es ist schon fast zu lange her. Und im Grunde denke ich auch nicht mehr so viel daran, versuche, nicht mehr so viel zu deuten, irgendetwas zu interpretieren, was gar nicht da ist. Du bist ja auch nicht mehr da.

Ach, Iona... Ich wäre dir hier ein guter Gastgeber.
Wärest du hier, ich würde dir sofort ein Tässchen Tee machen, dich in weiche Decken hüllen, sodass nur noch dein Kopf herausguckte und wir würden dem Schnee beim Fallen zuschauen oder, wenn wir Glück hätten, den Polarlichtern.
Ich will nicht lügen. Das ist ein frugales Leben, das ich gerade führe, doch ich will nichts anderes. Es war immer mein stiller Wunsch, mit dir ein bescheidenes Leben zu führen, off the grid, für eine Zeit vielleicht, nicht für immer, doch ich muss die Dinge so nehmen, wie sie kommen. Du hast deine eigenen Träume.

Gehab dich wohl.

Adrian

14. Januar

Am nächsten Tag blieb wieder viel Raum, um nachzudenken. Ich hatte für alles gesorgt. Das Holz, das ich gehackt und gestapelt hatte, würde sicherlich noch für knapp eine Woche reichen, denn ich hatte einen neuen Stapel auf der anderen Seite der Hütte angefangen, den ich geschickt um das kleine Fenster über meinem Bett aufbauen musste. Womöglich würde das Holz meine Hütte etwas wärmer halten, zumindest auf der Bettseite.

Von gestern war noch eine Portion Nudeln übrig geblieben, ich bekochte mich immerhin schon einige Jahre allein, doch ein Gespür für die richtige Menge von Reis und Nudeln blieb mir noch immer verwehrt. Und was den Ofen anging, so brauchte ich nur die kleine Luke zur Brennkammer öffnen, um festzustellen, dass es darin buchstäblich loderte und er noch eine Weile verhindern würde, dass sich der Frost in meine Hütte schleichen würde. Das brachte mich dazu, einen alten Freund anzurufen. Damit war kein Freund gemeint, den ich schon lange als Freund bezeichnete, sondern ein Freund, der einfach schon etwas älter war.

Ich hatte Lewis auf Dearinish kennengelernt, auf der Insel, auf der mir auch Iona über den Weg gelaufen war. Etwa eine Woche hatte ich bei Lewis gewohnt, einem etwas eigenwilligen Charakter, der bei der Inselbevölkerung nur mäßig beliebt war. Sicher nicht wegen seiner Raubeinigkeit, die sagte man ja vielen Schotten nach, aber doch eher wegen seinem enormen Hang zur zynischen Bitterkeit.

Er lebte in einem kleinen Häuschen an der steilen schottischen Felsenküste, zusammen mit seiner Beagledame Isabella, widmete sich gelegentlich der Buchbinderei, doch meistens schlug er seine Zeit im Pub tot.

Ich hatte mich seit mindestens einem Jahr nicht mehr bei ihm gemeldet. Durch die Beziehung mit Iona war ich sehr abgelenkt gewesen, wir hatten noch ein paar Male telefoniert, versuchte ich mich zu erinnern, und ich war sogar noch ein weiteres Mal nach Dearinish gereist, doch davon hatte ich Lewis nichts erzählt. Iona und ich, wir hatten für uns sein wollen.

Etwas weiter den Hügel hinauf, auf dem meine Behausung stand, fand ich einen passenden Platz zum Telefonieren, immerhin zwei Balken Empfang. Meine Herzfrequenz stieg schon etwas an, das musste ich zugeben, ehrlich gesagt wusste ich nicht einmal, ob er überhaupt noch lebte. Er durfte zwar höchstens Ende sechzig sein, aber man wusste ja nie, was innerhalb eines Jahres geschehen war, auch wenn ich manchmal das Gefühl hatte, dass mürrische Menschen länger lebten.

Der Freiton klang fast störrisch. So störrisch wie die Stimme, die sich meldete.

»Ja?«

»Hallo, ist da Lewis?«

»Wer ist denn da?«

»Hier ist Adrian. Lewis, ich bin es.«

»Wer?«

»Na, Adrian. Adrian Winter.«

Nur eine leichte Brise vom Meer her kommend verhinderte, dass Stille herrschte.

»Du bist doch Lewis, oder? Lewis Cameron?«

»Ja, schon. Aber wer sind Sie?«

»Sagte ich doch, hier ist Adrian.«

»Ich kenne keinen Adrian, tut mir leid. Sie haben sich verwählt.«

Er legte ohne Umwege auf. Verwirrt starrte ich aufs Meer.

Ich versuchte es erneut. Wieder der störrische Freiton. Wieder ein störrischer Lewis.

»Hallo?«

»Sag mal, Lewis, du musst dich doch an mich erinnern. Ich habe für eine Woche bei dir gewohnt.«

»Ich lebe allein.«

»Das weiß ich, aber im Oktober 2015, da habe ich eine Woche in deinem Haus gewohnt. Erinnerst du dich?«

»Ich lebe schon sehr lange allein.«

»Das kann ja sein, aber trotzdem... Erinnerst du dich denn nicht an Iona?«

»Welche Iona denn?«

»Na, die, die auch auf Dearinish wohnt.«

»Die Tochter vom Fergusson?«

»Genau! Du weißt, wen ich meine!«

»Was ist mit der?«

»Mit der war ich zusammen! Wir haben bei dir gegessen, wir hatten ehrlich gesagt eine schöne Zeit.«

»Mh... Wüsste ich jetzt nicht, dass da was war.«

»Ist das dein Ernst?«

»Was wollten Sie denn von mir?«

»Na, ich wollte einen alten Freund anrufen. Mich mal wieder bei ihm melden, mehr nicht... Hast du noch Isabella?«

Er antwortete nicht, seufzte leise und legte wieder auf. Das konnte nicht wahr sein. Ich versuchte es erneut. Er würde mich nicht kleinkriegen, nicht heute.

»Was verdammt wollen Sie von mir?!«, krakeelte er in den Hörer, nachdem er wieder abgehoben hatte.

»Isabella lebt nicht mehr, richtig?«, sagte ich dann.

»Das geht Sie einen feuchten Dreck an!«

»Hör mal, Lewis, ich kann verstehen, dass du sauer auf mich bist, aber ich wüsste nicht, dass du dich mal gemeldet hättest.«

»Bei wem sollte ich mich denn auch melden? Ich verstehe es nicht. Will ich auch gar nicht.«

Ich erinnerte mich an ein paar Details aus der Zeit, als ich auf Dearinish gewesen war, vielleicht würde ich ihn damit kriegen.

»Lewis, du hast eine Tochter, oder? Sie muss dich an dem Tag zum ersten Mal besucht haben, als ich abgereist bin. Ich bin ihr noch am Fährhafen begegnet, sie wollte auf jeden Fall zu dir.«

»Meine Tochter hat mich nie besucht. Da haben Sie es. Ich werde jetzt auflegen.«

Ein Wunder, dass er es ankündigte.

»Lewis, warte! Lass mich das noch bitte sagen!«

»Was denn?«

»Es verstört mich, dass du dich nicht an mich erinnerst. Aber anscheinend muss ich das akzeptieren. Vielleicht ist es auch besser so. Iona und ich sind auch nicht mehr zusammen. Ich kann dir doch aber sicherlich noch eine Frage stellen, okay? Dann belästige ich dich auch nicht mehr.«

»Jetzt aber los, du Wicht.«

»Du lebst allein. Und momentan lebe ich auch allein in einer kleinen und schneebedeckten Hütte. In Norwegen, mitten im Wald, mit Aussicht auf das Meer. Kannst du mir einen Ratschlag geben, so von Eremit zu Eremit, was das Wichtigste ist, damit man das Alleinsein erträgt? Womit erträgst *du* es?«

Er nahm sich etwas Zeit und knallte mir dann seine Antwort um die Ohren: »Kauf dir einen Hund!«

Er donnerte den Hörer auf die Muschel. Ich wusste, dass er noch eines dieser Telefone mit Wahlscheiben benutzte, mit denen konnte man noch richtig dramatisch auflegen.

Neben all der Verwirrung, die dieser Anruf bei mir auslöste, neben der Tragik, die das Ganze doch besaß, hatte ich ein wenig schmunzeln müssen. Als er mir sein genervtes »Da haben Sie es!« zugemault hatte, hatte ich gedacht: Ja, da hab ich's, du alter Sack kassierst die Rechnung für deine Bitterkeit: die Demenz, die Senilität. Ich hatte einen Freund verloren.

Als ich zurück den Hügel hinunter spazierte und meine Hände in den Manteltaschen vergrub, überlegte ich, ob ich nicht irgendetwas falsch gemacht hatte. Ob es nicht vielleicht an mir lag, dass ich aus seinem Gedächtnis verschwunden war. Vielleicht war heute einer dieser Tage, an denen sich niemand an dich erinnerte. Er hatte sich schließlich an Iona erinnert, an Isabella und auch daran, dass er eine Tochter hatte, aber nicht daran, dass sie ihn besucht hatte. Das war äußerst seltsam. Vielleicht hatte sie ihn aber wirklich nicht besucht, vielleicht war sie im letzten Moment umgekehrt, als sie gemerkt hatte, was für ein Typ er war, aber selbst bei dieser Annahme war es schwer, diesem Rätsel auf den Grund zu gehen.

Meine Umwelt veränderte sich stetig. Das war die Lektion, die ich aus diesem Erlebnis ziehen musste. Ich hatte einen verwirrten alten Mann belästigt, der nicht mehr im Stande war, bestimmte Informationen in seinem Gedächtnis zu verknüpfen. Das Alter hatte ihn zu einem Extrem gemacht, den Menschen war er so fremd geworden wie die Menschen ihm. Sicher hatte er den Anschluss verloren, denn auch er hatte kein Korrektiv, das ihn erdete und ich fragte mich gewissermaßen, wie verstaubt der Telefonhörer wohl gewesen war, den er abgehoben hatte. Letztlich fragte ich mich aber auch, wie viel Schuld ich selbst daran trug...

Ich wünschte mir, dass ich Lewis vergessen würde. Vielleicht nicht ganz, vielleicht nicht so, wie er mich vergessen hatte, aber doch wenigstens für heute. Noch schaute die Sonne durch einen kleinen Spalt am Horizont, wobei der Rest des Himmels über den Tag grau zugezogen war und ich mit ziemlicher Sicherheit sagen konnte, dass ich in den nächsten Tagen fürs Erste keine Nordlichter vor die Linse meines Auges bekommen würde. Das hieß, es würde bald wieder schneien. Mir sollte es recht sein, auch wenn ich mich zum ersten Mal auf meiner Reise nach dem Frühling sehnte.

Wenn man den Breitengraden von hier aus jedoch folgte, dann landete man an der nördlichen Spitze Islands, im mittleren Alaska oder an der Beringstraße. Man durfte also nicht hoffen, dass der Winter in der Nordlandregion innerhalb der nächsten Wochen enden würde. Vielleicht würde es im März besser. Aber auch nur vielleicht. Die Minusgrade scheuten sich auch vor dem April nicht.

Es schien mir nichts anderes übrig zu bleiben, als zu reisen. In meinem Kopf, verstand sich. Ich war gerade wieder in meinem idyllischen Verschlag angekommen, da legte ich mich aufs eisige Bett und fing an, in meinen Erinnerungen zu reisen, um mich mental zu wärmen:

Lissabon, Anfang September.

Bereits als wir aus dem Flieger gestiegen waren, hatten wir diese einnehmende, trockene Wärme gespürt. Das Atlantikklima war luftig und mild. Wir schipperten vom Cais do Sodré herüber nach Cacilhas, auf die südliche Seite des Tejos, würden dort ein paar sorglose Tage verbringen.

Bereits, als wir unsere Füße nach der Fährfahrt auf den Anlegekai gesetzt hatten, war da dieses unwiderstehliche Räucheraroma des Fischmarkts gewesen, auf dem die Verkäufer am frühen Abend eifrig herumbrüllten.

Die Innenstadt hatte uns nicht interessiert, lieber wohnten wir auf der ruhigen Seite des Flusses, in suburbanem Klima, oberhalb einer Fußgängerzone, die von Kneipen und Cafés übersäht war.

Für zwanzig Euro bekam man eine ganze Tüte voller Lebensmittel und noch einen Sechserträger portugiesischen Bieres dazu. Das Leben war simpel. Leicht zu verstehen. Mehr hatte man für ein kurzsichtig behagliches Gefühl nicht gebraucht.

Von der Terrasse sah man das Meer. Hier brach man Bücher an und las sie nicht zu Ende. Hier rauchte man Zigaretten, einfach weil es das Alter endlich zuließ. Hier plante man Ausflüge, die man nicht unternahm, um die Wohnung nicht verlassen zu müssen. Hier saß man, um in die gesellige Klangkulisse einzutauchen, die bis in die späte Nacht von unten heraufschallte. Es war handwarm.

Ein Gin als Willkommensdrink unten in der Bar, man musste ja zumindest *etwas* unternehmen. Doch das war das höchste der Gefühle.

Tel Aviv im späten Januar.

Ich hatte fast kotzen müssen, weil es im Flieger so stickig gewesen war. Der Landeanflug blieb mir nur schummerig in

Erinnerung, auch wenn die Wolkenkratzer am Boden doch buchstäblich um Aufmerksamkeit gerrungen hatten.

Als mein Bruder mich am Flughafen in Empfang genommen hatte, hatte ich gedacht: Das ist nicht Israel. Das hier ist Kalifornien, verarsch' mich nicht.

Ich begrüßte ihn mit »Du Shlomo«, weil ich es lustig fand. Leider etwas zu laut. Alle Umstehenden dachten wirklich, er wäre ein Shlomo.

Die Sonne hatte mich schmelzen lassen. Da war man durch die frostige Nacht nach Berlin gefahren, hatte auf dem Schönefelder Flughafen geschlafen, der ja nicht mehr als eine pekige große Mc Donalds-Filiale war, und kam in dieses Land, in dem man thermisch geheilt wurde. Hier war der Wein nicht schal, sondern *mevushal* und der Honig noch flüssig.

An diesem Strand war der Nahe Osten so fern, das Mittelmeer mehr als nur mittelnah und alles eine Sorge weniger. Die großen Flieger im Endanflug auf Ben Gurion, die Volleyballfelder im Januar leergefegt, es waren ja nur zwanzig Grad, man konnte sich schnell erkälten.

Diese Stadt machte einen so entspannt, dass man sich schleunigst daran gewöhnte, nicht die einzige Kanone im Bus zu sein und es nicht weiter störte, wenn man an Diabetes erkranken würde, wenn man das *Knafeh* auf dem Carmel Market probierte.

Wenn man in dieser Stadt war, dann hatte man die Tagesschau nicht mehr im Ohr, das Hinterland nicht vor Augen, man hatte das mediterrane Europa im Grunde nicht verlassen.

Hamburg im Juni.

Für die Wärme musste man nicht in den Süden. Die Alster reichte. Man setzte sich mit einer Tüte voller Brötchen und einem Sixpack ans Ufer und philosophierte über diese kranke Welt. Man ließ sich von Flaschensammlern anquatschen, von Obdachlosen, die einem ihre (in ihren Augen) grandiosen Geschäftsideen vorstellten, von denen man wusste, dass sie leider völlig überholt waren. Doch man nickte nett weiter. Man ließ sich Gras verkaufen und starb fast vor Harndrang, da keine Toilette in der Nähe war, aber das Sixpack wieder raus musste.

Keine Kultur und auch kein Shopping, man war nur da, um da zu sein, um sein Gesicht in der Sonne schmoren zu lassen und vielleicht ein Quäntchen dieses maritimen Klimas zu absorbieren.

Abends fuhr man leicht angetrunken zu den Landungsbrücken und hatte die Elbfähren stets im Augenwinkel, während man dem Konzert folgte, das man gerade besuchte. Das Abendrot über den Hafenkränen, zu schön eigentlich, das Hafenbecken ein zerbrochener Spiegel.

Sehr vertraute Städte verklärte man nicht so sehr, außer Hamburg. Hamburg war jede Verklärung wert. Und es war warm. Es war einfach warm. Selbst in Hamburg.

Spätestens jetzt spürte ich, wie kalt es diesen Winter doch wirklich war.

16. Januar

Am übernächsten Tag nahm mich Teodor mit nach Mo I

Rana. Weniger weil ich, so wie ich ihm gesagt hatte, neue Lebensmittel brauchte, sondern weil ich nach einer geschlagenen Woche endlich mal wieder ein menschliches Gesicht sehen wollte. Thoreau hatte zwar versucht, mich an den Anblick der reinen Natur zu gewöhnen, andererseits hatte auch er viel Kontakt zu den Stadtbewohnern und Spazierenden am Waldensee gehabt oder Gäste zu sich eingeladen. Wer meinte, dass ein einfaches Leben vor allem daraus bestand, keine anderen Menschen zu Gesicht zu bekommen, hatte sich geirrt. Man musste sich nicht von den Menschen abwenden, um sich der Natur zuwenden zu können.

Immer mehr spürte ich, wie wichtig die Geselligkeit unter Vertrauten für mich war. Ab und zu hatte ich befürchtet, dass ich an Misanthropie litt und eine tiefgreifende Abneigung Menschen gegenüber entwickelt hatte, doch das Gegenteil war der Fall: Eine Zeit ohne Menschen sah ich eher als verschwendet an, als eine Zeit, die ich mit ihnen verbracht hatte.

Die Strecke nach Mo I Rana war kurvenreich. Teodor hielt das Tempo niedrig, damit sich der Pickup auf dem Schneeuntergrund nicht verselbstständigte. Er hatte sein Fenster geöffnet, steuerte mit der rechten Hand den Wagen und hielt mit der linken Hand eine Zigarette, die er, wenn er nicht gerade daran zog, der kalten Luft aussetzte.

»Und kommst du zurecht da oben?«

Es war immer nur die Rede von *da oben*, als lebte ich im Himmel oder war ziemlich groß.

»Ich denke schon. Das Überleben ist nicht so schwer, aber eine Beschäftigung zu finden, das ist teilweise echt mies, wenn man allein ist.«

»Ehrlich gesagt weiß ich nicht, wovon du sprichst«, lachte er und qualmte etwas Rauch gegen die Windschutzscheibe. »Ich würde eine Menge dafür tun, um manchmal allein zu sein. Einfach mal Ruhe, weißt du? Aber dann kommt dies oder das und man fällt nachts um eins ins Bett, weil noch irgendein Nachbar mit seinem Auto liegengeblieben ist, und weiß aber, dass es morgen nicht besser wird. Und Bo kommt dann meistens zu kurz, er will ja auch mal raus oder wenigstens ein bisschen Aufmerksamkeit.«

Ich erinnerte mich an Lewis' Worte.

»Wenn ihr wollt, dann kann ich mal mit ihm rausgehen. Er scheint ja nicht so schwer zu händeln zu sein, oder?«

»Für einen Grönlandhund ist das ein Wunder! Aber du hast recht. Er ist ziemlich verwöhnt, er musste in seinem Leben noch nicht einen einzigen Schlitten ziehen.«

»Also ist er schlecht erzogen, aber friedlich?«

»Kann man sagen. Wenn du mal mit ihm rausgehen willst, dann nimm ihn doch gleich für ein paar Tage. Futter gebe ich dir mit. Du musst es nur geschickt aufbewahren, da ist Bo unerlässlich. Am besten, du hebst es auf der Ablage unter dem Giebel auf.«

»Alles klar... Das wäre echt schön.«

»Dann kommt er auch mal aus der warmen Stube heraus. Hedda scheint es nicht schlimm zu finden, dass er zum Schoßhund wird, aber ich finde es, um ehrlich zu sein, sehr schlecht, es wird ihm nicht gerecht. Meinst du nicht auch, dass Frauen und Männer da irgendwie verschiedene Auffassungen zu haben scheinen?«

»Das ist ein schweres Thema. Ich glaube, wenn man einen Hund mal gefordert hat und es dann nicht mehr tut, dann ist das nicht gut. Aber wenn man ihn noch nie gefordert hat, dann kann er ja nichts vermissen, oder? Es sei denn, das ist so tief im Instinkt verankert.«

»Ja, ich glaube, das ist der Unterschied. Wir gehen mehr vom Instinkt aus und Frauen von der Gewohnheit.«

»Steile These«, sagte ich. »Du meinst, dass Frauen mehr von der Kultur ausgehen und Männer von der Natur? Dionysisch und apollinisch...«, murmelte ich. »Das habe ich schon mal bei Nietzsche gehört.«

»Ich bin ehrlich, ich kenne nicht ein Wort von ihm.«

»Das ist keine Schande, die besten Sätze werden selten bekannt. Aber zu Nietzsche gibt es eine nette Anekdote, an die ich immerzu denken muss. Nietzsche hat nämlich mal einen Heiratsantrag gemacht, weil er unsterblich in eine junge Russin verliebt war. Gemacht hat er diesen Antrag jedoch nicht persönlich. Er hat einen Brief geschrieben, in dem er seine Angebetete gefragt hat, ob sie ihn nicht heiraten möge. *Antworten sie bitte bis morgen um elf, da geht mein Schnellzug nach Basel!* Überbringen lassen hat er diesen Brief von einem gemeinsamen Freund, Hugo von Senger. Dumm nur, dass dieser Freund ebenso in seine Angebetete verliebt war und dieser den Antrag sicher nicht mit dem nötigen Enthusiasmus überbracht hat. Drei Jahre später heiratet Hugo von Senger Mathilda Trampedach, Nietzsches Verflossene. Teodor, sagst du mir, wenn ich so weltfremd werden sollte?«

Im Lachen hatte er seine Zigarette fallenlassen, er guckte ihr noch kurz über die Straße hinterher und bemerkte dann, wie egal sie ihm war.

»Das sage ich dir schon, Kumpel, kein Problem!«, klopfte er

mir wiehernd auf die Schulter.

Der Schneefall wurde dichter und das Auto kroch immer blinder über die Landstraße, nicht einmal die Scheinwerfer konnten die vor uns liegende Wegstrecke lichten. Man konnte vielleicht im Radius von drei oder vier Metern erkennen, ob sich etwas Dunkles näherte, wenn jedoch ein Reh auf die Fahrbahn huschte, war es zu spät, weswegen Teodor die Geschwindigkeit noch weiter, bis auf fünfundzwanzig Kilometer pro Stunde, drosselte.

»Du, da gibt es noch was, das ich dir sagen soll«, eröffnete er mir.

»Mir sagen? Und was?«

»Ja, also, da gibt es so ein Mädchen im Dorf, die würde dich gerne mal kennenlernen.«

»Ein Mädchen? Wie heißt sie denn?«, wollte ich wissen.

»Stina.«

»Stina?«

»Ja, Stina.«

»Und die will mich kennenlernen, oder wie?«

»Glaube ich schon.«

»Aber... Sie kennt mich doch gar nicht.«

»Na, deswegen will sie dich ja auch kennenlernen. Letztens war da so eine Feier im Dorf und wir haben ein bisschen von dir erzählt. Das hat ihr Interesse geweckt, denke ich.«

»Das scheint mir sehr selbstbewusst.«

»Finde ich gar nicht. Ist doch einfach nett, oder?«

»Sicher, das ist nett. Aber mal von Mann zu Mann, sieht sie denn gut aus?«, fragte ich unverblümt.

Teodor fühlte sich etwas überfordert.

»Du, sie ist um die zwanzig. Ich bin bald dreimal so alt!«

»Ja, aber angenommen, es geht nicht darum, ob du sie gut findest. Es geht darum, dass du weißt, wie sie aussieht. Und würdest du folglich behaupten, dass der überwiegende Teil meiner Altersgenossen sie als attraktiv bezeichnen würde?«

»Das hängt davon ab, was für Altersgenossen du hast!«

»Du warst doch auch mal jung, Teodor. Wenn sie dir als junger Mann auf der Straße begegnet wäre, hättest du ihr hinterhergeschaut?«

»Das ist dieselbe Frage wie am Anfang. Das kann ich nicht sagen.«

»Also sieht sie nicht gut aus?«

»Das habe ich nun wirklich nicht gesagt. Es scheint mir nur etwas oberflächlich.«

»Natürlich ist das oberflächlich, aber ich will die Lage einschätzen können.«

»Du wirst sie sehen, okay? Du wirst schon nicht enttäuscht werden.«

»Ja, na gut. Aber wie hat sie sich das denn vorgestellt?«

»Hedda hatte vorgeschlagen, dass du doch morgen Abend für sie kochen könntest? In deiner Hütte?«

»Ach, deine Frau steckt da also auch noch mit drin?«

»Na ja, die Frauen haben sich beraten. Mehr nicht.«

»Komm schon, sag mir alles, was du mitbekommen hast!«, forderte ich.

»Hey, ich bin hier nur der Mittelsmann. Ich überbringe nur die Botschaften. Ich sollte dich fragen, ob du dich nicht mit ihr treffen willst. Du kannst auch nein sagen. Das ist kein Problem. Du musst sie nicht kennenlernen, wenn du nicht willst. Ich würde mich einfach nur fragen, warum denn nicht?«

»Also, damit ihr beruhigt seid, ich werde mich mit ihr treffen. Aber ich weiß nicht, was sie sich da erwartet. Morgen Abend meinst du?«

»Ja. Koche einfach etwas Nettes für euch, quatscht ein bisschen miteinander und dann ist gut. Vielleicht versteht ihr euch ja blendend? Wer weiß? Und weißt du was? Sie bringt dann auch gleich Bo mit, dann seid ihr nicht allein. Wenn ein Date nicht läuft, dann kann man immer den Hund auf die Frau losschicken. Also, zum Kuscheln, meine ich.«

»Ach so, ach so? Das Treffen morgen wird also offiziell als Date bezeichnet?«

»Na ja, gewissermaßen, aber wo ist der Unterschied? Stina sprach immer davon, ob wir nicht ein Date mit dir arrangieren könnten.«

»Na super«, sagte ich.

Mittlerweile standen wir auf einem Parkplatz in Mo I Rana. Wir waren angekommen.

Das alles kam mir doch sehr konstruiert vor. Ich hatte zwar im Prinzip nichts dagegen, jemand Neues kennenzulernen und ich mochte ihren Namen schon jetzt, aber es war mir einfach zu konstruiert. Vor allem wusste ich ja nicht, ob sie mich wirklich treffen wollte. Vielleicht hatten Hedda und Teodor sie angeheuert, damit ich etwas Gesellschaft kriegen würde, jetzt, wo Jana noch nicht da war. Auf ein Treffen aus Mitleid konnte ich jedenfalls verzichten. Ich wollte es diesem Mädchen auch nicht antun, ihre Zeit zu verschwenden. Sie würde noch früh genug mitbekommen, dass sie eines Tages sterben würde, was sollte sie da ihre Zeit mit mir verbringen?

Bei diesem ganzen Zweifel fühlte ich mich jedoch an Descartes erinnert, denn ich fing an, dahinter eine Verschwörung oder Täuschung zu vermuten.

Wenn ich es hingegen bei dem belassen würde, was es zu sein schien, dann war es ja vielleicht wirklich einfach nur nett, wie Teodor gesagt hatte. Wieso musste ich das also hinterfragen, wenn ich es mir damit sogar kaputt machen konnte? Da hatte mir gerade ein Mädchen auf der Straße zugelächelt, wieso musste ich mich fragen, ob das Lächeln echt war? Ich hatte die verdammte Pflicht, mich darüber zu freuen.

Doch sah sie denn jetzt gut aus? Ich würde Teodor aufs Neue anstacheln müssen. Doch dazu hatten wir noch eine lange Heimfahrt vor uns.

17. Januar

Einundzwanzig Jahre alt, schlank, schätzungsweise einen Me-ter siebzig, gerne aus Verlegenheit lächelnd, glattes Haar, straßenköterblond. Das war Stinas Profil oder zumindest das, was ich Teodor entlocken konnte. Das war nicht sonderlich viel und so ein richtiges Bild von ihr entstand mir noch nicht. Ich würde bis heute Abend warten müssen, um alles in meiner Macht Stehende zu tun, damit ich dieses Date auf dezente und subtile Art und Weise scheitern lassen konnte. Ganz richtig gehört. Es lag, sofern wir nicht vollkommen auf einer Frequenz sendeten (diese Klausel gab es), nicht in meinem Interesse, diesem Date ein zweites Date folgen zu lassen, dem dann etwas folgte, dem ich nicht mehr entfliehen konnte.

Ich hatte in Mo I Rana ein paar Kartoffeln und Speck be-

sorgt. Ich hatte mir gedacht, unser Dinner sollte mit Brat-
kartoffeln schön fettig und rustikal werden, vielleicht war ja
sogar ein Fettbrand drin, wer wusste das schon?

Es war jedoch wichtig, dass ich *richtig* scheiterte. Man konnte nämlich auch niedlich scheitern, ohne Frage hatte das
Scheitern an sich auch eine Romantik, doch die war von mir
ja nicht gewollt. Das Schwierige bei alledem war jedoch, sie
nicht gleichzeitig mit meinem Verhalten zu beleidigen. Das
hatte sie nicht verdient, ich wollte ihr ja nichts Böses. Es ging
darum, wie ein Wahlwerbespot der NPD zu wirken: Überzeugt und fröhlich und doch abstoßend zugleich. So, dass
man am Ende freundlich ablehnte, aber nicht so, dass man
mit Wut oder Schmerz gehen musste.

Als Philosoph bedachte ich natürlich auch den Schmetter-
lingseffekt. Es war möglich, dass diese Erfahrung für sie zur
Initialzündung oder gar zum Trauma wurde. Es war nicht
ausgeschlossen, dass ich mein Geschlecht dermaßen blamier-
te, dass sie das Ufer wechselte oder womöglich in eine Sekte
eintrat. Würde sie durch eine solche Negativerfahrung depressiv werden können? Konnte es ihr Selbstbewusstsein oder
gar das Selbstwertgefühl schmälern? Vielleicht. Doch dafür
musste der Samen schon längst gesät sein. Ich allein konnte
unmöglich der Grund für eine solche Umwälzung in ihrer
Wesensart sein, denn die Welt war bisweilen ungerecht, wenn
nicht ich, dann tat es jemand anderes.

Ich hielt das Gegenteil für wahrscheinlicher. Durch mein
beschämendes Verhalten würde sie sich womöglich noch
besser fühlen. Denn neben einem Obdachlosen fühlte man
sich schließlich gemeinhin wohlhabender, als neben einem
Vorstandsvorsitzenden. Das war Jovialität. Ich konnte dafür

sorgen, dass sie sich gut fühlte, wenn sie nach Hause ging. Sie hatte einen Abend verschwendet, und wenn schon, aber jemand musste diesem armen Deutschen helfen, der dort oben in der Hütte hauste. Ja, ich hatte gar die Pflicht, ihr all den Herzschmerz zu ersparen, der sie im Falle einer entstehenden Beziehung ereilen würde.

Es stand fest: Mein Plan war auch aus utilitaristischer Perspektive einwandfrei, denn er zielte im Ergebnis auf die Vermeidung von Schmerz ab.

Bereits gestern Abend hatte Teodor das Hundefutter, einen Spielball, eine Hundeleine und das Körbchen bei mir abgeliefert und ich hatte es bereits neben meinem Schreibtisch vor dem Fenster platziert. Dass ich bald einen Mitbewohner bekommen würde, erwartete ich vorfreudig. Folglich *musste* das Date stattfinden, anders kam ich nicht an Bo ran.

Ich konnte mich noch gut an Isabella erinnern, ein einnehmend entgegenkommendes Geschöpf, und es hatte mir im Herzen wehgetan, dass Lewis ihre Zuneigungsversuche dauernd abgeblockt hatte. Wie es jedoch um Bos Temperament bestellt war, konnte ich noch nicht sagen. Ich hatte ihn mehrmals schläfrig im Körbchen liegen sehen und ob ihm das nun gefallen hatte oder er eigentlich vom Tollen im Schnee geträumt hatte, das wusste nur er.

Ich hatte gehört, dass Grönlandhunde nicht sonderlich personenbezogen waren. Das war gut für den Anfang, er würde sofort mit mir klarkommen, aber schlecht für den Abschied: Er würde mich nicht vermissen. Das Internet hatte die Rasse mit den Adjektiven *unerschrocken, loyal, energisch, freundlich* und *eigenständig* ausgezeichnet und ich hatte mir gedacht: Wow, das klingt nach einer tollen Frau.

Natürlich stellte sich die Frage, warum ich Stina nicht einfach die Chance gab, das zu sein, was ich mir wünschte, also eben diese Eigenschaften zu erfüllen. Die Antwort schien simpel: Ich schloss ja nicht aus, dass sie ein tolles Mädchen war, aber für mich war es noch nicht an der Zeit. Meine Trauerbewältigung war noch nicht abgeschlossen. Mein Blut bildete Antikörper, allein wenn ich daran dachte, mich einem anderen Mädchen zuzuwenden. Und wenn ich mich heute Abend neu verlieben würde, dann konnte ich das nicht verhindern, aber ich würde versuchen, es uns einfach zu machen, das nicht zu tun.

Um achtzehn Uhr würde sie mit Bo bei mir aufschlagen. Es war gerade kurz nach fünf, als ich mir ein Baumfällerhemd überstülpte, es sollte ja zumindest anfangs alles normal aussehen. Ein bisschen frisch machte ich mich auch, wischte ein wenig Wachs in meine Haare, damit ich ihnen eine bessere Form geben konnte. Über ein Parfüm oder Eau de Toilette verfügte ich hier nicht, aber das hielt ich sowieso für etwas übertrieben. Was erwartete sie auch, ich lebte schon bald seit zwei Wochen in diesen außerordentlichen Zuständen.

Während ich die Kartoffeln in kleine Scheibchen schnippelte, wanderte mein Blick kontrollierend durch den Raum. Ich sah, dass das Bild von Edward Hopper schief hing. Ich rückte es gerade und erinnerte mich daran, dass es *so* heute nicht enden sollte, wie auf dem Bild. Das Bett auf dem Bild sollte nicht mein Bett sein, der Hintern sollte nicht ihr Hintern sein und der betrübte Mann, das sollte nicht ich sein, auch, und das gab ich zu, wenn ich mich nach körperlicher Wärme sehnte wie ein Fisch auf einem trockenen Stein in der Sonne. Wenn ich daran dachte, dann kribbelte es unter meiner Haut, als würde sie bei der ersten Berührung detonieren, in Fetzen fliegen, als würde ich vor Erogenität oder Überreizung das Bewusstsein verlieren. Das würde ich natürlich nicht, das wusste ich ziemlich sicher, doch meine Mechanorezeptoren hatten diesen Winter wenig zu tun gehabt.

Ich legte meine Bücher auf mein Bett und deckte den schlichten Esstisch, der ja eigentlich mein Schreibtisch war, da ich für gewöhnlich auf meinem Bett oder auf dem Boden aß. Lesen tat ich ebenfalls auf meinem Bett, ich schlief nicht selten dabei ein, und mir fiel auf, dass der Schreibtisch im Grunde nur da war, damit man etwas darauf ablegen konnte. Er hatte keine tiefgehendere Funktion verdient, er war auf eine sehr komische Höhe gebaut worden, sodass die Tischplatte einem bis zur Brust reichte, wenn man auf dem Stuhl saß, den Erik in diese Hütte gestellt hatte. Für Bo war das natürlich ideal, er hatte darunter genug Raum zum Dösen.

Ich füllte den Wassertank mit frischem Schnee auf und nahm dann ein paar kleinere Bretter in die Hand, die ich an den Ofen verfeuerte, damit sich darauf etwas kochen ließ. Ich entschied, mit dem Braten zu warten, zumindest bis die beiden da waren.

Ich ging noch einen Moment raus, es war etwa kurz vor sechs. Ich musste durchatmen. Es schneite nicht, doch tiefe Wolken hatten sich über mir versammelt. Das Tal vor mir lag in klaren Farben, einem warmen Schwarzblau, die kompletten Berge unter einer dicken Hülle Feuchtschnee liegend. Jetzt hätte ich gerne eine Zigarre gehabt. Einen Glimmstängel, an dem ich mich hätte festhalten können. Ich rauchte nicht oft, eigentlich nie, doch wenn, dann hatte es konkrete Gründe, zum Beispiel wenn ich mich emotional herausgefordert fühlte. Dieser Abend würde sicherlich eine Probe für meine Eitelkeit werden. Das Urteil anderer Menschen war für mich immer elementar gewesen, doch heute würde ich mit Vorsatz versuchen, einen möglichst schlechten Eindruck zu hinterlassen. Das war, als wenn man absichtlich eine Klausur versemmelte, als wenn man unbewaffnet in eine Schlacht zog. Ja, Dates waren im Grunde wie Schlachten und das Ergebnis hing davon ab, wie man aus diesen Schlachten hervorging. Ein weiteres Date? Oder reichte es? War was drin? Hatte es gefunkt?

Ich war ein Krieger und meine Waffe war heute die Desillusion. Kein großer Fauxpas, nur dutzende kleine Nadelstiche. Es war nicht fair, nicht anständig, aber nötig.

Da kamen zwei Geschöpfe zwischen den Birken hervor gestapft, ein Taschenlampenkegel, ein schnelles Herz.

Es war Showtime.

Ich verstand nicht recht, warum Teodor so rumgedruchst hatte, als ich ihn nach Stinas Schönheit gefragt hatte. Sie *war* schön anzusehen. Ihre Aura war... äußerst belebend.

Sie löste Bo von der Leine und schickte ihn voraus, damit ich ihn als erstes begrüßte. Das tat ich. Ich hockte mich hin, fuhr mit meinen Händen durch sein warmes und dichtes Fell und er schnüffelte aufgeregt an meinen Armen. Dann stand ich wieder auf und sah, wie Stina, sie musste es wohl sein, langsam und offenherzig lächelnd auf mich zu kam.

»Ich bin hier richtig, oder?«, sagte sie.

»Ja, ich schätze schon.«

Wir stellten einander mit Namen vor und begrüßten uns direkt mit einer Umarmung, die ich, so lang ich nur konnte, in eine abnormale Länge hinauszögerte und mit äußerster Intensität versah. Ich atmete ruhig in die Fellkapuze ihres Parkas.

»Wow«, sagte sie, als ich sie wieder losließ. »Eine feste Umarmung, das ist wie ein fester Händedruck für kalte Zeiten.«

»Nun... Es *ist* kalt! Also kommt doch rein!«

Ich schickte die beiden in meine Hütte.

Umgehend warf ich alles, was ich klein geschnitten hatte, in die bereits heiße Pfanne und es zischte in lauten Tönen.

»Es wäre schön, wenn du ein bisschen aufpasst, dass Bo sich vom Ofen fernhält«, sagte ich ihr in befehlendem Ton, als sie sich gerade auf *meinen* Stuhl setzen wollte.

»Wird gemacht. Hör mal, du hast hier wirklich eine nette Bude. Wirkt total gemütlich.«

»Hat ja Erik eingerichtet. Aber ja, ist schon gemütlich.«

»Ach ja, stimmt. Bin auf jeden Fall froh, dass das heute geklappt hat... Kann ich dir irgendwie helfen, sag mal?«

Ich überlegte nicht lange. Augenblicklich machte ich den Platz am Herd frei.

»Übernimm' du doch, dann kann ich mich schon mal mit Bo anfreunden.«

»Okay? Gerne«, erwiderte sie.

»Aber lass nichts anbrennen!«, insistierte ich mit Zeigefinger.

»Yes, Sir.« Sie salutierte scherzhaft.

Ich überlegte kurz, ob ich ihren Pony ansprechen sollte. Er war so streng geschnitten und ich erinnerte mich daran, dass mal ein Freund gemeint hatte, dass man jemandem direkt zwanzig IQ-Punkte abziehen konnte, wenn er so einen Pony trug, dass es auf der Attraktivitätsskala praktisch direkt neben einem *lazy eye* lag. Das lag aber leider im Bereich des Beleidigenden. Deswegen sagte ich ihr lieber erneut, und das in neurotisch häufigen Abständen, dass sie das Essen nicht anbrennen lassen sollte. Und dass sie es mal anders versuchen sollte, dass sie versuchen sollte, die Pfanne anders zu halten. Oder den Pfannenwender. Dass sie es nicht überwürzen sollte, ich mochte es ja nicht so stark gewürzt, sagte ich ihr.

»Komisch«, sagte sie dann. »Du siehst eigentlich nicht aus wie jemand, der das besser weiß.«

Sie bat mir Paroli, das war unverkennbar. Ich musste eine Schippe zulegen. Also nahm ich instinktiv die Flasche Schnaps vom Regal, öffnete sie und setzte direkt zum Trinken an. Als ich anschließend aufstoßen musste, hielt ich ihr sie hin.

»Willst du auch?«, sagte ich.

»Was ist das?«

»Mediziiin«, hauchte ich in ihr Gesicht.

Sie erlaubte sich ein kurzes Zögern, bevor sie mir die Flasche aus der Hand riss und prompt einen mächtigen Schluck verdrückte, der ihre Gesichtszüge in Falten legte. Als wir dann kurz danach anfingen zu essen, versuchte ich, noch einen weiteren Nadelstich zu platzieren.

»Stina, du hättest das Essen fast vermasselt.«

Leider schmeckte das Essen aber überaus gut und sie nahm meinen Kommentar mit Leichtigkeit und lächelte ironisch in sich hinein.

Mitten beim Essen machte ich reinen Tisch mit ihr, denn das Scheitern gelang mir einfach nicht. Ich war am Scheitern gescheitert, sie war einfach zu stark für mich.

»Hör mal, Stina. Ich sollte dir etwas sagen. Und es tut mir

jetzt schon leid. Ich hatte mir eigentlich vorgenommen, dieses Date zu vermasseln. Ganz bewusst.«

Ihre Gabel war schon halb in ihren Mund gewandert, als sie sie wieder herausnahm, um zu antworten: »Du wolltest das hier vermasseln?«

Ich nickte.

»Wieso das denn?«

»Wegen meiner Ex-Freundin. Wir sind zwar schon einige Zeit nicht mehr zusammen, aber ich wollte unbedingt verhindern, dass dem hier noch weitere Dates folgen. Ich hänge noch an ihr und hatte eigentlich keine Lust auf neue Bekanntschaften.«

Damit brach ich eine weitere Regel für ein gelungenes erstes Date: Ich fing an, von meiner Ex-Freundin zu reden. Jedoch fühlte es sich richtig an, ehrlich zu sein. Bevor sie antwortete, kaute sie einen Moment.

»Ich kann das irgendwo verstehen«, nuschelte sie. »Aber hast du heute Abend wirklich so ernst genommen? Hattest du gedacht, wir heiraten sofort?« Sie schien sich zu amüsieren.

»Ich weiß nicht, was ich gedacht habe. Ich war ein kompletter Idiot und werde einem netten Abend auf jeden Fall nicht mehr im Wege stehen.«

Sie kaute einen Moment weiter, fing selbstbewusst an zu grinsen und hielt mir dann mit vollem Mund ihre Hand zum *High five* hin.

»Is' okay, bro. Dann müssen wir uns jetzt wenigstens nicht mehr so dämlich zieren. Wie lange wart ihr beide denn zusammen?«

»Acht Monate, glaube ich.«

Ich wusste es natürlich ganz genau: Es waren zweihundertsiebenundvierzig Tage.

»Klingt vielleicht erst mal nicht so lange, aber kennst du das, wenn es für dich selbst irgendwie die Welt war und es danach eine riesige Lücke entstehen lässt? Und du im Nachhinein denkst, dass selbst davor eine Lücke gewesen sein muss, weil du nicht mehr weißt, wie du davor ausgekommen bist?«

»Ich weiß nicht, ob ich das schon mal gefühlt habe. Aber das zieht mächtig runter, oder?«

»Es fühlt sich aber gut an, hier zu sein. Wirklich. Bisher war die Liebe immer wie ein Treibstoff für mich. Stell dir kurz vor, ich bin ein Satellit und irre durchs All. Hast du's? Okay. Und die Liebe ist mein Treibstoff, das heißt, wenn ich den Kurs in meinem Leben ändern will oder auch nur irgendetwas Anderes möchte, als das, was ich jetzt gerade habe, dann brauche ich dafür irgendwo diese *Bestätigung*. So war es zumindest bisher. Es hat mir immer unheimliche Schübe gegeben. Was sich aber nun mit meiner Zeit hier verändert hat, ist, dass ich diese Veränderung auch ohne Liebe zustande gebracht habe. Ich weiß nicht, wo dieser andere Antrieb in mir genau sitzt, aber er scheint da zu sein. Dennoch gibt es natürlich einen engen Zusammenhang zwischen meiner Reise und der Abstinenz der Liebe in meinem Leben.«

»*Ground Control to Major Tom...*«, flüsterte sie.

»Exakt...«

»Du weißt viel über Philosophie, wurde mir gesagt.«

»Ach, gab es ein Vorgespräch für dieses Date? Wieso war ich nicht da?«, lachte ich.

»Nein, nein...«, sagte sie. »Aber gibt es denn in der Philosophie keine Lösungen für dein Problem?«

»Für die Liebe? Nein! Na ja, im Theoretischen schon. Eine

ziemliche Menge sogar. Aber in dem Moment, in dem man sich verliebt, kann man die komplette Philosophie über den Haufen werfen. Wirklich, man kann es komplett vergessen. Die Philosophie ist ein vernunftbasiertes Feld, die Verliebtheit ein höchst irrationaler Zustand. Siehst du die Diskrepanz?«

»Ja, absolut«, sagte sie. »Irgendwie habe ich manchmal das Gefühl, in einer Welt aufgewachsen zu sein, in der es diese heile Liebe nur noch in der Fiktion gibt. Eine Welt, in der die Liebe kaputt ist. Oder tot. Weißt du, was ich meine?«

»Mh«, grübelte ich. »Kennst du Nietzsche? Er hat ja gesagt *Gott ist tot*. Man könnte es auf die Liebe beziehen und sagen: *Die Liebe ist tot! Und wir haben sie getötet!* Ich finde es schon irgendwie passend. Wir legen die Liebe in Ketten und erwarten, dass sie uns befreit...«

»Oh je, das ist ein dicker Hund...«

»Wusstest du, dass Schopenhauer einen Pudel hatte?«

»Bitte wie?«

»Schopenhauer, der hatte immer einen Pudel und als der gestorben ist, hat er sich einen Neuen gekauft und ihm denselben Namen gegeben.«

»Ein armes Geschöpf...«, meinte sie.

»Ja, und sein Hund auch!«

Wir lachten.

Bo begann unter dem Tisch zu knurren. Er stand auf und stellte sich auf die freie Fläche zwischen Ofen und Tisch. Es sah aus, als dehnte oder reckte er sich nach unten durch. Dann begann er, etwas komische Geräusche zu machen, sein Bauch zuckte. Stina und ich schauten uns besorgt an. Bevor jemand ein Wort aussprechen konnte, erbrach Bo sein gesamtes Abendessen auf den Boden.

»Meine Güte!«, stieß Stina aus und hielt sich die Hand vor den Mund.

Bo war sein Erbrochenes gerade losgeworden, da beaugapfelte er mich bedröppelt und fing schon wieder an, es aufzuessen. Gesund konnte das nicht sein. Stina war währenddessen aufgesprungen und hatte sich nach draußen verabschiedet. Sie reiherte in den Schnee.

Ich wollte ihr die Haare aus dem Gesicht halten, Gentleman war man wenigstens in der Not, dabei war ich noch damit zugange, Bo von seinem etwas zu wörtlich gelebten Wiederkäuertum abzubringen. Im Grunde musste ich jedoch sagen, dass ich es aber auch ganz gut fand, dass er das tat, dann musste ich es immerhin später nicht selbst beseitigen. Ich vernachlässigte ihn also und lief Stina hinterher. Ich bekam ihre Haare nicht mehr zu fassen, sie richtete sich auf und drehte sich weg.

»Nein, ist schon okay... Tut mir leid... Tut mir leid...«

Ich fand, dass die Situation eine gewisse Komik besaß. Die Idee hätte wirklich von mir stammen können. Wieso war ich darauf nicht gekommen? Sie hatte das Date *offiziell* vergeigt.

Ich konnte nicht bestätigen, dass es eine postvomitive Romantik gab. Stina wurde scheu wie ein Reh, packte ihre Jacke und Taschenlampe, entschuldigte sich mehrmals und verschwand gedemütigt im Wald. Ich hatte ihr noch mehrfach hinterhergerufen, sie übertrieb es ja schon ein wenig, doch vermutlich wollte sie sich vor Pein am liebsten im Schnee verbuddeln. Nachdem ich nicht mal mehr den Lichtkegel ihrer Taschenlampe sah, war der Abend endgültig gelaufen. Und die Gefahr, mich neu zu verlieben? Sie war gebannt.

Iona,

ich weiß nicht, ob du es bereits aus Funk und Fernsehen erfahren hast, aber du solltest stolz auf mich sein. Ich hatte gestern ein Date. Adrian Winter hatte wirklich ein Date. Schreib es an die Wände dieser Welt.

Ich mache Fortschritte, denke ich, wenngleich ich sicherlich noch einige Zeit brauchen werde, um dich aus meinem Herzen zu tilgen, doch jeder Tag bringt ein neues Maß an Mäßigung. Neu verlieben werde ich mich sicher dennoch vorerst nicht. Ich will frei sein wie ein Adler. Will an niemanden denken müssen. Thoreau sagte, es ist wichtig, sich selbst ein guter Gefährte zu sein. Und ich denke, das kann ich hier am besten.

Mein Herz verbraucht sich von Tag zu Tag etwas weniger. Manche sagen, es wird nie besser. Manche sagen, dass man sich nur daran gewöhnt. Die Narbe wird sicher bleiben, doch die Wunde ist nicht mehr offen und es ist nicht schlimm, wenn es nun Salz regnet. Iona, vielleicht kann ich dich eines Tages zu den Akten legen.

Hoffnungsvoll,
Adrian

P.S. Das Date war ein wahres Desaster. Du hättest vor Lachen unter dem Tisch gelegen.

DRITTE WOCHE

19. Januar

Mit Bo wurden die Tage kürzer.

Ich mochte es, ihm die Lefzen hochzuziehen, sodass es aussah, als würde er mir Grimassen schneiden. Meine Hände zitterten mittlerweile, wir waren mehr als drei Stunden durch den Wald geirrt, er war voraus gesaust und wenn der Schnee zu tief wurde und er ihm bis zum Hals ging, dann wurde er langsamer und ich hatte kurz die Möglichkeit, ihn einzuholen. Immer, wenn er eine neue Fährte aufgenommen hatte, dann schaute sein Schweif wie eine Antenne aus dem Unterholz.

Er verschwand mehrfach aus meinem Sichtfeld und ich war immer kurz davor, ihn zu rufen, doch bevor ich konnte, kam er meist aus völlig anderer Richtung mit fröhlichem Gesicht zurückmarschiert und umkreiste mich schwanzwedelnd. Ich fragte ihn wieder und wieder »Na? Wo warst du?«, wissend, dass sein Grinsen und sein selbstbewusstes Herumstolzieren die beiden einzigen Antworten sein würden.

Wenn er morgens erwachte, so erwachte mit ihm auch die Inbrunst. Hunde waren Könige der Inbrunst.

Wenn ich ihm sein Futter gab, dann verschlang er alles unaufhaltsam, und es war umso fieser, wenn ich ihn noch etwas warten ließ, nachdem ich das Futter in seinen Napf gefüllt hatte, und ihm dann die Sabber vom Mund auf den Boden tropfte. Wenn ich etwas warf, das er apportieren sollte, dann sprang er wie wild los und man musste ziemlich aufpassen, dass ihm nichts im Weg lag. Und wenn er neben dem Ofen lag und träumte, dann träumte er sogar mit Inbrunst.

Ein bisschen verwöhnt war er ja schon. Hunde seiner Rasse zogen für gewöhnlich Schlitten und galten als wahre Über-lebenshelfer in Polarregionen. Sie waren ausdauernd und belastbar und es forderte mich regelrecht heraus, dem Bewe-gungsdrang nachzukommen, den Bo gerade für sich ent-deckte. Er legte sein Couchpotato-Dasein erfolgreich ab und ich fragte mich, wie Teodor und Hedda wohl mit ihm zu-rechtkommen würden, wenn ich weg war, wenn dort nie-mand mehr war, der sich ihm widmete.

Er belohnte mich jeden Tag dafür, dass ich mich um ihn sorgte. Sein Charakter war stark und ehrlich, sein treuer Drang, sich mir ergeben zu zeigen, deutlich spürbar. Wie ein Satellit kreiste er neugierig auf meiner Umlaufbahn. Man konnte wirklich auf ihn zählen. Und in mir wurde allmählich die Erkenntnis wach, dass die Essenz eines gelungenen Lebens doch irgendwo mit einem Gegenüber zu tun haben musste.

20. Januar

»Husten, we have a problem«, sagte ich zu Bo, nachdem ich feststellte, dass sich meine Hustenanfälle über Nacht ver-schlimmert hatten. Mein Lachen über diesen mittelmäßigen Wortwitz erstickte in einem furchtbaren, keuchhaften Ge-krächze.

Ich ahnte bereits, dass sich das verschlimmern würde, wenn ich heute wieder länger mit Bo durch die Wälder ziehen würde. Ich würde den ganzen langen Tag drinnen bleiben müssen, würde mit ansehen müssen, wie sehr sich mein

Zustand verschlechterte, denn ein Husten war meist erst der blühende Auftakt einer Erkältung.

Es musste ein Freitag sein, rechnete ich nach. Ab Montag würde Jana hier sein. Das verband ich ungelogen mit freudiger Voraussicht, doch wusste ich genauso, dass wir nicht zu dritt in einer Hütte leben konnten, weswegen ich Bo, er wohnte mittlerweile seit drei Tagen bei mir, am Sonntag zurück zu den Nygårds bringen musste.

Ich begann, *Aurélien* zu lesen. Ich war keiner dieser Typen, der den ganzen Tag hindurch lesen konnte, keiner, der hunderte von Seiten in einem Zug aufsaugte, keiner, der sein Buch nicht tausendmal wieder weglegte und es wieder aufgabelte, wenn er wieder Lust darauf hatte. Kurze Kapitel waren mir lieb, große Schrift angenehm, denn das bedeutete, dass man schnell vorankam. Ich freute mich auf Seiten mit sprunghaft kurzen Dialogen, Seiten voller Text wiederum wurden mit Enttäuschung hingenommen. Und wie scheußlich waren doch diese Bücher mit fast transparent dünnen Seiten! Das hatte die Bibel schon immer antipathisch gemacht. Und was hatte ich doch diese Anmerkungen gehasst, die unter Schopenhauers Texten gestanden hatten und teilweise länger waren als die Texte der jeweiligen Seite selbst. Wozu in aller Welt musste man Anmerkungen lesen? Wenn sie bedeutend genug gewesen wären, dann hätten sie es in den Text geschafft.

Doch heute war ein anderer Tag. Ich las geschlagene neun Stunden. Wegen der sechshundertdreiundsechzig Seiten hatte ich mich lange vor *Aurélien* gedrückt. Konnte eine Liebesgeschichte, selbst wenn sie klug geschrieben war, über eine solche Seitenzahl tragen? Durfte sie überhaupt?

Wir waren es ja eher gewohnt, eine Lovestory abrupt nach dem ersten Kuss abbrechen zu lassen, Hollywood hatte es uns gelehrt. Aber das war das Tolle an *Aurélien*: Das Buch hatte keinen Grund, um die Geschichte abzubrechen. Warum? Weil es keinen Kuss gab. Diesen in westlicher Welt ersten und ausschlaggebenden Zuneigungsbeweis brachten die Beiden nie zustande. Aurélien und seine Angebetete, Bérénice, küssten sich auf über mehr als sechshundert Seiten nicht ein einziges Mal. Das war unglückliche Liebe. Das Tragische daran war, dass sie einander eigentlich liebten. Und es nicht wussten.

Aurélien und Bérénice lernen sich im Paris der 20er-Jahre kennen. Aurélien Leurtillois, ein Veteran aus dem ersten Weltkrieg und Bérénice Morel, die Ehefrau eines einarmigen Apothekers vom Lande. Er mag sie am Anfang nicht mal, er befindet sie gar für hässlich, *ein Stoff, den er nicht gewählt hatte*, wie er es beschreibt. Doch er verliebt sich. Hoffnungslos. Ein Leben lang wird er sie lieben.

Und sie? Sie ist ihm zugeneigt, weist ihn aber mehrmals zurück, lässt sich nur vorsichtig auf ihn ein, sie verbringen ein paar unbeschwerte Tage miteinander, doch sie entscheidet sich letztlich doch für ihren einarmigen Mann. Aurélien leidet. Heftiger Liebeskummer widerfährt ihm. Schnitt.

Achtzehn Jahre später, im zweiten Weltkrieg, sehen sie sich wieder. Aurélien kommt als Soldat in das Dorf, in dem Bérénice und ihr Mann noch immer leben. Sie führen eine lieblose Ehe, während Aurélien bereits ohne Bérénice ein Leben mit Frau und Kindern hat. Er erfährt, dass Bérénice ihm all die Jahre nachgetrauert hat, dass er auch *ihre* lebenslange Liebe war.

Sie waren die beiden Königskinder, die einander so lieb hatten, aber beisammen nicht kommen konnten. Sie stirbt bei deutschem Angriff in seinen Armen. Ungeküsst.

Ein wahrer Thriller unter den Romanzen und Raphaël Enthoven, ein zeitgenössischer Philosoph, hatte das Buch als den besten Liebesroman aller Zeiten angepriesen. Gerade die Tatsache, dass sich der Kreis am Ende nicht schloss, machte ihn so stark. Es war die Nicht-Vollendung dieser Liebe, die Unvollkommenheit, die Art der Liebe, die meist anders endete, als wir sie erträumten.

Louis Aragon hatte es verstanden, starken Liebeskummer literarisch zu vermitteln. Ich hatte mich in seinem Text so oft wiedergefunden, dieser zersetzende Schmerz, die Ausschließlichkeit im Denken, das ja nun kein wirkliches Denken mehr war, mehr ein Denken auf Fühlebene, ein Reflektieren, das nur aus dem Bauch möglich war. Wenn man Liebeskummer hatte, dann besaß man die besondere Fähigkeit, sich mit gutem Gewissen zum Affen zu machen, denn immerhin gab es ja nur eine Sache, um die sich die Welt drehte.

Doch was wäre gewesen, wenn Aurélien beharrlich geblieben wäre? Wenn er auf sein Glück bestanden hätte, wenn er sich Bérénice eigensinnig unter den Nagel gerissen hätte, wissend, dass es das Richtige war? Es ließ sich nicht ausschließen, dass die Geschichte anders geendet hätte. Das führte mich zu mir selbst. Wollte ich so sein wie Aurélien?

Man bereute doch eher die Dinge, die man *nicht* getan hatte. Ich schaute also dreißig Jahre in die Zukunft: Würde ich bereuen, dass ich als Fünfundzwanzigjähriger nicht gekämpft hatte? Ihr nicht hinterhergelaufen war? Dass ich uns keine zweite Chance gegeben hatte, weil ich von der Hoffnungslosigkeit dieser ganzen Sache überzeugt gewesen war?

Iona war es ohne Zweifel wert, ihr hinterherzulaufen. Vielleicht erwartete sie es sogar. Vielleicht hoffte sie, dass ich plötzlich vor ihrer Tür stand. So, wie Bérénice es vielleicht gehofft hatte, dass Aurélien in ihrem Dorf aufkreuzen würde. Und er tat es, doch durch Zufall und leider viel zu spät.

Es gab im Allgemeinen viele Liebesgeschichten über die Unmöglichkeit gelingender Liebe. Die Vielzahl von Beispielen sprach eine klare Sprache: Tristan und Isolde, Romeo und Julia, Pelléas und Mélisande, Effi Briest und Major von Crampas, Anna Karenina und Wronskij, Werther und Lotte, Francesco Pertrarca und Laura de Noves, Luise Miller und Ferdinand von Walter, J. D. Salinger und Oona O'Neill oder von Jack Dawson und Rose DeWitt Bukater.

Dabei war es doch wichtig zu sehen, dass es für diese Unmöglichkeit verschiedenste Gründe gab: Mal waren es die gesellschaftlichen Zwänge, die die Liebe untersagten, mal die Eltern, mal war die Angebetete schon verheiratet, mal wurde die Liebe nicht mal erwidert, mal machte einem das sinkende Schiff, auf dem man sich befand, einen Strich durch die Rechnung. Doch *Aurélien* war besonders, denn ich kannte keine andere Geschichte, in der eine Liebe nicht zustande kam, weil sich keiner getraut hatte, seine Gefühle zu offenbaren (Vielleicht gab es einige, ich war der Literaturgeschichte nicht umfassend mächtig). Doch es war wohl die unglücklichste aller Konstellationen, denn: Die Liebe, sie wäre doch eigentlich möglich gewesen.

Natürlich, werden die Kritiker sagen. Aurélien und Bérénice? Das Leben kam ihnen dazwischen, die Umstände, das Paris der 20er-Jahre, Irrungen und Wirrungen, es sollte nicht sein, keiner hatte sich so fest dazu entschlossen, dass er wirklich angefangen hätte zu handeln. Und wer weiß schon, ob die Liebe zwischen Aurélien und Bérénice, wenn sie sich denn gefunden hätten, nicht äußerst schnell ausgebrannt wäre? Eine berechtigte Frage, doch lag die bedeutende Gegenfrage äußerst nah: Und wenn nicht?

Ich hatte Angst davor, dass ich Aurélien war. Dass Iona zu ihrem einarmigen Mann gegangen war, der weder einarmig, noch ihr Mann war (das hoffte ich zumindest) und nun ein Leben begonnen hatte, dessen Herr wir nicht mehr waren, da wir an der entscheidenden Schnittstelle nicht gehandelt hatten. Ich hatte Angst davor, zu lange gewartet zu haben. Ich wollte es doch zumindest versucht haben. Doch gab es eine reelle Chance?

Dieses schöne Wesen, es strotzte für mich vor Schicksal und je gegenwärtiger mir ihre Anmut, ihr Charme und ihr Liebreiz wurde, je stärker ihr Charisma leuchtete, je unwiderstehlicher ihre Anziehung über mich triumphierte, desto augenscheinlicher wurde mir das Gefühl, dass sie nicht mehr zu erreichen war. Sie war ein einfaches Mädchen, doch ihre Magie strahlte zu groß.

21. Januar

Ich quälte mich durch die nächste Nacht. Der Husten, der Schnupfen, die Nächte waren doch wirklich am schlimmsten. Wind war aufgezogen, fegte unnachgiebig um die Hütte, als war der Tod durch die Fugen gesickert.

Ich hatte schlimme Dinge geträumt. Ein Fiebertraum. Viel

zu lang, um sich an ihn zu erinnern, viel zu lang, um ihn zu vergessen. Ein einarmiger Mann. Ein Eisberg. Ein Kuss am Louvre. Iona, blutverschmiert im Gesicht. Es hatte Bomben geregnet. Wir waren zu Asche zerfallen. Ich war unter kaltem Schweiß aufgewacht.

Es gab nichts Deprimierenderes, als um acht Uhr morgens in kompletter Dunkelheit die Augen zu öffnen und nicht mehr schlafen zu können. Selbst Bo träumte noch tief und fest von hübschen Hündinnen. Über Nacht war mein Hals verschleimt, ich hustete, schniefte und nieste, und bei Letzterem wachte sogar Bo mit großem Schrecken auf.

Ich erhitzte mir etwas Wasser und inhalierte ein wenig, anschließend nutzte ich das Wasser, um meine Füße zu wärmen. Ich fühlte mich, als hatte man mich gegen eine Betonwand geschmettert und mich dann mit kaltem Wasser übergossen. Würde dieser Ohnmachtsrausch denn nie enden?

Mit halboffenen Augen irrte ich durch dieses düstere Kabuff, das nicht mehr größer als eine verranzte Abstellkammer wirkte. Aurélien ging mir nicht mehr aus dem Kopf.

»Monsieur Aragon, was haben Sie mir da gestern eingeredet?«, sagte ich leise.

Die Erkältung war die eine Sache, doch ich war auch krank vor Liebe. Sie schlug mir doch immer so auf den Magen. Sie verwüstete mich. Mein nächtlicher Traum hatte mir diesen Bann eingepflanzt, keine Sekunde ohne Gedanken an *sie*, keine Minute ohne gestressten Seufzer. Heute würde etwas passieren. Heute würde ich etwas wagen. Ich hatte keine andere Wahl, ich musste diesem zitternden Herzen nachgeben und etwas tun. Ich würde sonst kaputt gehen. Herzprobleme, die lagen auf männlicher Seite in der Familie, aber ich musste nicht schon mit fünfundzwanzig damit anfangen.

Bo rollte gelangweilt in seinem Körbchen umher. Ich konnte ihn so gut verstehen. Ich legte mir einige Schichten Kleidung auf die Rippen. Sogar Schal und Mütze.

»Komm mit, kleiner Freund«, sagte ich und legte ihm sein Halsband und die Leine um. Wir gingen raus. Sein Herz wurde immer schneller, meines allmählich langsamer. Wir gingen den Hang hinauf. Bo riss immer stärker an der Leine, ich ließ ihn frei. Nach fünfzehn Minuten hatten wir den Ort erreicht, an dem ich mit Lewis telefoniert hatte. Es war noch immer dunkel. Halb zehn.

Seit ein paar Wochen lautete Ionas Status in sozialen Netzwerken: *moon over you*. Ich hatte es nachgeguckt, es hieß, *sich nach jemandem sehnen*. Was für eine schöne Formulierung es doch war, *to moon over somebody*, *I moon over you*. Es hätte gut und gerne in einem Sinatra-Text vorkommen können oder in einem Woody Allen-Streifen. Sie sehnte sich nach jemandem und heute war der Tag, an dem ich herausfinden würde, nach wem. Doch ich war mir sicher, dass meine Karten nicht schlecht standen. Ich hatte ihre Reue und ihr Bedauern bereits in dem Moment gespürt, als sie mir am Osloer Flughafen den Laufpass gegeben hatte. Sie war meine Bérénice.

In Schottland musste es gerade halb neun sein. Ich kniete mich vor Bo hin und er spitzte seine Ohren: »Bo, heute ist ein sehr wichtiger Tag. Ich will, dass du das weißt. Wünschst du mir Glück?« Er gab Pfötchen.

Ionas Freiton klang nicht störrisch, nicht wie der von Lewis. Er klang eher endgültig. Einmal, zweimal, dreimal, viermal und ein fünftes Mal. Fünf lange Male tönte es aus dem Hörer. Eine halbe Ewigkeit. Dann kratzte es in der Leitung, Bewegungsgeräusche, ein Rascheln. Eine Stimme.

»Hallo?«

Mein Atem stockte. Doch ich drückte dieses eine Wort heraus, das für mich die Welt war.

»Iona?«

Ein normaler Mensch hätte nun gefragt, wer dort war. Sie fragte aber nicht. Sie wusste es und ließ diese Lücke zu. Sie ließ es zu, dass dort ein Raum entstand. So lange war da Schweigen gewesen und nun war sie mutig genug, um es zu verlängern. Sie wusste, dass ich nicht auflegen würde, wenn sie nichts sagen würde. Sie wusste, dass ich es auch zulassen würde. Sie schwieg und schwieg und schwieg. Und mit diesem Schweigen sagte sie mehr als in acht Monaten Beziehung. Es war so bedeutungsschwer, nicht zu übertreffen an Aussagen, die sie damit machte. Ein Schweigen aus Dringlichkeit. Und am Ende, da legte sie doch wieder auf.

Es gab so viel anzuklagen. Iona, wie konntest du nur? Nach all der Zeit? Nach all meinen Briefen? Wie konntest du mir nur entfliehen? Es war an der Zeit, sich mir zu stellen. Wie konntest du das nicht spüren? Oder hattest du es doch gespürt? Du hattest so eine Angst, natürlich, aber ich doch auch...

Dein Hallo hatte wie ein Versprechen geklungen. Als hättest du mir etwas prophezeit, als hättest du gesagt: *Adrian, es wird alles gut, mach dir keine Sorgen, ich bleibe dein.* Ja, es war im Grunde ein *Ich-bin-dein*-Hallo. Ich hatte dich gehört. Ich hatte dich doch tatsächlich mit eigenen Ohren gehört. Du warst kein nebulöses Phantom mehr, du warst echt und ich sehnte mich nach einer Möglichkeit, deine Stimme in meinem Gedächtnis zu speichern.

Kurze Zeit später versuchte ich es bei ihren Eltern. Vor einem halben Jahr hatte sie noch mit ihnen zusammen in einem Haus gelebt. Vielleicht ging sie ran, vielleicht hatte ich sie gleich wieder am Hörer. Doch ich hasste diese Freitöne.

»Adrian, bist du das?«

»Ja. Ich bin es. Wer ist da?«

»Hier ist Sean. Ihr Vater.«

»Hallo, Sean. Es ist wirklich lange her.«

»Ja, Adrian, hör mal. Es tut mir alles wirklich furchtbar leid für dich. Aber du musst sie gehen lassen... Es ist besser so. Glaub mir.«

Ich legte sofort auf. Ein Blick auf das Display. Mein Akku war schwach. Was auch sonst? Ich war es ja auch.

Die Manie, sie hatte mich schon lange gepackt. Sie würde mich heute nicht mehr loslassen. Würde sie es *je*, das war die Frage. Da war eine Ex-Freundin, die versuchte, mich zu ignorieren, da waren ihre Eltern, die mir gut zuredeten und meinten, ich sollte sie hinter mir lassen. Doch ohne sie? Es fiel mir sehr schwer zu glauben, dass es mir gelingen würde, ohne sie Frieden zu finden. Ein postionisches Leben? Es konnte nur mittelmäßig sein. Dieses ganze Leben lang würde man versuchen, diese eine Lücke zu schließen, die sich aufgetan hatte. Man war nur noch damit beschäftigt, die Hinlänglichkeit zu erhalten, doch was war mit der Außerordentlichkeit? Wozu gab es die Premium-Economy Class? Wozu gab es Superior-Zimmer? Wozu gab es Goldeinbände? Wozu gab es die VIP-Tickets? Wozu gab es Deluxe-Alben? Wozu gab es Limited Edition?

Es schien mir so, als wenn es all diese Dinge gab, um die Mittelmäßigen nach etwas mehr streben zu lassen. Und Iona?

Iona gab es, um einen Adrian Winter träumen zu lassen. Von einer besseren Welt. Doch Vorsicht, Adrian, nicht zu ernst nehmen! Es bleibt ein Traum, rede dir nicht ein, du könntest ihn eines Tages verwirklichen.

»Bo, wollen wir laufen? Solange wir laufen, sind wir frei.«

Und wir liefen und liefen, den Hügel hinunter, fast vorbei an unserer Hütte, doch nein, im letzten Moment bemerkte ich den Pfad auf der rechten Seite, ich hatte ihn schon so oft beschritten, den Pfad zur Hütte. Ich schien unbremsbar, die dicke Schicht Eis auf dem Boden, sie ließ mich sehr viel weiter schlittern, als es mir lieb war. Als ich allmählich langsamer wurde, stolperten meine Beine voraus und mit lautem Aufschrei rasselte ich zu Boden. Es gab einfach keine romantischen Helden.

Ich hatte einen kleinen Kratzer an der Stirn davongetragen, nur wenig Blut, das war egal, doch noch immer brannte es in mir. Zurück in der Hütte, setzte ich mich an den Tisch und begann zu schreiben, es war Zeit für einen weiteren Brief an Iona und ich vertraute darauf, dass er mich erklären könnte. Ich schrieb sehr eilig meine Gedanken nieder und hoffte, keines meiner Gefühle dafür kaschieren zu müssen. Ich wollte doch nur ehrlich sein.

Iona,

ich bin rückfällig geworden. Jawohl. Ich bin süchtig. Ich bin ein Junkie. Da ist ein Stoff, von dem ich nicht weg komme. Manchmal ist er schmerzhaft, manchmal ist er unübertreffbar sagenhaft. Das macht ihn aus. Und vorher weiß man nie, ob es scheiße oder toll wird. Aber dieser Stoff ist es trotzdem wert, das Risiko einzugehen.

Ich dachte, ich wäre von dem Zeug runter. Aber ich werde wohl mein Leben lang gefährdet sein, so wie jeder andere Junkie auch. Man darf mich nicht in Versuchung bringen. Das ist schlimm. Aber man kann es nicht immer kontrollieren. Manchmal, da träumt man von diesem Stoff, und zack, ist man wieder im Sattel. Ich kämpfe. Und kann nicht mehr. Und dieser Stoff? Das bist du.

Ich würde von meinem Blut geben, nur um einen weiteren Tag mit dir zu verbringen, mich in deiner Anwesenheit zu wissen... Kannst du das verstehen?

Anfangs dachte ich, dass ich nur in dich verknallt sei, dass meine Verliebtheit der Trennung wegen aufkeimte, doch Verliebtheit lässt in der Regel nach. Für mich hingegen wird es immer heftiger.

Es ist leicht zu sagen, dass es die Einsamkeit ist, die daran Schuld sei. Ich glaube eher, dass man in Einsamkeit spürt, mit wem man wirklich zusammen sein möchte. Und es geht jetzt endgültig nicht mehr ohne dich. Meinen Gedanken bist du mittlerweile unerlässlich geworden. Können wir uns nicht sehen?

Wann du willst, wo du willst, es ist Zeit für neue Erinnerungen. Neue Tage, die sich meiner Vergangenheit anschließen und ein neues Du, an das ich denken kann, wenn ich nicht schlafen kann, wenn ich Angst habe...

Ich glaube, unsere stärkste Liebe ist unser schwächster Punkt. Eine Durchlässigkeit in der Rüstung. Der Fuß in der Tür zur tiefen Sehnsucht. Ein Leck in unserer Form und Fassung. Der Punkt, der, wenn man ihn zu treffen vermag, in die tiefsten Abgründe und auf die höchsten Gipfel führt. Wer von meiner Liebe weiß, der weiß von meiner Verletzbarkeit.

Die Liebe, sie ist dem Ableben so nah. Man könnte sich nicht lebendiger fühlen. Man fühlt sich so lebendig, dass es gar betäubend ist. Und ich habe mal gehört, bevor man erfriert, wird einem nochmal so richtig, richtig warm. Wenn die Körpertemperatur unter 32 Grad sinkt, dann setzt die Kälteidiotie ein und verdammt, es wird nochmal richtig heiß. Ist das der Grund dafür, dass meine Liebe zu dir gerade so himmlisch aufflammt?

Die unglückliche Verliebtheit ist wie ein traurigmachender Orgasmus.

Ich bin so leer wie deine Versprechen.

Dennoch, dir ergeben,

Adrian

Seit ich sechzehn geworden war, hatte ich mich wenig verändert, schien es mir. Ich kannte noch die cleveren Kniffe, die ich anwenden musste, um Mitleid oder gar erpresserische Besorgnis zu erregen. Sie führten immer zum gegenteiligen Effekt, denn mit jemandem zusammen sein, mit dem man Mitleid hatte, wollte niemand, aber sie waren doch unglaublich romantisch. Ich konnte ein gebrochenes Herz haben, als gab es kein Morgen und das Tolle am Liebeskummer war, dass man es sogar ernst meinte.

Ich dachte, Iona wäre mein Glück. Und den ganzen langen Tag lief ich diesem Glück hinterher. Doch das Glück war wie der Horizont. Ich lief schneller und schneller und Iona wurde immer unerreichbarer. Sie rückte in die Ferne, sobald ich begann, für sie zu schwärmen.

23. Januar

Als sich am Montagnachmittag die Sonne dem Horizont näherte und ich gegen das Geländer des Fährhafens lehnte, gab es nichts Schöneres, als so angestrahlt zu werden.

Ich hatte den fröhlichen Bo bereits am Vortag wieder abgeliefert und was Herzensangelegenheiten anbelangte, war ich langsam auf dem Weg der Rekonvaleszenz. Die Erkältung hatte nachgelassen und mein Husten fiel mir nur noch nächtlich zur Last.

Die blauen Stunden nahten, seichter Schneefall floh zu Boden und das aufdringliche Flutlicht der Fähre schien auf meinen schwarzen Mantel, der von schmelzenden Flocken benetzt war. Jana sah ich erst sehr spät. Sie strahlte. Es war dieses besondere Strahlen. Die Art, auf die man am liebsten angesehen wurde. Kein einfaches Anlächeln, kein Angrinsen, es war viel mehr ein heiteres Zähnezeigen, das alle Register der Fröhlichkeit zog.

Sie hatte eine große Tasche geschultert, den Jackenkragen komplett hochgezogen und ihr Haar hochgesteckt, wenngleich sich ein paar Strähnen in ihr munteres Gesicht verirrten, ihr regelrecht vor die Augen flatterten. Die Stiefel sahen fast zu groß an ihr aus, als sie über die Ladeklappe auf mich zu gelaufen kam. Ein strammer Schritt, das musste ich zugeben, sie war in den letzten Wochen viel herumgelaufen. Bereits als sie noch mehr als fünf Meter von mir entfernt war, öffnete sie ihre Arme, damit sie mich nicht verfehlen konnte.

»Adrian von Winter!«, betitelte sie mich, um ihrer Begrüßung einen majestätischen Anklang zu verleihen.

»Jana von Instetten!«, erwiderte ich.

Wir umarmten uns lange.

»Von Instetten?!«, sagte sie, als sie mich wieder losließ und beirrt anblickte. »Fällt dir kein schönerer Name ein? Dass Jana von Lehmann nicht wirklich royal klingt, weiß ich ja, aber von Instetten? Aus Effi Briest?«

»Findest du den nicht gut? Na, dann nehmen wir einen anderen... Jana, Baronin und Freiherrin zu... Kieselbach? Trugenhofen? Wildenstein? Freudenberg? Käselwumme?«

»Wir bleiben bei Jana! Hör mal, bevor ich es vergesse, ich soll dich ganz lieb von Friedrich und Maria drücken!«

Sie drückte mich.

»Dankeschön. Ich glaube, wir haben eine Menge zu erzählen, nicht? Lass uns gehen, wir werden sicher mehr als eine halbe Stunde brauchen. Ich habe oben auch etwas für heute Abend vorbereitet.«

»Du wirst es mir doch sicher verraten, oder?«

»Du wirst nicht frieren, denke ich.«

»Ein Lagerfeuer? Das kann nur ein Lagerfeuer sein, oder?«

Ich nickte wohlwollend bescheiden. Wir verstanden uns wirklich gut. Darin konnte kein Zweifel mehr liegen.

Als ich dann ihre Tasche den Hang hinaufschleppte und ich

mir darüber im Klaren war, dass ich ihr natürlich auch das Bett anbieten und mich selbst auf dem Boden schlafen lassen würde, da fiel mir doch irgendwie auf, dass dieses ganze Gentlemantum sexistisch wirkte. Sicher, manchmal war es überaus charmant und nicht fehl am Platze, doch bei Jana? Ich hatte das Gefühl, dass wir das nicht brauchten. Wir waren gute Freunde auf Augenhöhe und ihre Tasche hatte sie schon durch halb Europa geschleppt, es konnte also nur ein Akt der Höflichkeit sein, sie für sie diesen Hang hinaufzutragen, damit sie sich etwas ausruhen konnte. Andererseits fiel mir auf, dass ich auch einem Mann das Bett angeboten hätte. Ich war also kein Sexist, ich war einfach nett.

Es war auch irgendwie sinnwidrig, dass ich mir darüber so ausgiebig Gedanken machte. Jana war doch im Allgemeinen sehr nachsichtig und dachte selbst nicht darüber nach. Sie bezog also das Bett, wir hatten abgemacht, drei Nächte sie, drei Nächte ich. Währenddessen versuchte ich, den Kegel aus Holzscheiten in Gang zu bringen, der, während ich sie abgeholt hatte, etwas zugeschneit war.

Nordlichter erwarteten uns heute Nacht nicht. Doch wir erzählten so viel, wir hätten sie sicherlich nicht einmal bemerkt.

»Erinnerst du dich?«, sagte sie, als wir später am Feuer saßen. »Vor nicht einmal einem Monat saßen wir noch in dieser Küche. Wir waren irgendwie beide abgefuckt. Und dann war da diese Intention und sieh dir an, wo wir jetzt sind. Meinst du nicht auch, dass sich seitdem extrem viel verändert hat?«

»Äußerlich schon, da magst du recht haben. Aber ich weiß nicht, ob wir uns so sehr verändert haben. Du ja, ich meine, als ich dich heute anfangs gesehen habe, da dachte ich, ich lerne jetzt einen neuen Menschen kennen. Aber ich nicht, denke ich. Vielleicht ist es einfach alles nur ein Ortswechsel, die alten Probleme, nur woanders. Verstehst du?«

»Aber der Ort, an dem du bist, verändert dich doch unheimlich. Wo, wenn nicht hier, könntest du das behaupten?«, sagte sie.

»Kiel hat mich auch verändert, aber in eine andere Richtung. Es ist wirklich die Frage, was wir anstellen müssen, damit uns eine Erfahrung wirklich bis ins Mark verändert oder uns doch zumindest ein wenig zum *vibrieren* bringt.«

»Nichts, denke ich. Es passiert einfach. Davor kann man sich nicht schützen. Du müsstest eher danach fragen, was man machen müsste, damit es nicht passiert.«

»Mh«, meinte ich. »Du hast mir noch gar nicht erzählt, wo du überall warst. Vielleicht weiß ich dann, was dich so verändert hat.«

»Ohje, das ist alles schon so weit weg.« Sie massierte in Erinnerung schwelgend ihre Nasenflügel. »Also... Zuerst bin ich nach Paris geflogen, habe ich dir ja geschrieben. Schlechtes Wetter, aber war irgendwie trotzdem nett. Ein bisschen Sightseeing musste natürlich auch sein. Danach bin ich nach Athen geflogen. Ein ähnliches Programm, nur mit Sonne und alles etwas günstiger. Es hätte dir da sicher gefallen. Du hättest sicher alle Namen der Philosophen gekannt, von denen da die Rede war. Na ja, und dann bin ich nach Skiathos. Habe ein paar Tage am Strand verbracht. Viel nachgedacht. Das Meer bringt einen wirklich zum Nachdenken, habe ich herausgefunden. Irgendwann hatte ich dann aber auch genug nachgedacht und ich habe die Fähre nach Thessaloniki genommen. Das war nicht so ganz der Renner. Deswegen bin ich danach nach Neapel geflogen. Da wurde mir dann das Portemonnaie geklaut. Rückflug hatte ich aber glücklicherweise schon gebucht und den Reisepass hatte ich auch woanders. Aber kannst dir ja vorstellen, erst mal Kreditkarte sperren lassen und so. Alles ein bisschen stressig. War dann wieder froh zuhause zu sein. Und jetzt bin ich froh, hier zu sein. Ich habe die letzten Wochen wirklich nur in der Sonne verbracht, von daher ist es jetzt nicht so schlimm hier, ein bisschen Kälte macht den Kopf frei.«

Sie lächelte mir zu.

»Wow, das klingt toll«, sagte ich. »Bis auf die schlechten Sachen natürlich. Aber bist viel herumgekommen. Das ist schön, irgendwie... aufregend. Na ja, und ich... Ich war halt hier.« Ich zeigte mit dem Finger auf den Boden.

»Das heißt nicht, dass du weniger erlebt hast! Erzähl mal!«

»Ich habe gelesen... Dann hat Bo hier fünf Tage gelebt, ein Grönlandhund, das war wirklich schön, vielleicht gehen wir ja auch nochmal eine Runde mit ihm... Ich habe die Nordlichter beobachtet... Und ich war krank! Danke nochmal, dass du mir die Paracetamol mitgebracht hast. Aber es war doch eher still hier.«

»Umso besser, denke ich. Ein *stilles* Abenteuer...«

Ich lachte geheimnisvoll.

»So lustig?«, meinte sie.

»Mir ist nur dieselbe Formulierung auch schon in den Sinn gekommen. Ganz am Anfang. Am ersten Abend hier in der Hütte. Manche Gedankenläufe sind wohl gleichgeschaltet.«

»Danke, Merkel!«, rief sie jungenhaft. In etwa so, dass wohl alle Tiere im Radius von fünfhundert Metern aufhorchten. Wir lachten aus vollem Halse.

»Aber was ich noch nicht so ganz verstehe, du hast gemeint, dass vieles hochkommt, dass du vieles jetzt begreifen kannst. Was hast du damit gemeint?«

»Ach *das*... Na ja... Jeder hat seine Vergangenheit, oder?«

»Sicher...«

»Da waren einige Sachen mit meinem Vater... In meiner Kindheit...«

»Du meinst etwa...?«

»Nein, er hat mich nicht missbraucht, so würde ich das nicht sagen.«

»Wie würdest du es dann sagen?«, fragte ich.

»Er hatte es nicht leicht... Hatte immer zu tun. Er war einfach nicht lieb zu mir. Die Tage, an denen er mich auf den Arm genommen hat oder so, also in der frühen Kindheit, meine ich, die kann ich an einer Hand abzählen. Und ich habe immer so viel investiert. Ich wollte immer, dass er mich lieb hat und vielleicht hatte er mich ja lieb, aber er konnte es mir nicht zeigen. Er tut mir irgendwie leid deswegen.«

»Hast du noch Kontakt zu ihm?«

»Wenn man das Kontakt nennen würde, dann wäre das ziemlich übertrieben. Alle paar Jahre kommt mal eine Geburtstagskarte, eine Handvoll Wörter, mehr nicht. Und das hatte ich halt vor dieser Reise alles nie verarbeitet. Und in den letzten Wochen war da so viel Zeit, nur für mich, und ich konnte anfangen, das alles zu bewältigen. Letztlich wurde mir auch klar, warum ich mit Steffen zusammengekommen bin. Er hat mir das Maß an Aufmerksamkeit gegeben, das ich von meinem Vater haben wollte. Aber ich habe ihn dafür halt nicht geliebt. Eine unglückliche Sache...«

Ich schwieg für eine Weile und ließ das Knistern des Lagerfeuers in den Vordergrund treten.

»Da gab es ja mal... Ach nein, ist egal...«, stutzte ich.

»Was wolltest du sagen?«

»Nein, das scheint mir jetzt unsensibel.«

»Du kannst es doch andersherum sehen: Vielleicht war ja das, was *ich* gesagt habe, unsensibel dem gegenüber, was *du* jetzt sagen wolltest. Also, sag schon.«

»Na ja, die Theorie, dass es da zwischen den eigenen Eltern und der Partnerwahl einen Zusammenhang gibt, ist ja nicht ganz neu.«

»Was war daran unsensibel? Unsensibel wäre es gewesen, wenn du gefragt hättest, ob mein Vater auch so unzuverlässig wie Steffen ist. Aber das was du gesagt hast, das hat ja Hand und Fuß. Wir nehmen das, was uns vertraut ist. Dass das, was uns vertraut ist, nicht immer die schönsten Eigenschaften hat, das liegt doch auf der Hand. Iona hat bestimmt auch etwas von deiner Mutter!«, lachte sie.

»Jana, das war eindeutig der Punkt, an dem du hättest aufhören sollen. Ich glaube aber, dass es nicht immer darum geht, dass die Partner den Eltern ähnlich sind, sondern genauso oft sucht man sich das aus, was den Eltern eigentlich charakterlich gegenübergesetzt ist. Als Rebellion. Verstehst du?«

»Das mag sein, aber ich mochte den Moment, als ich ganz genau in deinem Gesicht gesehen habe, wie es gerattert hat, wo du bei Iona nach den Eigenschaften deiner Mutter gesucht hast. Stimmt es oder stimmt es?«

»Was wäre, wenn ich sagen würde, dass ich mich gerade von Iona erhole?«

»Dann hättest du natürlich mein Mitleid verdient.«

»Yes!«, triumphierte ich.

Unser Gelächter schallte durch die Wipfel. Ich goss uns noch etwas Schnaps ein.

»Hey, ich weißt nicht, warum mir das gerade einfällt, aber kennst du diese eine Szene aus *Annie Hall*? Also, ich meine, aus *Der Stadtneurotiker*, wie es ja auf deutsch heißt?«

»Ja, ganz genau, *die* kenne ich!«, kicherte sie. »Adrian, welche Szene verdammt meinst du denn genau?«

»Na ja, die Szene, in der Woody Allen und Diane Keaton, wie heißen sie noch in dem Film? Achja, Alvy und Annie. Also, wo Alvy und Annie durch das nächtliche New York spazieren?«

»Und weiter?«

»Naja, sie haben sich gerade kennengelernt, sie siezen sich auf jeden Fall noch und ich glaube, sie hatte gerade einen Gesangsauftritt. Und Alvy versucht sie davon zu überzeugen, dass sie wirklich ganz toll singen kann. Na ja, ist ja auch egal. Zumindest meint er dann plötzlich, dass sie ihm mal zuhören solle. Es wäre wohl das Beste, meinte er, wenn sie ihm jetzt einen Kuss geben würde. Und sie fragt ihn, warum denn gerade jetzt. Und er sagt, dass sie ja später sicherlich noch zusammen nach Hause gehen werden und meint, wenn man sich jetzt schon küssen würde, dann würde man ja die Spannung zwischen einander abbauen, immerhin weiß er nicht, ob er sofort den richtigen Dreh kriegt. Er meint, wenn sie sich jetzt küssen, dann haben sie das ja hinter sich und können dann auch in Ruhe essen, so verdaut es sich gleich viel besser. Und dann sagt sie einfach: *Okay*. Und sie geben sich einen Kuss. Und dann gehen sie das Essen verdauen. Ich finde das so wunderbar einfach. Findest du nicht auch?«

»Du meinst doch nicht etwa, dass wir das auch tun sollten,

oder?«

»Das habe ich nicht gesagt, ich mag diese Szene nur sehr. Innerhalb von dreißig Sekunden löst er die Spannung auf, unter der nun mal alle stehen, die Zeit miteinander verbringen. Er wirft den Elefanten, der im Raum steht, einfach raus. Und ja, natürlich habe ich das auch ein wenig im Hinblick auf uns gesagt, aber das war keine Ansage.«

»Aha, also siehst du dich als schmächtigen und intellektuellen Looser und mich als flatterhafte, etwas naive, aber intelligente Kosmopolitin?«

»Jana, komm schon, du hast es dir doch sicher auch schon vorgestellt, wie es ist, mich zu küssen, oder?«

»Das scheint mir irgendwie normal, oder?«

»Natürlich ist es das.«

»Meinst du also, wir sollten es mal versuchen? Einfach mal sehen, was passiert?«

»Nur aus reiner Vernunft.«

»Dann aber jetzt, du weißt schon, sonst können wir nicht mehr ruhig essen.«

»Guck mal, meine Hand zittert schon richtig.«

»Adrian, hör auf damit!«

»Nein, aber wirklich, guck doch.« Ich hielt ihr meine unruhige Hand hin. Ich wollte sie wirklich gerne küssen, merkte ich. Aber nicht aus Zuneigung, eher aus Neugierde. Was gab es schon zu verlieren?

Danach sagten wir dann nichts mehr. Wir schauten einander nur ernst an und begingen diese ganze Sache. Wir küssten uns. Ich will nicht sagen, dass ich ihre Zunge spürte, aber sehr weit konnte sie auch nicht mehr gewesen sein, womit ich sagen will, dass der Kuss weit ausgiebiger war als ich ihn mir vorher ausgemalt hatte. Ich wusste nicht recht, ich hatte mir Janas Lippen immer als sehr kalt vorgestellt. Angenehm kalt irgendwie. Aber sie waren sehr warm. Fast zu warm. Und eine wirkliche Wirkung ließ auf sich warten. Ihre Lippen waren schön geformt, da hatte man wirklich nichts zu meckern, aber es fühlte sich einfach nicht behaglich oder innig an, es fehlte das Kribbeln, es fehlte das innerliche Aufschäumen.

»Also... Ich habe nichts gespürt. Nein, irgendwie nicht. Aber der Versuch war wirklich nett!«, lachte ich.

Jana lächelte verstohlen zu Boden.

»Nein, ich natürlich auch nicht. Da war irgendwie wirklich nichts«, sagte sie.

24. Januar

Jana schlief lange. Es mussten bereits zehn Stunden sein. Sie verbuddelte sich unter dem Kopfkissen, hoffte wohl, dass es bald hell würde. Ich wiederum ging meiner Morgenroutine nach, duschte, ernährte das Feuer, kochte Tee und las dann ein wenig über die Philosophie der Scholastik. Nach einer Weile reizte es mich jedoch etwas mehr, den Sonnenaufgang zu beobachten. Bisher hatte ich hier keinen einzigen so wirklich gesehen, da die Hütte am Westhang lag. Für die Untergänge war die Lage der Hütte damit sagenhaft, doch mit einem Aufgang war das, meiner Meinung nach, nicht zu vergleichen. Wenn sich die Sonne unserem Erdteil zeigte, so lag die Welt noch in einer Nachtkühle, die der Luft eine unheimliche Klarheit verlieh. Man konnte noch so hundemüde sein, die Welt war von starker Luzidität durchzogen und es machte das eigene Bewusstsein vollkommen gewahr.

Um einen Sonnenaufgang mitzuerleben, hatte ich bisher immer besonders lange aufbleiben müssen. Im Sommer ging das manchmal. Wenn ich die ganze Nacht Filme geguckt hatte und ich mich dann gegen halb fünf aus dem Hause schleppte, wenn selbst die Straßen noch ruhig waren, und mit dem Rad bis zur Ostsee fuhr, dann wartete dort meist ein vollkommen unbemerktes Naturspektakel auf mich. Es war dort jeden Morgen, das hatte ich mir immer vor Augen zu führen versucht. Jeder Morgen eine Chance, waschechte Schönheit zu sehen.

Ich schaute auf die Uhr. Halb zehn. Eigentlich zu spät, um den Hügel weiter hinaufzugehen und den östlichen Horizont in sein Blickfeld zu holen. Dieser gigantische Feuerball würde bereits in voller Gänze am Himmel stehen und nur noch immer blasser werden. Ein paar Schritte würden mir dennoch ganz gut tun, dachte ich mir. Es wäre richtig, Jana ein bisschen Raum zu geben. Über sechs Tage hinweg konnten elf Quadratmeter eine echte Herausforderung darstellen, da wollte ich nicht schon am ersten Morgen eine unangenehme Figur abgeben und damit womöglich noch ihren Drang ankurbeln, allein in dieser Hütte zu hausen.

Je mehr Zeit man mit jemandem zubrachte, desto mehr entzauberte man sich gegenseitig, desto mehr Wasser floss in den Wein. Das konnte gut sein. Es machte Menschen nahbar, wenn ihre Fassade anfing aufzurauen, wenn die Bereiche ausgefüllt wurden, die man sich vorher nur im Kopf ausgemalt hatte. Wenn diese Fläche hingegen glatt und unbeschadet blieb, dann entstand ein Spiegelbild und man sah nur die eigenen Wünsche. Das war die eine Seite. Sich gegenseitig zu entzaubern konnte aber auch bedeuten, dass man mitten in der Nacht rausging und erst mal eine Zigarette schmöken musste, weil der andere so anstrengend war oder er so laut schnarchte. Ich hoffte, dass es nicht dazu kommen würde. Doch mit absoluter Sicherheit würde ich diese Möglichkeit nur ausschließen können, wenn ich mich in sie verliebte. Da nervte einen dann gar nichts mehr.

Wenn ich in aller Ruhe an Iona dachte, fiel mir doch so manches ein, das mir an ihr nicht unbedingt gefiel. Das war nichts, was mich in diesem Moment an ihr gestört hätte, wenn sie jetzt vor mir gestanden hätte, doch mir war einiges aus unserer Beziehung in Erinnerung geblieben.

Sie war stur. Ich war auch stur, aber ich verbot ihr ja auch nicht, das an mir schlecht zu finden. Wahrscheinlich störte es mich sogar nur, weil ich selbst stur war. Und zwei sture Charaktere waren nun mal wie zwei Lagen Schleifpapier.

Dann fand ich sie manchmal etwas langweilig. Das lag wohl an ihrer Schönheit. Keine Angriffsfläche. Wenn man fast schon zu hübsch war, dann blieb einem ja fast gar nichts anderes mehr übrig, als auf irgendeine Weise eindimensional zu wirken. Wie gesagt, glatte Oberflächen erzeugten keine Reibung. Aber dafür konnte sie nichts und ich spürte, dass ihr Innenleben gewaltig gegen die Erwartungshaltung ankämpfte, die ihr Äußeres bei anderen auslöste.

Manchmal, da kam ich nicht mit ihrem prächtigen und leuchtenden Charisma zurecht. Ich vermutete, dass es daran lag, dass ich dann neben ihr irgendwie matt aussah. Es zählte also nicht wirklich. Kein Grund, sie nicht trotzdem dafür zu bewundern. Vor allem hatte sie immer versucht, das musste man ihr hoch anrechnen, mich vom Gegenteil zu überzeugen.

Und als letztes: Es gab da diese Sekunden, in denen man keinen Schimmer hatte, woran man bei ihr war. Vielleicht war es Verlegenheit oder Zurückhaltung, doch manchmal wurde sie unglaublich stutzig, wenn man auf eine Antwort wartete und dann tauchte da diese Nuance der Unsicherheit auf, die für einen selbst alles zuvor Gesagte in Frage stellte. Vielleicht hatte sie einen auch akustisch nicht verstanden, aber dann hätte sie doch wenigstens nachfragen können. Es war immer ein vorsichtiges Lächeln auf ihrem Gesicht und irgendwie war das süß, aber man raste an dieser Stelle in eine Sackgasse. Man tat anschließend so, als hatte man gar keine Frage gestellt oder nichts angesprochen, um damit alles zu umgehen und die Situation aufzuheben. Und dann wollte man am liebsten immer zu ihr sagen: Ich bin nur unsicher, wenn du es auch bist.

Diese Eigenschaften waren immerhin etwas und vielleicht ein Zeichen dafür, dass ich die Verliebtheit zumindest zeitweise überwunden hatte. Ich verehrte sie möglicherweise noch, aber ich sprach sie nicht mehr heilig. Wenn ich jedoch drei Tage in die Vergangenheit schaute, so hätte meine Antwort dort sicherlich noch etwas anders geklungen: Ihr einziger Makel bestand darin, dass sie perfekt war.

Die Tür ächzte beim Öffnen, Jana seufzte im Schlaf. Ich schlich mich hinaus.

Ich war erleichtert, in die Helligkeit zu treten. Ich spürte, dass es langsam reichte mit der Dunkelheit, nach knapp drei Wochen. Ich wollte gar nicht wissen, was ich ohne Schnee oder Nordlichter angestellt hätte, denn der Schnee nahm der Landschaft ein großes Maß an Trostlosigkeit ab, die Polarlichter nahmen die Schwermut. Letztlich nahmen sie es auch mir ab. Ich war zum Teil der Landschaft geworden. Und gerade, wenn ich durch diese mächtigen Wälder schlenderte, vor Kälte schon stakste, dann hegte ich den Verdacht, hier ein wesentlicheres Maß an Widerhall verspüren zu können als in jeder Einkaufsstraße, als in jedem Bahnhof, als in jedem Flughafen, als in jedem dieser gewaltigen Schmelztigel der Zivilisation.

Ich stellte mich zum Spaß vor die Entscheidung: Mensch oder Natur? Ich würde noch immer den Menschen bevorzugen, spürte ich, zu jeder Zeit, ohne Zögern. Möglicherweise aus Eigennutz. Aber der Mensch *stammte* ja aus der Natur. Das war, als wenn man fragte: Was nimmst du? Huhn oder Ei? Doch musste man wissen, dass das Ei nicht ohne Huhn überlebte, das Huhn jedoch ohne Ei.

Der Natur konnte man die Menschen in dieser Weise nicht gegenüberstellen. Allein die Kultur war der Antagonist der Natur, auch wenn man zwischen diesen beiden Polen keine trennscharfe Linie ziehen konnte. Der Mensch zum Beispiel vereinte sie beide in sich, man konnte sagen, der Mensch war von Natur aus ein Kulturwesen. Aber auch hier hieß es, dass es eine Natur ohne Kultur gab, jedoch keine Kultur ohne Natur. Wir waren also wieder bei dem Huhn und dem Ei.

Parallel dazu sah ich das Begriffepaar *apollinisch* und *dionysisch*. Das Apollinische stand für die Herstellung von Ordnung, Harmonie und Ästhetik (Kultur), das Dionysische hingegen für das Rauschhafte im Menschen, das Triebhafte, das schöpferisch Ekstatische (Natur).

Friedrich Wilhelm Joseph Schelling hatte diese Begriffe geprägt und Friedrich Nietzsche hatte sie bekannt gemacht, um sein Konzept vom Übermenschen zu stützen, dem ja vor allem die dionysischen und archaischen Eigenschaften innewohnen sollten. Friedrich Nietzsche selbst hingegen war das komplette Gegenteil dieses Konzepts gewesen. Natürlich, er hatte Richard Wagner verehrt, daher kam wohl die Bewunderung für das Archaische, doch Nietzsche hatte dauernd gekränkelt, ein schwacher Körper und selbst der Geist hatte irgendwann gestreikt: Er soll etwa das letzte Viertel seines vierundfünfzigjährigen Lebens in geistiger Verwirrung, in Umnachtung, wie man so schön zu sagen pflegte, verbracht haben. Das zeigte doch, wie abhängig die Philosophie von den Biographien der Philosophen war.

Ich konnte mich schnell in diesen Gedanken verlieren. Es fiel mir jedoch schwer, mich nicht von jedem Eichhörnchen oder jedem Reh ablenken zu lassen. Meine Bewunderung für die Außenwelt ging meinen Gedanken weit voraus. Das war der Punkt, an dem sich die Philosophie im Grunde messen ließ: War ein Gedanke so stark, dass er an der Realität bestehen konnte?

Ich stieß bald auf einen riesigen See. Er war natürlich zugefroren, aber ich stellte mir vor, wie dort im Sommer die Dorfbewohner badeten, an guten Tagen, bei fünfzehn, vielleicht zwanzig Grad. Ich schlitterte ein wenig auf ihm herum, nahm viel Anlauf und rutschte auf den Sohlen quer über die Oberfläche. In mir wuchs die Euphorie, ich jaulte laut herum, schwärmte für diesen schönen Tag, als hatte die Dunkelheit in dieser Landschaft, in dieser meiner innersten Landschaft, nie existiert.

Und als ich später zurückkehrte, da gab es nichts Wärmenderes als von Jana zu hören: »Ich habe dich bis hierher gehört.«

25. Januar

Es war mittlerweile Mittwoch und wir beide spazierten unten im Tal über vereiste Wiesen und Äcker. Ich wollte ihr ein wenig die Gegend zeigen, dabei merkte ich, dass ich sie selbst noch nicht kannte. Dauernd fragte sie: »Was ist dies? Was ist das?« und ich konnte nie etwas anderes antworten, als »Gute Frage, weiß ich nicht, sieht aus wie eine alte Scheune oder so«. Und sie sagte dann, dass es total schade sei, dass die jetzt so sehr verfällt, dass man daraus ja eine kleine Konzert-scheune hätte machen können, sie hatte von so etwas aus den Staaten gehört, in West Virginia hatte man mitten im Wald so eine Scheune errichtet, das hatte sie letztens in einem Be-richt gesehen. Und ich sagte: »Ja, das könnte eine gute Idee sein. Ich mag es, wenn man besondere Musik an besondere Orte holt, man muss nur die Leute dafür finden«, und ich fragte sie, ob sie denn das Red Rocks Ampitheatre in der Nähe von Denver kannte. Sie verneinte. »Ja«, sagte ich ihr, »vielleicht werde ich ja eines Tages ein kleines Konzerthaus im Niemannsland bauen. Mitten im Wald oder direkt am Meer. Vielleicht auch beides.«

»Ich werde Stammgast sein«, lächelte sie.

Wenig später begegneten wir Stina. Sie sah sehr geschäftig aus, aber ich hielt sie zum kleinen Smalltalk an. Wer hätte gedacht, dass ich mal jemanden zum Smalltalk anhalten wür-de? Ich erklärte Jana, dass sie eine von den drei Personen sei, die ich aus dem Dorf kannte und stellte die beiden einander vor.

»Wir hatten zusammen ein Date«, sagte ich, um Stina ein wenig aus der Komfortzone zu schubsen. Sie bejahte. Ich legte nach: »Es war ein schönes Desaster, eigentlich wollte *ich* den Abend ja vermasseln, aber dann haben sie und Bo gekotzt«, erklärte ich Jana. »Es war wirklich entzückend.«

»Neeeein, nicht wirklich?« Sie machte große Augen.

»Doch, doch«, sagte Stina peinlich berührt. »Aber Adrian, da war noch etwas, das ich mit dir besprechen wollte.«

»Mit mir?«

»Entschuldigst du uns kurz?«, fragte sie Jana und nahm mich beiseite, nachdem Jana verständnisvoll genickt hatte. Wir gingen ein paar Meter allein.

»Also, Adrian. Es tut mir nochmal leid, dass ich so schnell abgehauen bin, letzte Woche Dienstag.«

»War es Dienstag?«

»Ja, genau. Wie gesagt, es tut mir leid.«

»Man könnte sagen, du bist praktisch verdunstet.«

»Ich weiß. Deswegen wollte ich auch mit dir reden. Es war nämlich nicht nur deswegen. Ich wusste sofort, dass ich einen Test machen muss.«

»Einen Test?«

»Ja, einen Test. Du weißt schon.«

»Um deine Datefähigkeiten zu prüfen?«

»Adrian, du Trottel, ich bin schwanger.«

Ich schaute sie etwas schief an, bis der Gedankengang im Wernicke-Zentrum meines Schläfenlappens angelangt war.

»Oh... Wow! Aber nicht von mir! Das kannst du dir abschminken!«

»Es ist alles gut. Du kannst es ja nicht gewesen sein. Ich wollte das nur nochmal aufklären, denn das war an dem Abend das letzte Zeichen, das ich gebraucht habe. Mir war nämlich schon den ganzen Abend schlecht.«

»Ach, ich verstehe. Deswegen hast du auch gekotzt. Klar.«

»Wenn dir das in dem Moment klar wird, ist es natürlich nicht mehr möglich, so ein Date weiterzumachen.«

»Es wäre in eine noch merkwürdigere Richtung abgedriftet, das ist wahr. Aber sag mal, willst du es denn austragen?«

»Ich denke schon. Ich bin verdammt jung, aber mir steht im Prinzip nichts im Wege. Meine Eltern sind auch in der Nähe, gerade in Rente gegangen, da wird immer jemand sein, um sich zu kümmern, wenn ich im Café meiner Freundin arbeite. Ehrlich gesagt, ich freue mich darauf. Manchmal überwältigt einen alles, aber es fühlt sich irgendwie richtig an. Das ist jetzt meine Aufgabe.«

»Davor habe ich Respekt... Wirklich... Und der Vater?«

»Er weiß davon. Und wenn er unbedingt Vater sein will, dann wird er schon auftauchen. Wenn nicht, ist es mir auch recht.«

»Das klingt, als seist du sehr im Frieden mit allem«, sagte ich.

»Was soll ich auch sein? Wenn einem etwas Bedeutendes bevorsteht, dann sollte man sich nicht einfach wegducken oder rumjammern. Man sollte es aufrecht angehen und wenn man dann untergeht, dann wenigstens mit wehenden Fahnen.«

»...und einem Kind!«, lachte ich.

»Nein, es geht schon irgendwie immer weiter. Meinst du nicht auch? Aber so ein Kind abtreiben, das könnte ich nicht...«

Ich spürte, dass sie versuchte, ihre Furcht zu verbergen. Dass sie so optimistisch gestimmt war, schien mir zum größten Teil Autosuggestion zu sein.

»Ja... Das sollte eigentlich der springende Punkt sein«, sagte ich. »Die Substanz dessen, was man aus Erfahrung lernen kann. Dass es immer irgendwie weitergeht.«

»Ich muss jetzt auch weitergehen«, sagte sie. »Viel Glück noch mit ihr.« Sie deutete auf Jana und verabschiedete sich von mir.

»Was? Ach, du meinst *wir* beide? Nein, das ist gar nicht, nein, nein.« Sie nickte mich ironisch an. »Aber dir alles Gute!«, meinte ich. »Du kriegst das hin!«

»Erstmal muss ich es *raus* kriegen, Adrian! Erstmal muss ich es *raus* kriegen.«

Abends saßen wir zum Essen draußen auf dem Boden, die Holzstapel im Rücken, den Blick emporgehoben. Wie ein Stoff in Schwerelosigkeit waberte das Polarlicht über unseren Köpfen, über der Hütte, über den Bäumen, über den Bergen. Die Nudeln schmeckten nicht. Versalzen. Jana hatte sie zubereitet. Sie selbst merkte es sicher nicht, ihr Gemüt war vollkommen vom Himmel zerstreut. Die Polarlichter waren doch etwas, das jeder einmal in seinem Leben gesehen haben wollte. Dass es jedoch so schnell dazu kommen würde, damit hatte sie nicht gerechnet. Und so waren auch die Nudeln egal. Ich ließ mir deswegen nichts anmerken, auch wenn ich das Gefühl hatte, dass ich meine Fertigkeiten ihr gegenüber hier im Wald vervielfacht hatte. Ich hatte für mein Leben gelernt, ich hatte gelernt, was es hieß, sich weitestgehend selbst zu versorgen, sich das Haus warm zu halten, aus einfachen Mitteln ein annehmbares Essen zu kreieren, hatte gelernt, dass die Natur nach einer Weile zur besten Sanitäranlage wurde, die man sich wünschen konnte, auch wenn einem manchmal so kalt wurde, dass man sich am liebsten wie ein Fötus zusammenrollen wollte. Ich hatte dennoch gelernt, der Kälte zu widerstehen, hatte gelernt, mich anzupassen. Mich einem System anzupassen, das wir uns alle nicht ausgesucht hatten und das nur existierte, weil es so gut funktionierte. Ich hatte es mir nicht ausgesucht, doch eine andere Wahl hätte ich, wenn ich darüber entschieden hätte, was hier auf der Erde stattfinden sollte, sicher auch nicht getroffen.

»Ich muss dir was beichten«, sagte Jana.

»Die Nudeln? Nein, die sind wirklich ganz gut. Wirklich ganz gut.«

»Nein, nicht die Nudeln.«

»Sag mir bitte nicht, dass wir keinen Schnaps mehr haben.«

»Dem Schnaps geht es auch gut. Was ganz anderes. Ich habe dich zu den Prüfungen angemeldet.«

»Du meinst hoffentlich nicht die Prüfungen, an die ich jetzt denke, oder? Sag mir bitte, dass es nicht die sind...«

»Die Semesterprüfungen.«

Ich stellte den Teller mit den Nudeln weg und ließ ein unangenehmes Schweigen entstehen, schaute ernst auf den Baumstumpf, auf dem ich dauernd gesessen hatte, um den Himmel zu beobachten. Ich kaute auffällig verspannt.

»Es tut mir leid. Aber ich dachte, es wäre gut, um dir ein wenig auf die Sprünge zu helfen.«

»Um mir auf die Sprünge zu helfen?! Bin ich denn etwa ein Kind?«

»Du hast dich so angestellt...«

»Jana, das geht einfach zu weit. Was dachtest du, was ich jetzt sage? Wenn ich an diesen Prüfungen hätte teilnehmen wollen, dann hätte ich mich selbst angemeldet.«

»Du hast doch damit jetzt nichts zu verlieren...«

»Wann?«

»Was meinst du?«, fragte sie.

»Wann finden sie statt?«

»Ab dem 30. Januar. Das ist nächste Woche Montag.«

»Jana!«, klagte ich. »Was ist in dich gefahren?! Wie hast du das angestellt?«

»Du hast mir irgendwann mal ein Foto geschickt. Wir haben uns über Bürokratie aufgeregt. Und auf dem Foto war deine Kennung mit drauf. Und dann brauchte ich nur noch die TAN-Listen.«

»Hattest du diese kriminelle Energie schon immer?«

»Das ist Hinwendung, keine kriminelle Energie.«

»Eine äußerst verkappte Form der Hinwendung. Wirkliche Hinwendung wäre das Verständnis für meine Lage. Das Respektieren meiner Entscheidungen...«

Eingeschüchtert schaute sie in ihre Nudeln.

»Aber... aber... Wenn du einen Junkie als Freund hättest, würdest du zulassen, dass er sich den goldenen Schuss setzt, nur weil es seine Entscheidung war und du das respektierst?«

»Jeder hat das Recht zur Selbstzerstörung. Solange ihm bei der Entscheidung dazu noch die freie Wahl bleibt. Abgesehen davon bin ich kein Junkie und zerstöre mich auch gerade nicht selbst. Ich flicke mich gewissermaßen wieder zusammen.«

»Aber du hast doch die freie Wahl. Du kannst es selbst entscheiden, ob du mit mir am Sonntag mitkommst und ab Montag die Prüfungen ablegst oder eben nicht. Ich wollte dir einfach eine weitere Möglichkeit geben. Aber niemand killt dich, wenn du da Montag nicht auf der Matte stehst, auch wenn es schade wäre. Und fühl dich nicht wegen mir ver-

pflichtet. Das hat keine fünf Minuten gedauert, dich da anzu-
melden. Es war kein Aufwand. Wenn du es nicht machst,
werde ich dir das auch immer vergeben. Okay?«

»Vergebung reichert die Schuld an…«, sagte ich.

Wieder dieses Schweigen. Dieser flüsternde Windhauch aus
dem Osten kommend, der um die Ecken des Hauses zog, der
die Stämme der Bäume streichelte. Ich kratzte jede Über-
windung in mir zusammen und klopfte ihr auf die Schulter:

»Vielleicht überlege ich es mir mal.«

Sie nickte hoffnungsvoll und wischte mir behutsam über
den Arm. Sie legte ihren Teller mit Nudeln beiseite und
rückte an mich heran und sagte: »Die Dunkelheit hilft uns
allen beim Leuchten.« Sie legte ihren Kopf auf meine Schulter.

Sie brachte es tatsächlich fertig, meinen Herzschlag zu erhöhen. Da war diese körperliche Wärme, völlig unschuldig
und ohne Kalkül, monatelang hatte ich sie herbeigesehnt.
Nun war sie da. Ich spürte den Puls ihrer Halsschlagader an
meiner Schulter. Ein einsames und fremdes Pochen, das
einen ganzen Organismus am Leben zu halten schien. Natürlich war da dieser Kuss gewesen, doch der zählte nicht, er
war unbedeutend. Jetzt war es anders. Ich liebte sie nicht.
Doch ich suhlte mich gerne in ihrer Nähe.

Ich fragte sie, woher sie den Spruch kannte.

»Ist doch egal, woher ich das habe«, sagte sie dann. Sie hatte
recht. Es war egal.

VIERTE WOCHE

Schöne Tage vergingen schnell. Und wenn sie zur Routine wurden, dann vergingen sie wie im Fluge.

Es war unbedeutend, was wir taten. Es war nicht wichtig, womit wir diese uns gegebene Zeit füllten. Ob wir nun mit Bo spazieren gingen und er eine Vorliebe für Jana entwickelte oder ob wir den ganzen Tag in der Hütte hockten und quatschten. Ob wir nun zum Meer liefen oder ob jeder für sich ein Buch las. Es brachte nichts, Einfluss auf das Zeitgefüge nehmen zu wollen, denn unsere Zeit würde so oder so enden. Und bald war es soweit. Es war bereits Samstag.

Manchmal, wenn man morgens aufwachte, dann fragte man sich, ob etwas wirklich passiert war, oder ob man es nur geträumt hatte. Ich, für meinen Teil, war mir nicht sicher.

Der Mond hatte in der Nacht stark geschienen, die Schatten waren in unsere Hütte gefallen. Meiner Schätzung nach war ich gegen drei oder vier aufgewacht, hatte nur mit den Augen geblinzelt und gemerkt, dass Jana mich lächelnd angesehen hatte. Ich hatte ihr das Bett doch alle sechs Nächte überlassen und sie hatte darauf gelegen, den Kopf auf den Unterarm gestützt, mich beim Schlafen beobachtend.

Ich glaubte, dass sie es nicht gemerkt hatte, dass ich sie dabei gesehen hatte. Sie wäre doch sicherlich davongeschreckt, hätte sich weggedreht oder so getan, als schliefe sie. Ab und zu hatte ich das Gefühl, dass sie wie ein Reh war und mein Blick war das Scheinwerferlicht. Ja, man konnte sagen, ein vierzigtonniger Sattelzug mit Lichthupe.

Sie wich mir manchmal aus, konnte dem Druck eines Blickes nicht standhalten. Ich fand es etwas merkwürdig. Ich kannte sie anders. Ich kannte sie als Mutige, als Zynikerin, als direkt. Doch seitdem sie von ihrer Reise durch Europa wiedergekehrt war, hatte ich sie anders erlebt, sie war sanft geworden, sie wirkte zierlicher und ruhiger, aber auch irgendwie fröhlicher. Ich fragte sie öfters, warum sie wohl so fröhlich war und sie sagte immer nur: »Na, weil es mir gut geht.«

»Manchmal fühle ich mich wie Sokrates«, sagte ich, als wir am letzten Abend vor ihrer Abreise am Lagerfeuer unter den Sternen saßen. »Wirklich jetzt. Er soll seine Mitmenschen dermaßen genervt haben, soll jeden sofort nach dem Sinn des Lebens gefragt haben, so anstelle des Smalltalks. Da macht man doch als normaler Mensch einen Bogen um ihn, ist doch klar. Aber ehrlich, ich sehe eigentlich genauso wenig ein, warum ich mich mit unbedeutenden Dingen beschäftigen soll. Vielleicht bleibt ja am Ende ein Bodensatz an Menschen übrig, die trotzdem noch mit mir reden wollen...«

»Da bin ich mir nicht so sicher, doch auf mich kannst zu zählen, denke ich, solange du nicht völlig abdrehst und irgendwann anfängst, dir Katzen zu kaufen oder so«, grinste sie.

»Ich übernehme keine Garantie. Jeder treibt in seinem eigenen Brackwasser. Du müsstest mich schon warnen, wenn ich vom realen Leben abdrifte.«

»Ich werde ein Auge drauf halten. Aber in meinen Augen bist du ein ungeschliffener Diamant. Da ist ein wenig Wahnsinn erlaubt!«

»Ach was, ich bin ein ungeschliffener Stein! So einfach ist das.«

»Doch eines wird dir doch irgendwie nicht klar, oder?«

»Was denn?«

»Was du alles aus deinem Leben machen könntest, wenn du nicht so verdammt selbstkritisch wärst.«

»Aber das ist mein Antrieb, ohne diesen Zweifel würde ich ja gar nichts mehr zustande bringen.«

»Aber trotzdem, du könntest so viel machen. Du könntest Filme drehen... Du könntest Bücher schreiben! Du könntest den Menschen zeigen, wie du die Welt siehst. Könntest persönliche Gedanken darin einfließen lassen.«

»Bücher schreiben?! Du bist lustig. Ich würde das Ganze gar nicht durchhalten. Ich würde mir vornehmen, Romane mit vierstelligen Seitenzahlen zu schreiben und rauskommen würde eine Kurzgeschichte. Ich bin dafür viel zu sprunghaft. Und ich habe irgendwie nicht das Gefühl, dass ich dazu genug erlebe...«

»Darauf kommt es nicht an. Es gibt Leute, die können selbst einer Fliege Bedeutung geben und das über zweihundert Seiten ausführen.«

»Ich bin keiner dieser Menschen. Ich würde über etwas schreiben wollen, das wirklich Relevanz hat, nicht über mein eigenes Leben...«

»Du könntest solche Beziehungsromane schreiben, das Pendant zu den Filmen von Richard Linklater. Du weißt schon, *Before Sunrise*, *Before Sunset* und wie hieß der letzte?«

»*Before Midnight*...«

»Ja, den meinte ich«, sagte sie.

»Das könnte ich nicht. Du weißt, wie lang die Dialoge sind! Woody Allen kann Dialoge schreiben, aber ich nicht.«

»Ich denke, um gute Dialoge schreiben zu können, muss

man sie einfach nur führen können. Ich weiß nicht, ob sich auch nur ein einziger Mensch für das interessieren würde, was wir gerade sagen, aber ich denke doch, dass die meisten Gespräche da draußen deutlich... unambitionierter ablaufen!«

»Ich weiß nicht... Ich kann nicht entscheiden, ob mein Leben dafür etwas hergibt... Die Welt ist einfach so abgedreht... Zum Beispiel...«, grübelte ich. »Es gibt Leute, die haben eine solche Angst, ihren Partner zu verlieren, dass sie fremdgehen, um sich eine Fluchttür offen zu lassen, für den Fall, dass sie verlassen werden. Wer *das* macht, *der* sollte schreiben! Aber ich bin dazu nicht verrückt genug. Also, schon verrückt genug, aber nicht interessant genug...«

»Aber jeder kann doch theoretisch schreiben, was er will. Er muss es ja nicht erlebt haben.«

»Dazu ist mir die Authentizität zu wichtig, glaub mir. Ich kann über keinen Ort schreiben, an dem ich nicht war, ich kann keine Gefühle beschreiben, die ich nicht hatte, ich kann keine Menschen charakterisieren, die ich nicht kenne.«

»Aber meinst du nicht, dass du das erst weißt, wenn du es ausprobiert hast? Ich meine... Wenn du nichts ausprobierst, dann wirst du in diesen geraden Bahnen bleiben, du wirst weiter studieren und am Ende einen Job haben, den du nie wolltest. Ich glaube nicht direkt, dass jemand nach Philosophen sucht. Es sei denn, der Philosoph kann gut schreiben.«

»Ich finde Filmemachen besser«, sagte ich. »Diese visuelle Komponente spricht ganz anders zu den Leuten. Es ist weniger aufwendig, eine wirkliche Atmosphäre zu erschaffen.«

»Wenn es das für dich ist, dann mach Filme!«

»Ach, ich weiß nicht... Ich bin so beschäftigt mit meinen Gefühlen. Gibt es keine Festanstellung als Liebender? Da wäre ich eine Koryphäe.«

»Da fällt mir ein, ist dir mal aufgefallen, dass irgendwie niemand in der romantischen Literatur einen wirklichen Job hat? Ein nicht ganz unbedeutender Teil ist schon mal adelig und dann gibt es noch diesen ganzen mittellosen Künstler oder Gauner... Weißt du, was ich meine? Es spielt einfach nie eine Rolle, ob oder was jemand beruflich macht. Es hat einfach keinen Einfluss auf die Romanze. Das Thema wird einfach komplett totgeschwiegen.«

»Einiges wird ausgeblendet, glaube mir... Aber welche Romanzen meinst du? Denn ich glaube, dass das vor ein paar Jahrhunderten noch nicht so eine starke Rolle spielte... Der Stress, meine ich. Ich meine, im Mittelalter war Burnout noch eher das Synonym für Hexenverbrennung, meinst du nicht auch?«, erwiderte ich.

»Weiß nicht...«

Das Feuer knackste immer wieder laut, als wollte es uns mit Zwischenrufen unterbrechen. Mir wurde langsam ziemlich warm. Ich saß zu nah am Feuer, mein konzentrierter Blick konnte Jana auf der anderen Seite des Feuers nicht mehr erspähen.

»Liebst du Iona noch?«, fragte sie mich.

Ich holte tief Luft.

»Jana, das ist so schwer zu sagen. Aber eigentlich nur, wenn ich an sie denke. Es gibt Beziehungen zwischen Leuten, die existieren nur, wenn sie sich sehen. Und es gibt Arten der Liebe, die es nur gibt, wenn sie zum Gegenstand eines Gedankens werden.«

»Ist das ein Ja?«

»Mehr ja, als nein. Ein Nein wird es wohl erst geben, wenn

ich mich eines Tages neu verlieben sollte. Wenn denn überhaupt...«

»Ich glaube, so schwer ist das mit dem Verlieben nicht.«

»Dachte ich eigentlich auch...«

»Man kann sich in jeden verlieben, wenn man nur genug Zeit mit ihm verbringt, weißt du?«

»Ja? Meinst du?«

»Nehme ich mal an...«, sagte sie und wischte sich über die Wange. Sie begann, etwas mit sich zu hadern. Sie suchte nach Worten.

»Weißt du... Ach man...«

»Jana, was ist?«

»Ich wollte es dir nicht sagen, ich dachte, es würde alles kaputt machen... Aber ich muss es dir einfach sagen.«

»Dann sag es mir doch bitte.«

»Du darfst nicht sauer auf mich werden, hörst du?«

»Das sehen wir dann...«

»Nein, jetzt ernsthaft.«

»Keine Angst, ich werde ruhig bleiben.«

»Meine Fresse, jetzt beichte ich dir fast jeden Abend was. Letztens das mit der Semesterprüfung schon...«, fluchte sie vor sich hin. Ich schaute sie fragend an, aber sie konnte meinem ernsten Blick wieder nicht standhalten und wurde weich.

»Also... Ich habe Kontakt zu Iona aufgenommen.«

»Zu Iona?«, fragte ich bedächtig.

»Ja...«

Wir schwiegen eine Weile. Nur das Feuer klagte wieder in der Stille.

»Du hast mir so oft erzählt, wie schlecht es dir deswegen

geht. Wie sehr du darunter leidest, dass du fast wahnsinnig wirst... Und ich dachte mir, vielleicht ist es ja einen Versuch wert, sie anzuschreiben, vielleicht würde sie ja antworten, vielleicht würde sie sich alles nochmal überlegen, weißt du?«

»Ja...«

»Ich habe ihr also geschrieben... Und sie hat geantwortet.«

Eine flächendeckende Gänsehaut zog durch meine Poren. Ich versuchte, ruhig zu atmen, nicht aufgeregt zu werden, zählte innerlich die Atemzüge durch, von eins bis drei, immer wieder von Neuem.

»Ja...«, sagte ich.

»Ich hielt es anfangs nicht für richtig, dir das zu erzählen. Es wäre nicht gut gewesen, es hätte dir nichts gebracht. Ich hätte dir sicher gesagt, dass es wohl besser sei, wenn du weiterhin versuchst, sie zu vergessen...« Sie hatte etwas Zerbrechliches in ihrem Ton. Es tat ihr wirklich leid. »Aber jetzt habe ich lange darüber nachdenken können und wenn du sie wirklich noch liebst, vielleicht wäre es ja wirklich das Beste, wenn du nochmal dein Glück versuchst. Es ist komisch, dass ich das sage und vielleicht lasse ich dich damit ins offene Messer laufen, aber ich will nicht ausschließen, dass du eine Chance hast. Ich will nicht diejenige sein, an der es gescheitert ist. Du bist mir zu wichtig...«

Nachdem sie aufgehört hatte zu reden, ließ ich ihr noch etwas Zeit, um noch etwas nachzutragen, vielleicht hatte sie nicht alles von dem gesagt, was sie ursprünglich sagen wollte, vielleicht wollte sie noch eine Fußnote beifügen, ich wusste es nicht.

Als ich mir sehr sicher darüber war, dass sie auf meine Reaktion wartete, versuchte ich meine Gedanken zu fassen und ihnen eine Form zu geben. Ich ging der Frage nach, die ich am dringendsten beantwortet haben wollte.

»Du hast gesagt, sie hat geantwortet. *Was* hat sie geantwortet?«

»Adrian, bringe mich bitte nicht in diese Situation... Das ist nicht gut.«

»Also hat sie etwas geantwortet, das dich davon überzeugt hat, dass ich keine Chance mehr bei ihr habe?«

»Nein, so nicht. Sie war sehr nett zu mir. Sie war wirklich so, wie du sie mir beschrieben hast. Aber es wäre nicht fair, ihren Wortlaut wiederzugeben.«

»Dann sinngemäß.«

»Das geht doch auch nicht. Reicht dir nicht mein Rat?«

»Dein Rat?«

»Ich will nicht, dass du dir große Illusionen machst, aber wenn du sie wirklich nicht vergessen kannst, dann versuch es nochmal. Sie ist es sicher wert.«

»Ich soll mir keine Illusionen machen? Also habe ich keine Chance?«

»Adrian, du wirst von mir nicht erfahren, was sie geschrieben hat, okay?«

»Jetzt hast du aber damit angefangen...«

»Vielleicht hätte ich es lassen sollen, es tut mir leid, vielleicht hätte ich es einfach so ertragen müssen, wie es ist. Mach es mir bitte jetzt nicht so schwer...«

»Aber du weißt, wie das ist«, sagte ich.

»Das weiß ich wohl...«

»Es ist schwerer, nur einen Happen zu essen, als gar nichts. Es ist schwerer, jemand Geliebtes nur aus der Entfernung zu sehen als gar nicht. Es ist schwerer, jemanden zu verlieren als ihn nie gehabt zu haben.«

»Es tut mir leid... Aber ich kann nicht mehr dazu sagen.«

»Du lässt mich jetzt, nachdem du dir das von der Leber geredet hast, einfach im Regen stehen? Komm schon, all or nothing at all!«

Sie schüttelte tapfer den Kopf. Ich seufzte.

»Entschuldige mich, während ich zerberste...« Ich stand auf und holte mir aus der Hütte noch etwas Tee.

»Keinen Schnaps! Hörst du?«, schallte es mir in den Rücken.

Aus Trotz panschte ich meinen Tee. Aber nur ein bisschen. Als ich wieder ans Feuer zurückkehrte, sagte sie: »Adrian, es ist jetzt genauso schwer für mich zu ertragen, wenn du deswegen so leidest.«

»Dann erzähl mir, was sie geschrieben hat. So schwer ist es doch nicht. Dann kann ich ruhig schlafen.«

»Nein!«

»Oder machen wir es so, ich suggeriere etwas und du nickst oder schüttelst den Kopf, okay?«

Sie nickte. Sie war einverstanden. Ich wollte es ihr so einfach wie möglich machen. Sie brauchte es nur abzunicken.

»Okay, okay, okay...«, sagte ich. »Sie hat dir etwas geschrieben, das dich davon ausgehen lässt, dass du mir lieber keinen Mut machen solltest?«

Sie nickte. Verdammt, sie nickte so traurig.

»Gottverdammt!«, schrie ich in die dunkle Nacht. »Aber wieso hast du es mir dann überhaupt erzählt, wenn es doch sowieso vergeblich ist?!«

»Ich weiß es doch nicht! Weil ich dir eine Chance geben wollte... Weil ich weiß, wie viel sie dir bedeutet... Weil ich nicht zwischen euch stehen wollte... Weil ich mir nur vergeben kann, wenn ich mich zurücknehme...«

»Wenn du dich zurücknimmst? Dich selbst etwa?«

»Jaaa...«

Ich hätte sie so gerne getröstet. Doch ich fühlte mich einfach wie ein Stück Dreck.

29. Januar

»Wirst du dich einsam fühlen?«, fragte sie mich.

Es waren die letzten Minuten unserer platonischen Zweisamkeit. Als ich sie umarmte, sah ich hinter ihr die Fähre näher kommen. Vielleicht hatten wir noch eine Handvoll Minuten.

»Also?«, meinte sie.

»Was *also*?«

»Wirst du dich ohne mich einsam fühlen?«

»Ich denke, Alleinsein ist schwerer, wenn man mal Gesellschaft hatte. Aber du warst mir eine gute Gesellschaft.«

Ich spürte, wie sehr sie das freute. Ihr Lächeln entblößte kleine Grübchen.

»Und du willst wirklich nicht mitkommen?«

Sie fragte mich eine dieser rhetorischen Fragen, wir beide wussten, dass meine Entscheidung feststand, doch es war ja einen Versuch wert.

»Jetzt gerade bin ich hier besser aufgehoben. Aber viel Erfolg bei den Prüfungen. Ich würde gerne die Gesichter der Prüfer sehen, wenn sie merken, dass sie schon eine ganze Weile auf mich warten.«

»Ich glaube, die sind da knallhart, dann kommt halt der

Nächste dran... Aber ich will nicht über so etwas reden... Was machst du heute noch?«

»Was noch so ansteht, denke ich... Ich muss bald wieder einkaufen. Aber nicht mehr heute. Von daher... Sag mal, wann bist du genau zuhause?«

»Gegen neun, glaube ich, wieso?«

»Keine Ahnung... Schreib mir, wenn du da bist. Ich lese es dann irgendwann...«

»Was meinst du, wann wir uns wiedersehen?«

»Na ja... Vielleicht nächsten Monat?«

»Das heißt, in drei Tagen?« Sie grinste.

»Wäre dir *in einem Monat* lieber?«

»Ach, ich weiß nicht...«

»Meine Güte, wir sollten uns mehr mit dem Unterhalten anstrengen, so einen Dialog könnte man in kein Buch schreiben.«, sagte ich.

»Ach, ich bin gerade so... schlicht besaitet.«

»Du hast noch einen langen Tag vor dir, du solltest gehen...«, sagte ich dann.

Die Fähre öffnete gerade ihre Klappe und die ersten Autos fuhren aufs Festland, verstreuten sich in alle Richtungen. Sie nickte. Sie nickte so, wie niemand angenickt werden wollte. Wir beide wussten, was ihren Blick mit Trauer behaftete.

»Du bist was wert«, sagte sie zu mir.

»Das sagst du gerade mir? Schau dich an, du Altruistin. Alle sagen, man könnte das nicht abwägen oder bewerten, aber manchmal muss man es einfach frei heraus sagen: Du bist schlicht und einfach ein besserer Mensch.«

Bevor sie mir widersprechen konnte, gab ich ihr einen wilden Kuss auf die Wange, umarmte sie flüchtig und löste mich wieder von ihr. Ich wünschte ihr einen guten Flug und ging ein paar Schritte rückwärts. Ich schaute ihr nochmal ins Gesicht und hob den Arm, bevor ich mich umdrehte, um mich endlich wieder auf den Weg zu machen. Ich hatte sie regelrecht zum Abschied gezwungen. Sie war verwirrt stehengeblieben, hatte mehrmals zum Sprechen angesetzt, doch vergeblich, ihr kam kein einziges Wort mehr heraus. Ich hatte sie überrumpelt.

Natürlich hatte ich gerade eine große Szene vermasselt. Willentlich hatte ich das romantische Potenzial zerschlagen, hatte das Happyend in die Flucht geschlagen, eine Lücke musste doch bleiben. Ich hätte Jana küssen können, dieses Mal so richtig, romantisch bis zum Gehtnichtmehr, *french kiss* bis zum Abwinken, sie hätte sich das sicher nicht getraut, nicht nach dem, was sie alles von mir wusste, aber ich hätte es sicherlich tun können. Doch musste ich meiner Tradition gerecht werden: Ich hatte Frauen noch nie geküsst, wenn es gerade gepasst hatte.

Immer, wenn ich in diese verlegene Situation gekommen war, dann war ich erstarrt wie Lenin in seinem Mausoleum, ich war plötzlich eine Wachsfigur. Nein, nein, meine Küsse kamen unerwartet, selbst für mich.

Doch zurück zu Jana. Bei realistischer Betrachtung musste man auch folgende Berücksichtigungen treffen: Sie hätte mit großer Sicherheit ihre Fähre verpasst, das konnte nicht gut sein, ihre Flüge wären ihr somit auch entgangen und dann hätte sie hier festgesessen. Ja, und ich? Ich hätte so tun müssen, als wäre der Kuss ein Ausdruck meiner Gefühle gewesen, was er nicht gewesen wäre. Ich liebte sie ja nicht. Die Hoffnungen, die dieser Kuss vielleicht hätte schüren können, sie wären ins Unermessliche angestiegen. Nochmal, ich liebte sie nicht. Ihre Lippen hatten heute sowieso spröde aus-ge-sehen.

Nein, nein, ich ging lieber zurück in meine kleine Hütte. Schaute nochmal auf das Bild von Edward Hopper. Jeden Tag hatte es anders ausgesehen. An manchen Tagen wirkte es regungslos und verkrampft, an anderen Tagen wiederum schien es fast, als war dieser Mann in Begriff, mich im nächsten Moment anzugucken. Zu fragen: »Was glotzte denn so?«. Und die Frau würde sich aus dem Schlaf umdrehen und sagen: »Gaff' mir nicht so auf den Hintern, du Armleuchter!«. Und sie würden danach wieder zurück in die alte Pose fallen und so bleiben, bis ich wieder so einen Tag hatte, an dem mich irgendwie alles ansprach.

Ich musste es zugeben: Auch heute sprach vieles zu mir. Doch in Traurigkeit. Am Abend fiel die Einsamkeit über mich her. Ich hatte mich in den düsteren Wald gesetzt. Der Schnee rieselte aus der Dunkelheit, dieses stille Stöbern schien meine Rastlosigkeit zu besänftigen. Es war wie ein Flüstern und es machte einem weiß, dass man eine leise Stimme darin hören konnte, die delphisch zu einem sprach.

Eines wurde mir endlich klar: Ich konnte ein zurück-gezogenes Leben in den Wäldern nicht schultern. Doch wieso war ich dann hier geblieben? Weil ich gewusst hatte, dass Zuhause nichts Besseres als Einsamkeit auf mich warten würde, während ich hier nur das Alleinsein ertragen musste?

Natürlich hatte ich Jana. Aber nur ein Mensch bedeutete nie das Ende der Einsamkeit, na ja, vielleicht schon, wenn man verliebt war, aber auch das Verliebtsein hatte ein vorge-schriebenes Ende. Ich hatte alle meine Chips auf Iona gesetzt und jetzt, wo meine Chancen aufs Verlieren groß waren, sah ich mich schon mit leeren Taschen das Kasino verlassen. Was hatte sich schon verändert, während ich hier gewesen war?

Meine Wohnung durfte mittlerweile sanierungsbedürftig sein, Ben lag bereits tief unter der Erde und niemand hatte wohl wirklich bemerkt, dass ich weg gewesen war, dass ich wenigstens einen Versuch gestartet hatte, mich bedeutend zu verändern.

Ich fand den Gedanken leicht wahnsinnig, aber kurz dachte ich darüber nach, ob ich nicht nochmal Kontakt zu Stina aufnehmen sollte. Sie schien in gesicherten Verhältnissen zu leben. Und dort war ein Kind ohne anwesenden Vater, zwar nicht mein Kind, aber ein Kind war doch immer eine sinn-stiftende Aufgabe. Vielleicht konnte ich noch etwas bleiben und ihr ein wenig helfen, mit allem fertig zu werden. Vielleicht fand ich hier ja sogar einen kleinen Job, mit dem ich mich über Wasser halten konnte, vielleicht gab es ja wirklich eine Aussicht. Aber ich war mir zu unsicher. Wo musste ich abbiegen, um das gelungene Leben nicht zu ver-passen? Oder liefen Lebenswege nicht so passiv ab? War es ein Trugschluss, dass man im Leben dauernd in Bewegung war und sich nur entscheiden musste, wohin man abbog? So, als wenn einem jede Möglichkeit in den Schoß fiel? Vielleicht dachte man ja nur, dass man schon in Bewegung war, vielleicht stand man ja noch auf der Auffahrt, mit kaltem Motor, auf dem Bahnsteig, am Gate, am Hafenkai. Wer sein Leben wirklich ins Rollen brachte, verdiente meinen größten Respekt. Damit meinte ich kein Leben, das den Parametern des Erfolgs entsprach. Ich dachte an jemanden, der ständig über die Grenzen seiner Komfortzone sprang, an jemanden, der sich ständig veränderte, das war ohne Frage mutig, weil er davon ausgehen musste, dass sich die Welt um ihn herum nicht in demselben Maße mitveränderte und er plötzlich alleine dastand. *War das ich?* Hatte ich mein Leben vielleicht doch verändert? Wurde ich so einsam, weil ich alle hinter mir gelassen hatte? Weil jeder andere sein Leben normal weiterlebte, *nur ich* konnte das nicht?

Ich wusste es nicht. Ich war träge heute Abend. Und womöglich... womöglich rieselte das Leben nur so auf einen hinab, wie der Schnee, und man konnte einfach nichts dagegen tun.

Es war mir ein wenig egal geworden, ich schloss die Augen und fühlte, wie die Flocken auf meine Lider fielen, sie langsam auf den Wimpern schmolzen und es dann, wenn ich meine Augen wieder öffnete, meine Wangen hinabfloss, es gar aussah, als hatte ich geweint. Ich hatte es mir sogar ein wenig gewünscht. Weinen war gesund und reinigend. Aus den Zeiten meiner Depressionen hatte ich es gekannt, nicht weinen zu können. Einfach, weil man es nicht mehr konnte, man hatte keine Träne mehr übrig. Man flüsterte, obwohl man doch eigentlich schreien wollte. Das machte den Unterschied zur Traurigkeit oder zum Schmerz aus. Wer weinen konnte, der schien noch ein gesundes Verhältnis zu den Dingen zu haben, doch in der Depression gab es eine Taubheit, ein Erstarren des Weltverhältnisses, die Welt, sie sagte einem nichts mehr.

Doch schon vor langer Zeit hatte ich die Depression wieder gegen Gefühle eingetauscht. Gefühle, die mich wieder zu berühren vermochten, denn eine Depression gab nichts an an Energie her, die man sich anverwandeln konnte. Ich ließ mich lieber von Gefühlen erschüttern als den Dingen mit Gleichgültigkeit gegenüberzustehen. Ich war lieber ein Seismograph als ein Psychopath. Verständlich, nicht?

Ich fand, es war Zeit, mich zurück zu begeben. Ich stand auf und ging meinen Fußspuren nach, der pulvrige Neuschnee knirschte lauter als sonst. Nach etwa einhundert Metern rückte mein Heim in Sicht. Mit bescheidener Ruhe ging ich Schritt für Schritt, bis ich die Tür öffnen konnte und ins Innere eintrat.

Dieses Bild würde mich noch verrückt machen. Ein schmerzhafter Spiegel. *Exkursion in die Philosophie*. Schon allein der Name. Ich hängte es vom Nagel und zerschmetterte es auf dem Boden, um es nicht immer und immer wieder anblicken zu müssen. Dabei fiel mir etwas auf: Auf dem Rücken des Rahmens stand etwas Kleines geschrieben. Jemand hatte mit einem dünnen schwarzen Stift nur zwei Dinge niedergeschrieben:

alone = all one.

30. Januar

Ich begann, *Der Fremde* zu lesen und Camus' Lektüre schien mich zu beeinflussen. Das Bild von der Welt als Chaos und Anarchie, einem sinnentleerten Durcheinander, dem Leben ohne Sinn, *zum Glück*, musste man sagen, denn nur so konnte man dem Leben einen Sinn *geben*.

Ich hatte den Existenzialismus oder zumindest Camus' Gedanken schon immer als lebensbejahende Philosophie empfunden. Und das, obwohl ja betont wurde, dass das Leben keinen übergeordneten Sinn hatte, dass dem Leben kein Sinn immanent war, es sei denn, wir verliehen dem Leben eine Bedeutung. Darin lag, wie ich fand, eine große Chance und eine große Aufgabe zugleich: Wenn wir auf diese Welt kamen, waren wir vor dieses riesige Chaos gestellt. Doch dieses Chaos forderte einen sichtlich dazu auf, dem Leben einen Zweck zu geben, allein um diese Unordnung mit wirklicher Sinnhaftigkeit oder Bedeutung zu füllen. Und das ging, laut Camus, durch die Revolte gegen das Absurde.

Das Absurde konnte sein, jeden Tag, Tag ein, Tag aus, und ohne jeden erkenntlichen Mehrwert, zu ackern, wenn man doch eines Tages sterben würde. Das Absurde konnte die Ergebenheit dem Leben gegenüber sein, denn das Leben selbst war ja absurd. Folglich war es also auch absurd, sich damit abzufinden, sich nicht gegen diese Fremdheit des Gegebenen aufzulehnen. Es ging darum, trotz alledem ja zum Leben zu sagen. Es ging darum, das Absurde und die Willkür der Dinge zu erkennen, und sich *trotzdem* für das Leben zu entscheiden, indem man in die Revolte ging und gegen das Ausgeliefertsein rebellierte. Es ging darum, zu sagen: Es kann dir niemand vorschreiben, was dein Leben zu sein hat. Mache daraus das, was dir beliebt. Nur dadurch bekommt es einen Sinn. Das war, wie ich fand, ein ermutigender Gedanke.

Das einzige philosophische Problem blieb der Selbstmord, so Camus. Denn er war eine Antwort auf die Frage, ob das Leben überhaupt lebenswert war. Doch wer sich umbrachte, der floh vor dem Absurden, was an sich ja schon absurd war, da der Tod exakt genauso absurd wie das Leben war. Camus hatte es uns gezeigt: Er war 1960 bei einem Autounfall ums Leben gekommen, weil sein Auto an den einzigen Baum weit und breit gebrettert war. Das war, im offensichtlichsten Sinne, Absurdität. Doch gab es das Absurde auch in meinem Leben?

War meine Besessenheit, Iona betreffend, eine Verkörperung des Absurden? Und war der Versuch, mich davon zu befreien, die Revolte dagegen? Es war fast eine Tatsache, dass ich niemandem damit einen Gefallen tat, wenn ich an ihr festhielt, auch wenn sie noch immer von mir geliebt wurde. Und mein Selbstmitleid, das war eine Verkörperung der Ergebenheit, ich hatte immer so getan, als war ich der unglücklichen Liebe hoffnungslos ausgeliefert, was einer emotionalen Bankrotterklärung glich.

Der Mensch war ein höchst anpassungsfähiges Wesen, wieso also war es so schwer, sich an diesen Umstand anzupassen? Es schien, als liebte sie mich nicht mehr, wieso aber richtete ich noch immer mein Leben auf sie aus? Sicher, weil *ich* sie noch liebte. Und die Hoffnung, dass sie mich womöglich auch noch liebte, hatte mich über die Zeit getragen. Doch mittlerweile musste ich zugeben, dass ich zu viel wusste. Sie hatte nicht auf mich reagiert, egal, ob ich sie anrief oder ihr schrieb. Jana hatte mir bestätigt, dass es mehr oder weniger aussichtslos war. Die Hoffnung, sie hatte endgültig keinen Anlass mehr. Ich hatte nach dem Glück gesucht und die Wahrheit gefunden. Ich spürte, dass es ein für alle Mal an der Zeit war, aufzugeben... Die Sache an den Nagel zu hängen... Es war absurd, an unsere Liebe zu glauben. Auch wenn es das Einzige war, an das ich noch glauben konnte.
Noch einmal schrieb ich ihr...

Iona,

ich weiß nicht, wo du bist. Ich weiß nicht, was du machst. Ich weiß nicht mehr, wer du bist... Es zählt nicht mehr. Du hast deine eigenen Pläne. Ich hoffe, dass er nett ist, dich gut behandelt.

Dieses Leben ist so viel mehr. Es hat so viel gebraucht, um dessen gewahr zu werden. So viele Stunden, so viele Kilometer und die ein oder andere Narbe. Doch jetzt ist es Zeit.

Wie gerne ich doch jetzt vor dir stehen würde. Dir sagen würde, wie gut du mir getan hast. Du warst mal mein Atem. Mein Augenlicht. Mein Treibstoff. Mit dir war das Leben ein Superlativ. Mit dir war die Welt eine Umarmung. Doch jetzt ist es Zeit.

In den letzten Tagen hat es aus den Wäldern geschallt. Sie haben von dir gesungen. Man musste schweigen, um es zu hören. Der Wind hat deine Sprache gesprochen. Die Nacht hat mit deiner Stimme geflüstert. Ich war von dir umgeben, wenn auch nur in meinen Gedanken. Doch jetzt ist es Zeit.

Dies ist das Ende einer langen, langen Straße. Ich lasse dich gehen. Lasse dich leben. Lege dich zu den Akten. Ich bin geheilt. Versuche die Luft zu genießen, das Licht, das Wasser, die kleinen Dinge, die ich fünfundzwanzig Jahre lang als gegeben betrachtet habe. Aber nichts ist gegeben. Ich schaue über das weite Land und denke: Was für ein Zufall das alles ist. Was für ein Zufall, dass ich hier bin. Was für ein Zufall, dass du auch existierst. Was für ein Zufall, dass wir uns getroffen haben. Doch jetzt ist es Zeit.

Ich versuche, ein guter Mensch zu sein. Ich weiß nicht, was das sein soll, doch vielleicht kann ich es ja trotzdem sein. Ich versuche, mehr zu schöpfen als anzurichten. Ich versuche, die Gegenwart so zu lieben, wie ich die Vergangenheit verkläre und wie ich für die Zukunft hoffe.

Ein weiser Mann sagte einmal, dass das Phantastische am Leben ist, dass es weitergeht. Aber manchmal geht es eben woanders weiter. Es hat zweihunderteinundzwanzig Tage gebraucht, um zu verstehen, dass es nie aufgehört hat, weiterzugehen. Ich bin weit gekommen. Und jetzt ist es Zeit.

Und im Traum, da träume ich noch ein letztes Mal von dir. Von deiner sanften Natur, wir beide an der finsteren, verruchten Bar, ein letzter Drink, ich weiß, du trinkst nicht so gerne, doch vielleicht ja für mich, ein letztes Mal? Die ganze Nacht wach, ein verlegener Blick, zerbrochene Gläser, das Wohlwollen der Gunst. Was für eine Gnade. Meine verletzten Arme umarmten dich, ein Kuss auf die Wange, das Ende einer langen Straße. Nicht der Traum ist ein Rätsel. Die Wirklichkeit ist es und der Traum eine Möglichkeit, dahinter zu kommen...

Iona, es ist Zeit.
Jedes Mal, wenn ich in dein schönes Gesicht geblickt habe, verging mir die Angst vor dem Leben.

Danke, Adrian.

Mehr denn je war ich auf der Suche nach dem guten Leben. Und mir schien sich ein Verdacht zu erhärten: Das gelungene Leben musste mit dem Widerhall zutun haben, der in vielen Dingen steckte.

Über die Zeit hinweg hatte ich mich einer Theorie aus der Soziologie angenähert, der Theorie der Resonanz. Denn während in der Moderne systematisch versucht wurde, Reichweiten zu erhöhen, um sich damit immer mehr Welt verfügbar zu machen, ging die Resonanz einen anderen Weg. Tatsache war, egal was man sich heutzutage kaufte, das Versprechen der Moderne war, sich mit dem Kauf ein wenig mehr Welt anverwandeln zu können. Da war es egal, ob es sich um Smartphones, Kleidung oder Einrichtungsgegenstände handelte, das Versprechen dahinter war immer, mehr an der Welt teilzunehmen und das Lebensgefühl fundamental zu erneuern. Doch wir wussten, selbst wenn wir alle diese Gegenstände besaßen: Die Welt konnte noch immer zu uns schweigen. Sich leer anfühlen. Sinnlos.

Albert Camus hatte erkannt, dass der Mensch nach menschlicher Wärme verlangte. Das allerdings zum alleinigen Status Quo zu machen, schien mir doch ein wenig zu kurz gegriffen. Desweiteren hatte Camus dauernd das Schweigen der Welt beschrieben, ein repulsives Weltverhätlnis, eine Welt, die kalt und grau war. Eine Welt, die nicht mehr durchlässig genug war, um sich berühren zu lassen. Bei der Resonanz hingegen, ging es um das Gegenteil. Resonanz war, wenn die Welt zu sprechen begann.

Das Wort selbst stammte ja aus der Physik, desweiteren auch aus der Musik. Resonanz war, wenn zwei Körper in Beziehung zueinander traten, geradezu miteinander zu schwingen begannen. Deswegen liebten wir in der Musik Akkorde so sehr: Ein einzelner Ton erzeugte keine Resonanz, wenn jedoch die richtigen Töne gleichzeitig gespielt wurden, jeweils mit eigener Stimme, dann fingen sie an, miteinander zu schwingen und für uns klang es harmonisch. Und auch, wenn man die Physik verließ, hatte das Wort noch immer Bedeutung: Wenn man eine gute Resonanz auf etwas bekommen hatte, dann war diese Resonanz ein Widerhall auf etwas, das wir von uns gegeben hatten.

Hier fing für mich der wichtigste Teil der Resonanz an. Die Resonanz zwischen Subjekten, sprich, wahrnehmenden Wesen. Denn Resonanz entstand gerade dann, wenn man gegenwärtig war, wenn man wach war und auf das Gegenüber achtete, wenn man dem Anderen nicht kalt und gleichgültig gegenüberstand. Was dann passierte, kannten wir alle. Man sendete auf derselben Frequenz, auf derselben Wellenlänge, wie man gemeinhin sagte. Wenn man das Gefühl hatte, dass etwas von dem zurückkam, was wir von uns gegeben hatten, dann war das positive Resonanz und wir fühlten uns verbunden.

Kunst und Natur konnten ebenfalls Ausdruck eines resonanten Weltverhältnisses sein. In der Kunst, wenn sich auf einem Konzert eine Verbindung zwischen Musikern und Publikum aufbaute, wenn man in einer Galerie vor einem Bild stehenblieb, das einem besonders viel sagte, wenn man zum ersten Mal ein Lied hörte, von dem man sich besonders verstanden fühlte oder wenn man sich in einem Buch oder

Film besonders Zuhause fühlte. Und in der Natur oder allen anderen Umgebungsformen, wenn man sich an einem Ort per se wohlfühlte, egal ob bildschöne Landschaft, moosbewachsener Wald, pulsierende Großstadtkulisse oder der Frühlingsanfang im Park. Selten war dieses wohlige Gefühl unbegründet, auch wenn dieser innere Dialog zwischen dem Selbst und der Umgebung schwer zu ergründen war. Doch dieses Gefühl existierte zweifellos und es schien mir, als hatte es oft mit der eigenen Assoziation zutun: Wer als Kind oft nahe Wäldern Urlaub gemacht hatte, würde im späteren Leben Wäldern grundsätzlich anders gegenüberstehen, als jemand, der als Kind nur Strandurlaube verlebt hatte. Für den einen rief der Wald Resonanz hervor, für den anderen der paradiesische Strand.

Es gab viele Arten der Resonanzen, zu viele eigentlich, um sie aufzulisten, denn das war schließlich auch das Merkmal der Resonanz: Dass sie im besten Fall in jedem Bereich unseres Lebens auftrat, dass wir uns nicht entfremdet fühlen mussten, von dem, was wir taten. Die Art der Resonanz jedoch, die all dies überdachte, war die, so nannte ich sie, *Weltresonanz* oder auch das Weltverhältnis, die Art, wie wir der Welt selbst gegenüberstanden, das Lebensgefühl, denn auch das kannten wir alle: An manchen Tagen war einem alles fremd, man fühlte sich in die Welt geworfen und an manchen Tagen fühlten wir uns mit dem großen Ganzen, was auch immer das sein mochte, verbunden.

Die Vorfreude war ein gutes Beispiel. Wenn einem etwas bevorstand, auf das man vorfreudig blickte, dann konnte das sogar Einfluss auf die Gegenwart nehmen, da es die Gegenwart in einen komplett anderen Kontext setzte. Es würde einen noch heute beschwingen, zu wissen, dass man nächste Woche auf ein langersehntes Konzert gehen würde oder eine geliebte Person wiedersehen würde. Wenn man so wollte, war das eine Resonanz, die entstand, wenn Zukunft und Gegenwart auf positive Weise miteinander zu korrespondieren begannen. Wenn jedoch nichts bevorstand oder womöglich etwas, vor dem wir uns fürchteten, dann fühlte sich auch der jetzige Moment etwas fremder und unangenehmer an. Mich hatte das immer dazu geführt, in jedem Fall etwas in der Zukunft liegen zu haben, auf das ich mich freute. Und in Bezug auf Furcht oder Vorfreude gab es keinen schöneren Moment, als den, in dem sich eine neue Perspektive auftat, die jede letzte Angst vor der Zukunft ausmerzte, denn nur sie vermochte eine Gesamtsituation in ein neues Licht zu setzen. Nicht selten war diese Perspektive für mich die Verliebtheit gewesen. Im Grunde war die Verliebtheit durch und durch von einem starken Resonanzgefühl gezeichnet. Jeder kannte das. Die Welt war eine Umarmung.

Im Grunde genommen schien mir die Resonanz das verbindende Element. Ein Parameter, um ein Leben als gelungen bezeichnen zu können. Denn das gelungene Leben, das waren doch vielleicht möglichst häufige Resonanzerfahrungen. Das gelungene Leben, das war doch vielleicht eine ständige emotionale Verbundenheit zur Umwelt. Das war, möglichst oft zu spüren, dass ich nicht alleine war und einsam schon gar nicht. Ich zog aus alledem einen klaren Schluss: Das gelungene Leben gab es nur mit einem wirklichen Gegenüber.

Ich schaute mich um. Wie deprimierend. Ich schien sehr weit davon entfernt zu sein. Ich war von der Natur umgeben, einem möglichen Gegenüber, aber so allein machte es auf Dauer keine Freude mehr. Da lag mein Bücherstapel. Ein Haufen abgepackter Kunst, der überwiegend von Menschen geschrieben wurde, die bereits lange, lange tot waren. Sie wussten nichts vom heutigen Leben und was konnte Kunst schon, wenn nicht eine Verbindung herstellen zum realen Leben? Und die Summe dieser Dinge war, dass ich mich auch mit der Welt selbst nicht wirklich verbunden sah. Wo war meine Vorfreude? Worauf sollte sie sich richten? Es stand mir nichts bevor.

So wohltuend und heilend sich meine Zeit an diesem Flecken der Erde herausgestellt hatte, so sehr wusste ich auch, dass es nicht das war, was ich gewollt hatte. Ich musste anfangen, von einem Leben zu träumen, das ich wirklich wollte. Wie sah schon ein Leben in gesunden Resonanz-verhältnissen aus? Musste man dazu einen guten Beruf haben? Wenigstens eine funktionierende Beziehung? Es gab ja so viele Aspekte. Also anders gefragt, was musste geschehen, damit ich *sogar an diesem Ort* glücklich werden konnte? Die Antwort sah so täuschend einfach aus. Ich wollte es mit Alphonse de Lamartine sagen: *Ein einziger Mensch fehlt, und alle Welt ist leer.*

Ich schaute auf die Uhr. Es war halb drei in der Nacht.

Die Frage nach dem, was ich mit meinem Leben überhaupt anstellen sollte, quälte mich schon seit Stunden. Befriedet war ich ins Bett gegangen, doch beim Einschlafen kamen mir, wenn ich kein Mädchen in den Armen hielt, immer so viele Gedanken. Wenn wirklich gute dabei waren, dann dachte ich immer, dass ich sie ja wohl bis zum nächsten Tagesanbruch behalten würde, was ein großer Trugschluss war. Die Nacht war viel zu voll von Unbewusstem, da hatte ein bewusst gedachter Gedanke nichts mehr zu sagen. Es zwang mich regelrecht dazu, einen Notizblock und einen Bleistift neben das Bett zu legen.

Und wenn ich hier oben ein paar Tage ohne menschlichen Kontakt verbracht hatte, schreckte ich nachts manchmal aus dem Halbschlaf hoch und versuchte mich daran zu erinnern, wie eigentlich ein menschliches Wesen aussah, wie es sich bewegte, wie es sich anfühlte, wenn es einem in die Augen schaute. Und wenn man es wieder wusste, dann jammerte man leise, weil man wusste, wie viel Sinn es einem doch verliehen hätte, um morgens aufzustehen. Aber nicht nur das. Ich sehnte mich in Großstädte, vermisste diesen Kopfschmerz erregenden Lärm, die Überreizung der Sinne, vermisste es, dass jeder jedem aus dem Weg ging, weil man es nicht anders nötig hatte. Nach einem Moment dieses Sehnens wurde dann doch meist die Erkenntnis wach, dass gerade dort das Schweigen der Welt am größten war, trotz der vielen Gegenüber. Doch ein resonanzfähiges Gegenüber, das musste offen und durchlässig sein. Nicht schutzlos, aber durchlässig. Wie die Haut, die uns umgab, die uns einerseits schützte und doch zum anderen durchlässig war für alles, was uns gut tat. Wärme, Energie, Licht.

Ich wusste nicht, was ich wollte. Ich wollte zu viel vom Leben. Zu viel von mir selbst. Ich wollte ein bescheidenes Leben mit den wenigen Menschen, die ich liebte, fernab von allem. Und andererseits, da war dort der Traum, ein Kosmopolit zu sein, ein Weltenbummler, das Baden in Geselligkeit, umgeben von Kultur, dauerndes Ausgehen. Und manchmal war da sogar, neben all dem Abenteuer, das ich mir für mein

Leben wünschte, der Traum von einem normalen bürger-
lichen Leben in einer Kleinstadt oder auf dem Lande mit
einer Frau und Kindern, in einem netten kleinen Haus.
Meine Eltern hatten mir das vorgelebt. Dass sie sich hatten
scheiden lassen, hatte mich nie abgeschreckt. Doch für all
diese Wünsche brauchte es jemanden. Dabei hatte ich doch
gerade versucht, sie hinter mir zu lassen...

Ich versuchte, jedem dieser Träume ein Jahrzehnt zuzu-
ordnen. Mit dreißig würde ich anfangen mit dem kosmopo-
litischen Leben, es gab wirklich viele schöne Städte dafür, mit
vierzig käme dann das bürgerliche Leben auf dem Lande.
Mit fünfzig wiederum der Rückzug in die Einfachheit. Für
ein paar Jahre vielleicht. Und der Rest? Der blieb für das
übrig, was mir bis dahin am besten gefallen hatte. Ich fand,
dass das alles schon sehr reizend klang, wobei ich es mir
sicher auch anders hätte vorstellen können. Es war ja noch
nichts in Stein gemeißelt, eine Biographie konnte sowieso
nicht aus einem Guss gelebt werden...

1. Februar

Es war ein Mittwoch. Tagesanbruch. Recht diesig.

Als ich meine Augen öffnete, hatte ich die quälend hoff-
nungsvollen Gedanken von letzter Nacht fast vergessen. Ich
war nur froh, dass die Decke, an die ich nächtlich gestarrt
hatte, nun in ein Licht getunkt war, das keine Fragen mehr
offen ließ. Der Morgen hatte meine kleine Hütte mit Licht
geflutet.

Ich streckte zitternd meine Arme aus und rieb mir die Augen. Schläfrig musterte ich dann den Raum, schaute wie das Licht hineinfiel und ob alles noch so war, wie ich es gestern beim Einschlafen in Erinnerung gehabt hatte. Ich setzte mich mit krummem Rücken auf die Bettkante und gähnte.

Nach einer Weile stand ich auf und nahm ein paar Holzscheite aus dem Korb, legte sie neben den Ofen und füllte die Asche aus der Brennkammer in einen Metalleimer. Ich nahm die Holzscheite wieder in die Hand und stapelte sie, wie jeden Morgen, kegelförmig aneinander, darunter etwas Zeitungspapier, welches ich dann ansteckte. Die Flamme kletterte von Zeile zu Zeile, die auf das Papier gedruckt war, und setzte den ganzen Kegel in Brand. Ich stellte den großen Wasserbehälter auf den Ofen, um meine Dusche vorzubereiten. Bevor sich das Wasser erhitzen konnte, füllte ich etwas Müsli in eine Schale, schüttete etwas Milchpulver nach und goss das Ganze dann mit Wasser auf. Ich aß.

Dabei beobachtete ich draußen ein kleines Rehkitz, das an einem toten Strauch schnüffelte. Es stand wackelig auf den Beinen und sah etwas hilflos aus. Wenig später kam dahinter die Mutter zum Vorschein. Sie schubste das Kleine liebevoll in eine andere Richtung, um anzuzeigen, wo es hingehen sollte.

Das Wasser war mittlerweile warm genug, sodass ich es vom Ofen nahm und mit dem Behälter in der Hand nach draußen torkelte. Ich stellte ihn auf die Ablage über der Hauswand, legte den Stoff ab, der mich bisher gewärmt hatte und drehte den Hahn auf, sodass ein warmer Wasserstrahl, genau richtig temperiert, etwas heißer als Zuhause, ich hatte mittlerweile den richtigen Dreh raus, auf meine kalten Schultern floss und die Muskeln entspannte, die sich in der kalten Nacht verkrampft hatten.

Durch das Essen und die Dusche hatte ich nun einige Energien in mir verfügbar gemacht. Nachdem ich mir neue Kleidung übergeworfen hatte, unter anderem meinen Wollpullover, nahm ich die Axt vom Regal und begann zu Hacken. Ich zählte mit. Pro Minute schaffte ich es, etwa zwischen vier und fünf Holzscheite zu zertrennen. Das machte bei einer Stunde Arbeit zwischen zweihundertvierzig und dreihundert Holzstücke, im Resultat also vierhundertachtzig bis sechshundert neu entstandene Scheite. Wenn ich schnell war, schaffte ich es in noch einmal derselben Zeit, sie zu stapeln. Als ich ernsthaft anfing zu schwitzen, legte ich die Arbeit nieder.

Es war später Vormittag und ich überlegte kurz, ob ich nicht weiterlesen sollte, Alain de Botton oder Marcel Proust vielleicht, aber ich entschied mich dagegen. Ich würde lieber einen Spaziergang machen.

Ich stülpte mir die Wanderstiefel über, den Mantel auch und folgte dem Birkenpfad bis zum Feldweg. Von hier ging ich wieder hangaufwärts, was nicht zu unterschätzen war, da meine Sohlen mit dem Eis zu kämpfen hatten. Ich dachte an Iona. Ich hoffte, dass es ihr gut ging.

Als ich oben angekommen war, beobachtete ich den Schleier, der sich auf die Berge gelegt hatte, er füllte die Wälder mit Nebel. Auf dem Meer kroch ein unermüdliches Hurtigrutenschiff voran, sonst war auf dem Wasser nichts weiter zu erkennen. Auch auf den Straßen war nichts los. Ich entschied mich, wieder zurück zu gehen.

Als ich nach etwa zwanzig Minuten wieder an meiner Hütte angelangt war, säuberte ich sorgfältig mein Geschirr und stellte es zurück an den Platz, an den es gehörte.

Von der Ablage unter dem Giebel nahm ich das Seil. Ich legte es in Bahnen, ließ rechts etwas Platz frei, und wickelte dann sieben Umdrehungen darum und verknotete es am Ende. Beim ersten Mal gelang es mir nicht, ich brauchte zwei Versuche. Das andere Ende verknotete ich am Dachbalken, der unter dem Giebel verlief. Ich zog den Knoten besonders fest, er musste halten. Ich blickte auf meinen Schreibtisch. Dort lag etwa ein Dutzend Zettel beschriebenen Papiers, ein ganzer Stapel an Briefen für Iona. Ich hatte sie nicht abgeschickt.

Den einzigen Stuhl in die Mitte des Raumes, ein Schritt auf den Stuhl, die Welt wurde bleich, wenn man sie aufblendete. Ich war weit gekommen. Der Atem wurde schwer, der Hals in die Obhut des Seils und ein letzter Sprung. Das Hoffen auf wärmere Tage. Bald war der Frühling da.

EPILOG

Ich hatte es versucht und nicht geschafft. Nicht einmal das.

Der Dachbalken hatte mein Gewicht nicht tragen können und war in der Mitte zerbrochen. Ich knallte mit dem Kopf auf die Tischplatte und wurde bewusstlos. Als ich dann einige Zeit später am Boden mit etwas Blut am Kopf wieder zu mir gekommen war, da hatte ich es gewusst. Ich musste einfach leben. Es ging nicht anders.

Ich stand auf und verließ die Hütte. Ich ging hinunter ins Dorf und setzte mich auf die einzige Bank am Wegesrand und wartete. Und wartete. Und wartete. Worauf, das wusste ich nicht. Vielleicht würde ich hier auch für immer warten. Vielleicht. Doch ich spürte es an meinem zitternden Herzen. Das große Abenteuer, es konnte nun endlich beginnen...

Bibliographie

Deutschsprachige Ausgaben:

Louis Aragon, *Aurélien*, Paris (Gallimard) 1944. (Originalausgabe: *Aurélien*, Paris (Gallimard) 1944).

Frédéric Beigbeder, *Oona & Salinger*, München (Piper) 2015. (Originalausgabe: Oona & Salinger, Paris Éditions Grasset & Fasquelle 2014).

Alain de Botton, *Der Lauf der Liebe*, Frankfurt am Main (S. Fischer) 2016. (Originalausgabe: *The Course of Love*, London (Hamish Hamilton) 2016.)

Albert Camus, *Der Fremde*, Reinbek (Rowohlt) 1997. (Originalausgabe: *L'Étranger*, Paris (Gallimard) 1942).

Gerard Donovan, *Winter in Maine*, München (btb) 2009. (Originalausgabe: *Julius Winsome*, New York (Overlook Books) 2006.)

Aldous Huxley, *Schöne Neue Welt*, Frankfurt am Main (Fischer) 2013. (Originalausgabe: *Brave New World*, (Chatto & Windus) 1932).

Henry Kardel, *Odyssee ins Ich*, Norderstedt (Books on Demand) 2015.

Henry Kardel, *Broken Lights*, Norderstedt (Books on Demand) 2016.

Marcel Proust, *Auf der Suche nach der verlorenen Zeit*, Berlin (Suhrkamp) 2011. (Originalausgabe: *A la recherche du temps perdu*, Paris (Gallimard) 1913-1927.)

Hartmut Rosa, *Resonanz: Eine Soziologie der Weltbeziehung*, Berlin (Suhrkamp) 2016.

Bertrand Russell, *Philosophie des Abendlandes*, Zürich (Europa Verlag) 2012. (Originalausgabe: *A History of Western Philosophy*, New York (Simon & Schuster) 1945.)

Seneca, *Von der Seelenruhe*, Leipzig (Sammlung Dieterich) 1980.

Henry David Thoreau, *Walden oder Leben in den Wäldern*, Köln (Anaconda) 2009. (Originalausgabe: *Walden, or Life in the Woods*, Boston (Ticknor and Fields) 1854.)

Der Autor: Henry Kardel (*20.06.1996 in Walsrode)

Das Buch: Geschrieben zwischen dem 27. Dezember 2016 und dem 27. März 2017 in Uelzen und Tel Aviv.

EBENFALLS AUS DER ADRIAN-WINTER-TRILOGIE:

Odyssee ins Ich
2015 / 9,99€

Broken Lights
2016 / 8,99€

Erschienen bei BoD – Books on Demand, Norderstedt. Online erhältlich.

Ein Dank all jenen, die mir ein Gegenüber sind.